COURS & EXAMEN

prépabrevet

BREVET

Physique Chimie

• **Joël Carrasco**
Professeur certifié de physique-chimie
Lycée Marcel-Pagnol à Marseille

• **Gaëlle Cormerais**
Professeur certifiée de physique-chimie
Collège Marseilleveyre à Marseille

Hatier

Le site de tes révisions

L'achat de ce Prépabrevet te permet de bénéficier d'un **ACCÈS GRATUIT*** aux ressources d'annabac.com en 3e (fiches, quiz, sujets de brevet corrigés…) et à ses parcours de révision personnalisés.

Pour profiter de cette offre, rendez-vous sur **www.annabac.com** dans la rubrique « J'ai acheté un ouvrage Hatier ou Foucher ».

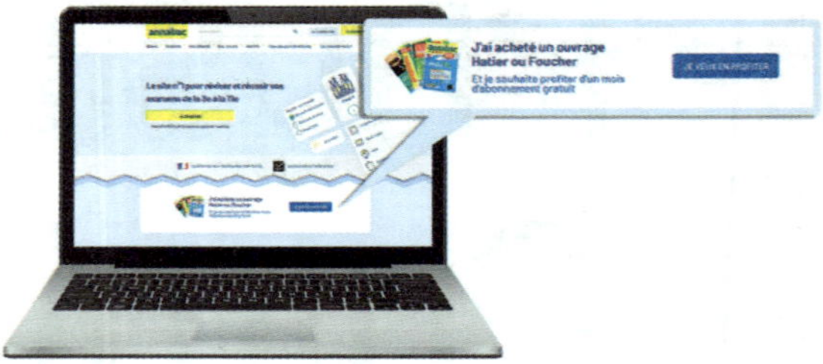

* Selon les conditions précisées sur le site.

Maquette de principe : Frédéric Jély
Mise en pages : STDI
Schémas : STDI
Iconographie : Hatier Illustration
Édition : Clarisse Léon

ISBN 978-2-401-07825-3

AVANT-PROPOS

TU ES EN 3e et tu sais que la réussite en Physique-Chimie demande un travail tout au long de l'année ? Alors ce Prépabrevet est pour toi !

Cet ouvrage va te permettre en effet de mémoriser les connaissances essentielles sur chacun des thèmes du programme et d'acquérir progressivement des méthodes clés pour gagner en efficacité !

Cet objectif est rendu possible grâce à un ensemble de ressources très complet : des fiches de cours et de méthode – synthétiques et visuelles –, des cartes mentales récapitulatives, des quiz et des exercices progressifs, enfin des sujets guidés, pour te préparer à l'épreuve finale du brevet.

Toutes ces ressources, assorties de conseils, te permettent d'aborder en confiance tous tes contrôles durant l'année et de te préparer efficacement à l'épreuve du brevet.

Nous te recommandons de les utiliser régulièrement, en fonction de tes besoins. Ainsi tu pourras aborder l'épreuve écrite de sciences en toute sérénité, et acquérir les compétences nécessaires à la poursuite de tes études.

Les auteurs

Joël Carrasco

Gaëlle Cormerais

SOMMAIRE

Organisation et transformations de la matière

1 Propriétés de la matière

2 Structure de la matière

3 Transformations chimiques

4 Organisation de la matière dans l'Univers

SOMMAIRE

Mouvement et interactions

5 Étude des mouvements des systèmes

6 Forces et mouvements

L'énergie, ses transferts et ses conversions

7 Stockage et échange d'énergie

8 Un transport d'énergie : l'électricité

Des signaux pour observer et communiquer

9 Lumière et son : propagation de l'information

SOMMAIRE

L'épreuve du brevet

10 Préparer l'épreuve du brevet

COURS

SUJETS

Annexes

Aide-mémoire

Organisation et transformations de la matière

1 Propriétés de la matière

1 Décrire les états de la matière et leurs transformations

EN BREF ▸ *La matière est présente sur Terre sous différentes formes : on les appelle les états physiques de la matière.*

I La description microscopique de la matière

- Un corps pur est une substance constituée d'une seule sorte de **molécules**.

Exemple : l'eau distillée n'est constituée que de molécules d'eau.

> **MOT CLÉ**
> Une **molécule** est un assemblage d'atomes (→ FICHE 6).

- Un mélange est une substance constituée de plusieurs sortes de molécules.

Exemple : l'eau sucrée est constituée d'eau et de saccharose (sucre).

II Les trois états de la matière et leurs caractéristiques

- La matière peut exister sous trois états différents : solide, liquide ou gaz.
- Chaque état possède des caractéristiques particulières :

– à l'état solide, la matière a une forme et un volume propres ;

– à l'état liquide, la matière a un volume propre et prend la forme du récipient qui le contient ;

– à l'état gazeux, la matière n'a ni forme ni volume propres : elle occupe tout l'espace qui lui est offert.

III Les différents changements d'état

Le passage d'un état physique (solide, liquide ou gaz) à un autre est appelé changement d'état.

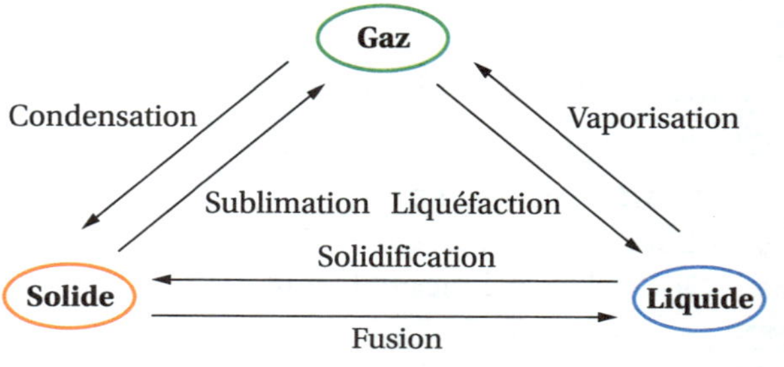

Méthode

Identifier des changements d'état

Les huiles essentielles sont extraites directement du milieu naturel dans lequel on les trouve (racines, feuilles ou fleurs) en utilisant la méthode de l'entraînement à la vapeur dont les différentes étapes sont schématisées ci-dessous.

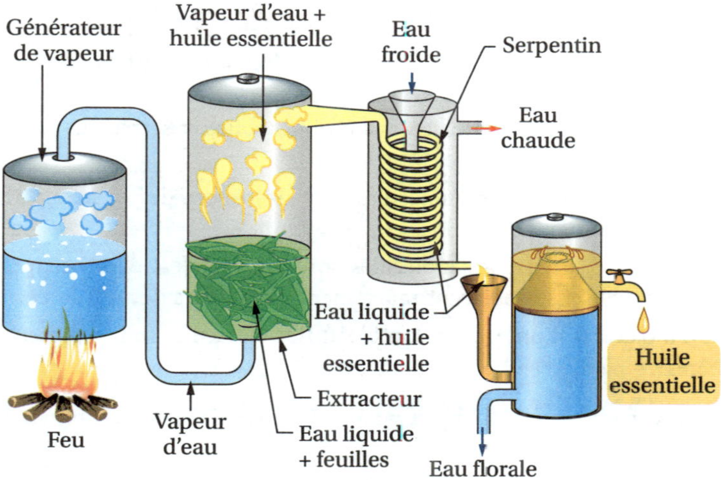

Distillation par entraînement à la vapeur d'eau

1) Est-ce que le générateur de vapeur et l'extracteur contiennent des corps purs ou des mélanges ?

2) Quels sont les changements d'état opérés dans le générateur de vapeur et le serpentin ?

CONSEILS
- Identifie d'abord l'état de la matière avant et après chaque transformation.
- À l'aide du schéma du paragraphe III, trouve le nom du changement d'état.

SOLUTION

1) Le générateur de vapeur contient uniquement de l'eau : il s'agit donc d'un corps pur. L'extracteur contient de l'eau, de l'huile essentielle et des plantes : il s'agit donc d'un mélange.

2) Dans le générateur de vapeur, l'eau passe de l'état liquide à l'état gazeux : il s'agit d'une vaporisation. Dans le serpentin, l'eau passe de l'état gazeux à l'état liquide : il s'agit d'une liquéfaction.

2 Comprendre les changements d'état au niveau microscopique

EN BREF ▸ *La matière est constituée de molécules. Leur organisation détermine dans quel état physique est la matière. Lors d'un changement d'état, les molécules s'agencent différemment.*

I L'organisation des molécules dans la matière

L'agencement des molécules d'un échantillon de matière diffère selon l'état de la matière :

– matière à l'**état solide**, les molécules sont **immobiles** et serrées les unes contre les autres, de manière **ordonnée** ;

– matière à l'**état liquide**, les molécules sont **désordonnées** et se déplacent en glissant les unes sur les autres ;

– matière à l'**état gazeux**, les molécules sont très **agitées**, elles occupent tout l'espace disponible et se déplacent rapidement de manière **désordonnée**.

Exemples : molécules d'un échantillon d'eau (les molécules sont représentées par des sphères).

État solide	État liquide	État gazeux
		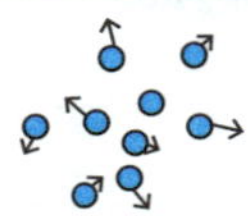

II Les changements d'état et leurs conséquences

Lors d'un changement d'état :

– la **masse de l'échantillon ne change pas** car le nombre de molécules reste constant ;

– le **volume de l'échantillon varie**, car les molécules ne sont pas à la même distance les unes des autres selon l'état.

Exemple : solidification de l'eau.

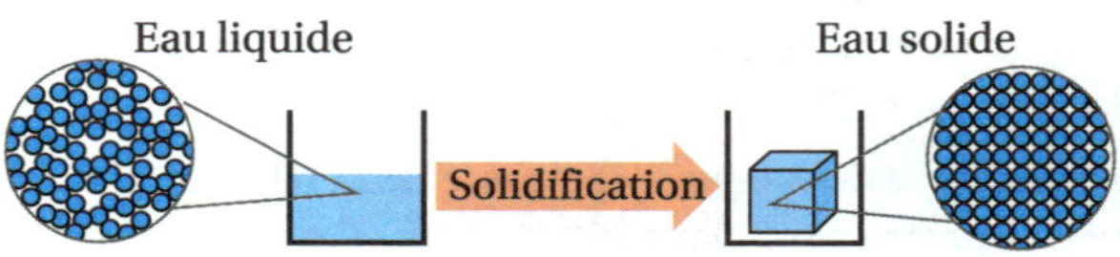

Méthode

Exploiter la structure microscopique de la matière

On enferme dans un récipient hermétique de volume $V_{récipient} = 50$ cm^3 et de masse $m_{récipient} = 40$ g, un cube d'eau gelée de volume $V_{eau} = 3$ cm^3 et de masse $m_{eau} = 3$ g.

On chauffe le récipient jusqu'à ce que toute l'eau soit vaporisée.

Quel est, parmi les schémas suivants, celui qui correspond au récipient, une fois le chauffage terminé ?

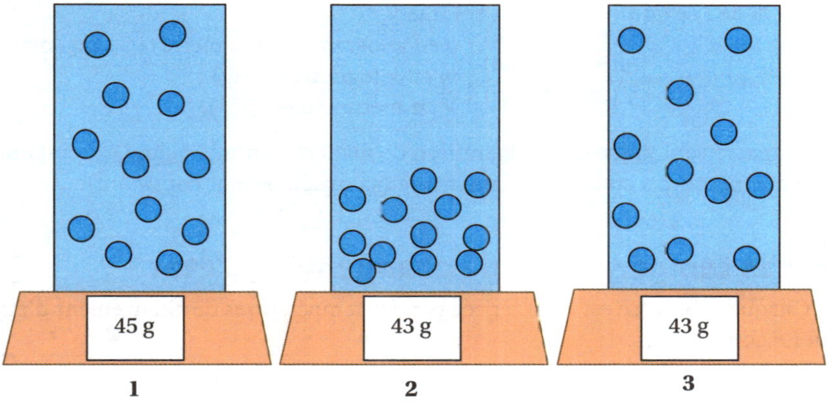

CONSEILS

- Souviens-toi de l'organisation des molécules dans les différents états de la matière.
- Souviens-toi que la masse ne varie pas et que le volume varie au cours d'un changement d'état.

SOLUTION

■ La vapeur d'eau est un gaz : les molécules d'eau sont agitées et occupent tout l'espace disponible. Le **schéma 2** ne peut donc pas convenir.

■ La masse du récipient contenant le glaçon est égale à 40 + 3 = 43 g.

La masse de l'eau ne change pas lorsqu'elle passe de l'état solide à liquide puis à gazeux car le nombre de molécules reste le même.

La vapeur d'eau a aussi une masse égale à 3 g. La masse du récipient contenant l'eau doit rester constante et égale à 43 g au cours du chauffage.

C'est donc le **schéma 3** qui convient.

3 Connaître les caractéristiques d'un échantillon de matière

EN BREF ▸ *Chaque espèce chimique possède des propriétés physiques dont les valeurs lui sont propres : ce sont ses caractéristiques physiques.*

I La masse volumique

■ La masse volumique d'un échantillon de matière est égale à la **masse d'une unité de volume** de cette matière.

■ Pour calculer la masse volumique ρ d'un échantillon de matière, on divise la masse m de l'échantillon par son volume V :

$$\rho(\text{échantillon}) = \frac{m(\text{échantillon})}{V(\text{échantillon})}$$

ρ en kilogrammes par mètre cube (kg/m^3) ;
m en kilogrammes (kg) ;
V en mètres cubes (m^3).

■ La masse volumique d'un échantillon de matière diminue quand sa **température** augmente, car son volume augmente (sa masse restant constante).

II Les températures de changement d'état

■ Chaque substance est caractérisée par des températures de changement d'état qui lui sont propres.

Exemples :
- $T_{\text{fusion de l'eau}} = 0$ °C ;
- $T_{\text{fusion du fer}} = 1\ 535$ °C.

■ Les changements d'état des corps purs se font à température constante. En revanche, lors des changements d'état des mélanges, la température varie.

Exemples : courbes de variation de la température au cours du temps lors de la solidification d'un corps pur (eau distillée) et d'un mélange (eau salée).

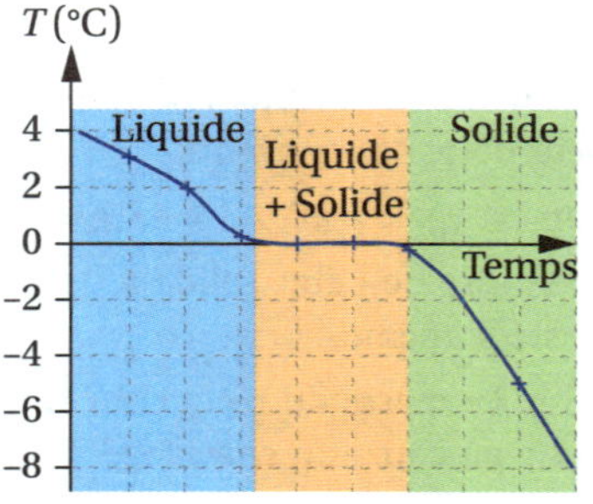

Eau distillée

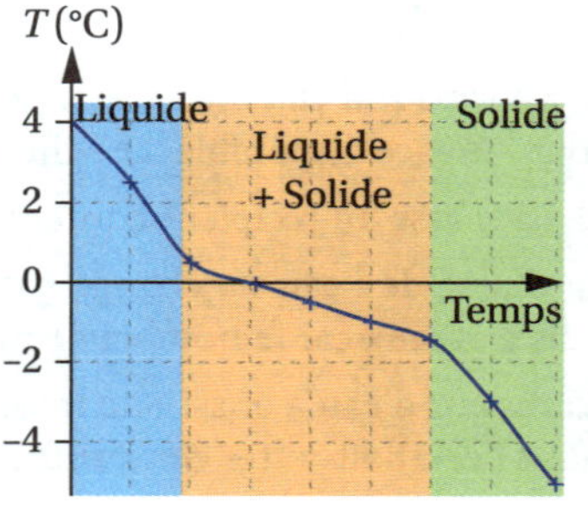

Eau salée

Méthode

Exploiter la formule de la masse volumique

On place sur le plateau d'une balance un récipient gradué en millilitres puis on appuie sur le bouton tare (schéma **a**). On verse ensuite un liquide, on note le volume V mesuré et la masse m affichée (schéma **b**).

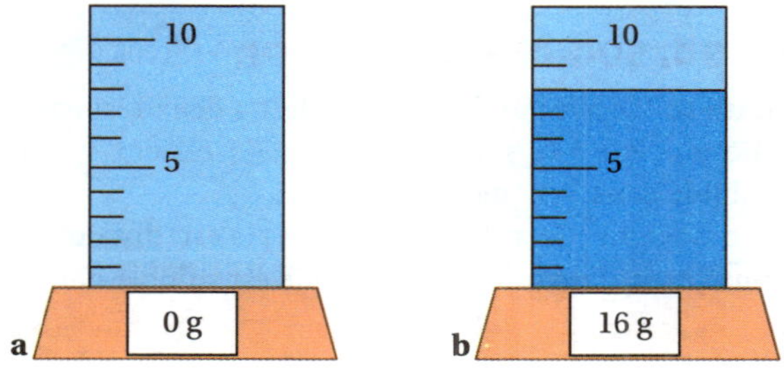

1 Calculer la masse volumique ρ_{liq} du liquide en kilogrammes par mètre cube.

2 Calculer la masse m_{liq} en kilogrammes de ce liquide pour un volume V_{liq} égal à 0,30 m^3.

CONSEILS

- Pense à convertir dans les bonnes unités :
  1 mL = 1 cm^3 et 1 $cm^3 = 1 \times 10^{-6}$ m^3 ;
  1 g $= 1 \times 10^{-3}$ kg.
- Utilise la formule de la masse volumique sous la forme $\rho = \frac{m}{V}$ et sous la forme $m = \rho \times V$.

SOLUTION

1 Les mesures réalisées sur le schéma **b** sont m = 16 g et V = 8,0 mL.

■ On convertit le volume en mètres cube :

$V = 8{,}0 \text{ mL} = 8{,}0 \text{ cm}^3 = 8{,}0 \times 10^{-6} \text{ m}^3$.

■ On convertit la masse en kilogrammes :

$m = 16 \text{ g} = 16 \times 10^{-3} \text{ kg}$.

■ On calcule la masse volumique :

$$\rho_{liq} = \frac{m}{V} = \frac{16 \times 10^{-3}}{8{,}0 \times 10^{-6}} = \mathbf{2{,}0 \times 10^3\ kg/m^3}.$$

2 On calcule la masse m_{liq} :

$$m_{liq} = \rho_{liq} \times V_{liq} = 2{,}0 \times 10^3 \times 0{,}30 = \mathbf{6{,}0 \times 10^2\ kg}.$$

4 Préparer des solutions

EN BREF ▸ *On peut préparer une solution par dissolution d'un solide ou dilution d'un liquide. En fonction des quantités introduites et des caractéristiques des espèces utilisées, on obtient un mélange homogène ou hétérogène.*

I Dissolution, solubilité et fusion

■ Le mélange d'un solide avec un liquide conduit à deux résultats possibles :
- un mélange hétérogène : le solide et le liquide restent visibles à l'œil nu. Le solide est insoluble dans le liquide ;
- un mélange homogène : le solide (le soluté) s'est **dissout** dans le liquide (le solvant) et on obtient une solution. Le solide est **soluble** dans le liquide.

MOTS CLÉS

- Une **dissolution** consiste à dissoudre un solide (ou un gaz) dans un liquide pour obtenir une solution.
- La **solubilité** correspond à la quantité maximale de solide (ou de gaz) qui peut être dissoute dans un solvant donné.

Exemple : lorsque l'on met du sel dans l'eau de cuisson des pâtes, le sel se dissout dans l'eau : le sel est le soluté et l'eau le solvant.

■ La dissolution d'un soluté est limitée : lorsque le solvant ne peut plus dissoudre de soluté, on obtient une solution saturée.

■ La fusion est un changement d'état d'une substance (passage de l'état solide à l'état liquide), tandis que la dissolution est un mélange de deux substances chimiques.

Exemple : le sucre se dissout dans le café, tandis qu'il change d'état lorsqu'on le chauffe (fusion) pour préparer du caramel.

■ Lors d'une dissolution, il y a conservation de la masse totale :

$$m_{\text{solution}} = m_{\text{soluté}} + m_{\text{solvant}}$$

II Dilution d'une solution

■ Lorsqu'on ajoute du solvant à une solution déjà préparée, on réalise une dilution. On obtient alors un mélange homogène dont le volume est supérieur à celui de la solution initiale. Ce solvant et la solution sont miscibles.

Exemple : en ajoutant de l'eau à du sirop de menthe, on réalise une dilution.

■ Si le solvant ajouté ne se mélange pas avec la solution déjà préparée, on obtient alors un mélange hétérogène : on dit que les deux solutions ne sont pas miscibles.

Méthode

Savoir identifier une dissolution et une dilution

Voici deux illustrations d'un livre de chimie concernant des préparations de solutions aqueuses de sulfate de cuivre (qui est un solide bleu) :

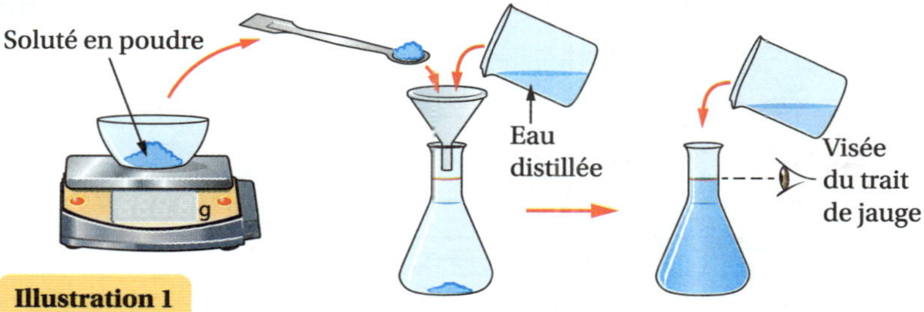

Illustration 1

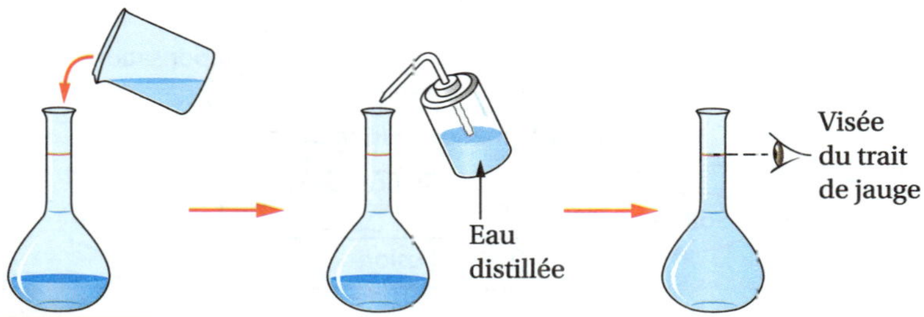

Illustration 2

1 Identifier le type de préparation associé à chacune des illustrations.

2 On dissout 30 g de sulfate de cuivre dans un volume d'eau de 100 mL et de masse 100 g. Calculer la masse de la solution aqueuse obtenue.

> **CONSEIL**
> **2** Souviens-toi qu'il y a conservation de la masse totale au cours de la dissolution.

SOLUTION

1 L'**illustration 1** correspond à une **dissolution** car on observe qu'un solide bleu est mélangé avec de l'eau pour y être dissout.

L'**illustration 2** correspond à une **dilution** car on observe que l'on ajoute de l'eau à une solution déjà préparée.

2 La masse de la solution aqueuse est égale à :
$m = m_{\text{sulfate de cuivre}} + m_{\text{eau}} = 30 + 100 =$ **130 g**.

PROPRIÉTÉS DE LA MATIÈRE

Changements d'état

Les différents changements d'état

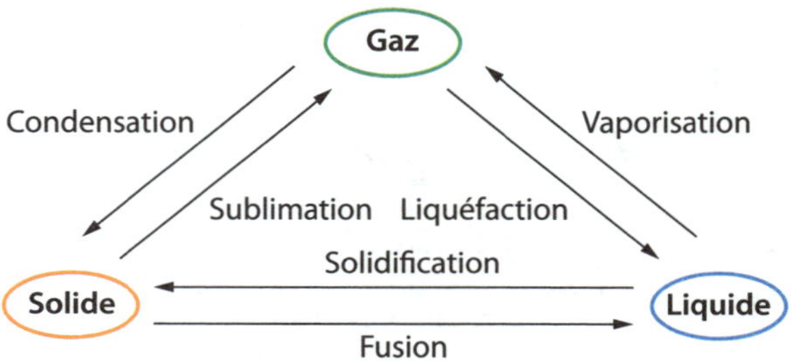

Les conséquences des changements d'état

Lors d'un changement d'état :

- la **masse** est constante et le **volume** varie ;
- pour un corps pur, la **température** est constante ;
- pour un mélange, la **température** varie.

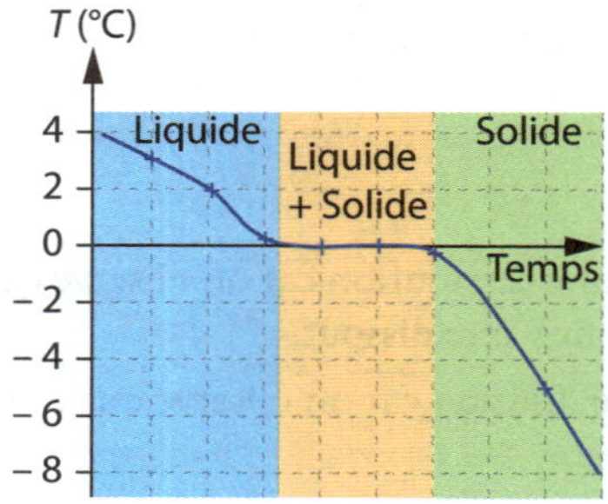

Corps pur

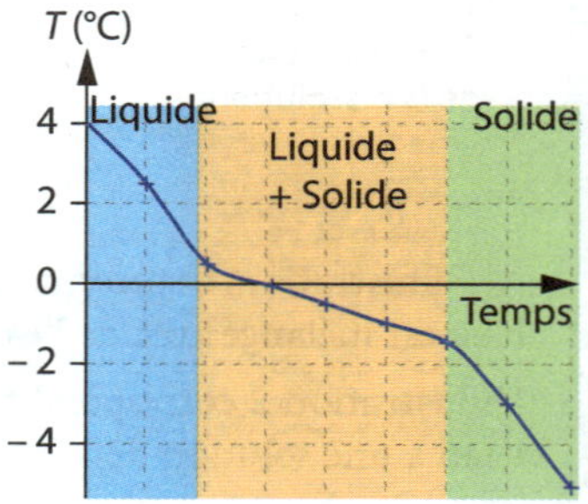

Mélange

Description de la matière

À l'échelle macroscopique

État solide	État liquide	État gazeux
forme et volume propres	volume propre, mais pas de forme propre	ni forme, ni volume propres

- Mélange **homogène** : on ne distingue pas ses constituants à l'œil nu.
- Mélange **hétérogène** : on distingue ses constituants à l'œil nu.

À l'échelle microscopique

État solide	État liquide	État gazeux
		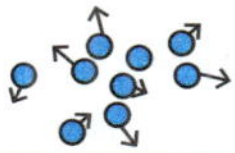

Masse volumique d'un échantillon de matière

$$\text{kg/m}^3 \longrightarrow \rho = \frac{m}{V} \begin{array}{l} \longleftarrow \text{kg} \\ \longleftarrow \text{m}^3 \end{array}$$

La masse volumique d'un échantillon de matière diminue quand sa **température** augmente.

SE TESTER QUIZ

Vérifie que tu as compris les points clés

1 Décrire la matière à l'échelle macroscopique

→ FICHES 1 et 4

1) Un mélange dont on ne distingue pas les constituants à l'œil nu est :

☐ **a.** hétérogène ☐ **b.** homogène

2) « Un liquide n'a pas de forme propre » signifie qu'un liquide :

☐ **a.** est déformable ☐ **b.** est indéformable

☐ **c.** ne peut pas garder la même forme pendant plusieurs secondes

.../2

2 Décrire la matière à l'échelle microscopique

→ FICHE 2

1) Quel(s) adjectif(s) peut-on utiliser pour décrire les molécules d'un échantillon à l'état liquide ?

☐ **a.** ordonnées

☐ **b.** proches les unes des autres

☐ **c.** immobiles

2) Un solide a une forme propre, car les molécules qui le constituent sont :

☐ **a.** ordonnées ☐ **b.** immobiles

☐ **c.** serrées les unes contre les autres

.../2

3 Connaître les changements d'état

→ FICHES 1 et 2

1) La liquéfaction est :

☐ **a.** le passage de l'état solide à l'état liquide

☐ **b.** le passage de l'état gazeux à l'état liquide

2) Lors d'un changement d'état, plus la température augmente, plus les molécules :

☐ **a.** s'agitent ☐ **b.** se figent

3) Lors d'un changement d'état :

☐ **a.** le volume reste constant mais la masse varie

☐ **b.** le volume varie mais la masse reste constante

☐ **c.** le volume et la masse sont constants

.../3

4 Comprendre la masse volumique

→ FICHE 3

1) La masse volumique a pour formule :

☐ **a.** $\rho = \dfrac{m}{V}$ ☐ **b.** $\rho = m \times V$ ☐ **c.** $\rho = \dfrac{V}{m}$

2) La masse volumique peut avoir pour unité :

☐ **a.** kg/L ☐ **b.** kg/m^3 ☐ **c.** $kg \cdot m^3$

3) Quand la température d'un échantillon augmente, sa masse volumique :

☐ **a.** augmente ☐ **b.** reste constante ☐ **c.** diminue

.../3

5 Connaître les caractéristiques physiques d'un échantillon de matière

→ FICHE 3

1) Toutes les substances ont la même température d'ébullition.

☐ **a.** vrai ☐ **b.** faux

2) Lors de la fusion de l'eau salée, la température :

☐ **a.** reste constante ☐ **b.** varie

.../2

6 Préparer des solutions

→ FICHE 4

1) Lors d'une dissolution, on mélange :

☐ **a.** deux solides ☐ **b.** deux liquides ☐ **c.** un solide et un liquide

2) Lors d'une dissolution, le soluté est :

☐ **a.** le solide introduit ☐ **b.** le liquide introduit ☐ **c.** le liquide obtenu

3) Lors d'une dilution, on ajoute :

☐ **a.** du soluté ☐ **b.** du solvant

4) Lors d'une dissolution, on a :

☐ **a.** $m_{\text{solution}} > m_{\text{soluté}} + m_{\text{solvant}}$ ☐ **b.** $m_{\text{solution}} = m_{\text{soluté}} + m_{\text{solvant}}$

☐ **c.** $m_{\text{solution}} < m_{\text{soluté}} + m_{\text{solvant}}$

5) Deux liquides qui forment ensemble un mélange hétérogène sont :

☐ **a.** non miscibles ☐ **b.** miscibles

.../5

ON FAIT LE BILAN !

score total .../17

- Des erreurs ? Entraîne-toi ! → **LES EXOS** P. 24
- Zéro faute ? Bravo ! → **OBJECTIF BREVET** P. 25

LES EXOS

Entraîne-toi !

7 Comprendre ce qu'est un nuage

→ FICHE 1

Un nuage est constitué d'une très grande quantité de gouttes d'eau en suspension dans l'atmosphère et se déplaçant au gré des vents.

Il existe dans le nuage un mouvement ascendant d'air qui propulse les gouttes d'eau vers le haut. Si la température baisse suffisamment au cours de l'ascension, celles-ci se transforment en petits glaçons.

Il existe aussi un mouvement d'air descendant qui entraîne les glaçons formés qui se transforment alors en gouttes d'eau.

1) Le nuage peut-il être considéré comme un corps pur ou un mélange ?

2) Quel changement d'état s'effectue lors de l'ascension des gouttes d'eau ?

3) Quel changement d'état s'effectue lors de la descente des glaçons ?

8 Étudier un échantillon métallique

→ FICHE 2

Un échantillon de métal en fusion est extrait d'un four de sidérurgie.

Le volume du métal liquide est égal à $V = 50\ \text{cm}^3$, et sa masse à $m = 400$ g.

On plonge cet échantillon dans une cuve d'eau froide et il se solidifie instantanément. Le métal solide a alors un volume V_1 et une masse m_1.

1) Associer à chacun des schémas suivants représentant l'organisation des atomes métalliques, l'état de l'échantillon métallique.

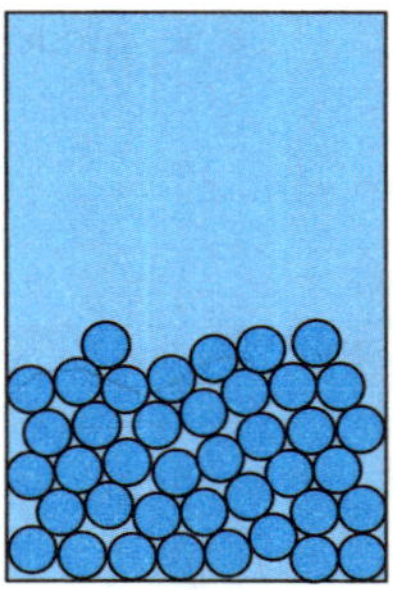

Schéma 1

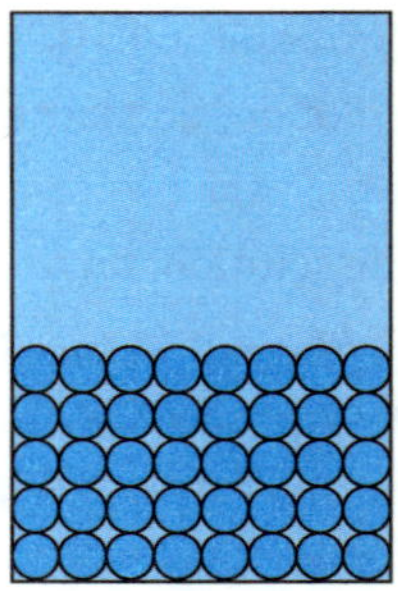

Schéma 2

2) En justifiant votre choix, choisir la valeur de la masse m_1 parmi les valeurs suivantes :

☐ **a.** $m_1 = 450$ g ☐ **b.** $m_1 = 350$ g ☐ **c.** $m_1 = 400$ g ☐ **d.** $m_1 = 50$ g

3) Un ouvrier sidérurgique affirme :

« L'acier solide que l'on sort de la cuve d'eau froide a un volume inférieur de 20 % à celui de l'acier liquide sorti du four. »

Cette affirmation est-elle correcte ?

9 Étudier une vinaigrette

→ FICHE 3

Une des recettes de vinaigrette consiste à mélanger 15 mL de vinaigre, 45 mL d'huile d'olive, du sel et du poivre.

La masse volumique de l'huile d'olive est $\rho_{\text{huile}} = 920\ \text{kg/m}^3$, tandis qu'un volume de vinaigre $V_{\text{vinaigre}} = 100\ \text{mL}$ a une masse $m_{\text{vinaigre}} = 105\ \text{g}$.

1) Calculer la masse m_{huile} d'huile d'olive nécessaire pour préparer la vinaigrette.

2) Calculer la masse volumique ρ_{vinaigre} du vinaigre.

3) Calculer la masse de la partie liquide de la vinaigrette préparée.

CONSEILS

1) et 2) Exprime la masse en kilogrammes et le volume en mètres cubes.
On a : $1\ \text{mL} = 10^{-6}\ \text{m}^3$.

3) Calcule la masse de vinaigre à partir de la formule de la masse volumique.

10 Préparation de solutions de colorants alimentaires

→ FICHE 4

Le bleu patenté est un colorant alimentaire (numéro E131) qui est utilisé pour colorer certaines denrées alimentaires. Il se présente sous la forme d'une poudre bleue.

On prépare une solution de bleu patenté notée S_1 en dissolvant 15 g de poudre bleue dans un volume d'eau égal à 2,0 L.

On prépare une seconde solution notée S_2 en prélevant 100 mL de la solution S_1 et en complétant avec de l'eau jusqu'à un litre.

1) Sachant que la masse volumique de l'eau est $\rho_{\text{eau}} = 1\,000\ \text{g/L}$, calculer la masse de la solution S_1.

2) Quelle est la méthode de préparation pour S_1 ?

3) Quelle est la méthode de préparation pour S_2 ?

CONSEIL

1) Calcule d'abord la masse de l'eau à partir de la formule de la masse volumique.

OBJECTIF BREVET

Lance-toi dans des sujets !

11 Refroidissement d'un liquide

10 min

→ FICHE 3

En cours de physique-chimie, le professeur demande aux élèves de tracer les variations de la température d'un liquide au cours de son refroidissement.

1) Si les élèves refroidissent suffisamment le liquide, quel changement d'état va-t-il subir ?

2) Le graphique obtenu est reproduit ci-dessous. Le liquide est-il un mélange ou un corps pur ? Justifier.

Document **Variation de la température au cours du temps lors du refroidissement du liquide**

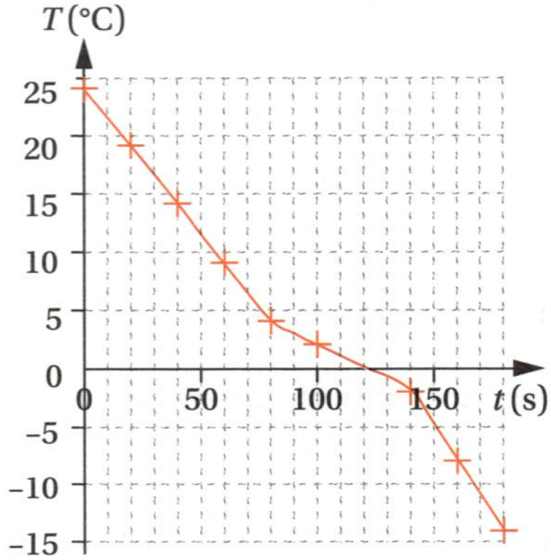

3) Déterminer, à l'aide du graphique, l'intervalle de temps durant lequel la substance est présente sous deux états physiques.

12 Identification d'une espèce chimique

15 min

→ FICHE 3

Marion a trouvé dans sa cuisine un flacon sans étiquette contenant une poudre blanche. Pour identifier la poudre, elle prend 125 mL de ce solide et mesure sa masse : elle obtient $m_{poudre} = 198{,}5$ g.

1) Calculer la valeur de la masse volumique de la poudre.

2) À partir du tableau ci-dessous, identifier la poudre.

Espèce chimique	sel de table	sucre cristallisé
Masse volumique (kg/m^3)	2 160	1 588

3) Elle mélange 20 g de cette poudre à 100 mL d'eau liquide.

Quelle va être la masse de la solution préparée ?

Donnée : la masse volumique de l'eau est de 1 000 kg/m^3.

DÉMARRONS ENSEMBLE

1) Exprime la masse en kilogrammes et le volume en mètres cubes.

2) Calcule la masse de l'eau à l'aide de la formule de la masse volumique ; exprime la masse en kilogrammes et le volume en mètres cubes.

13 La distillation d'un produit pétrolier

20 min

→ FICHES 1 à 4

L'éther de pétrole est un liquide issu des pétroles. Il est constitué de plusieurs hydrocarbures dont les températures d'ébullition vont de 40 °C à 65 °C.

Document 1 Les propriétés de l'éther de pétrole

L'éther de pétrole est liquide à température ambiante (20 °C) et sa masse volumique $\rho_{\text{éther}}$ est égale à 720 kg/m^3. C'est un liquide très peu soluble dans l'eau. On l'utilise comme nettoyant des corps gras (graisse, huile…) car c'est un très bon solvant pour ces corps.

Document 2 La distillation de l'éther de pétrole

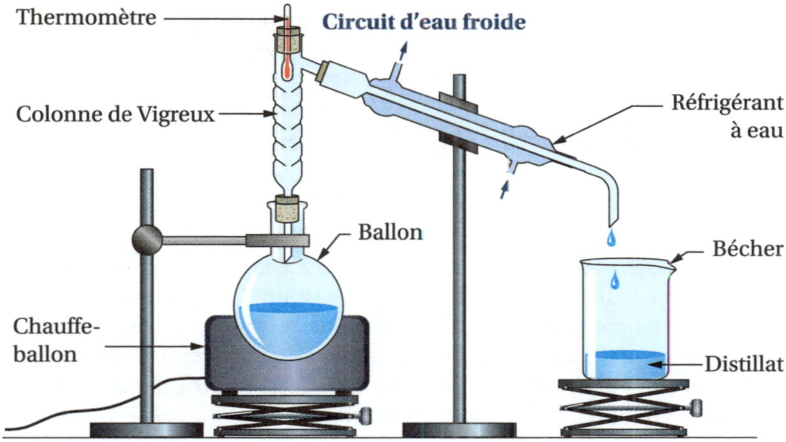

La distillation est une technique utilisée au laboratoire pour séparer les différents constituants d'un liquide.

Le liquide est placé dans le ballon qui est chauffé grâce au chauffe-ballon. Sous l'effet du chauffage, il se forme des vapeurs qui montent alors dans la colonne de Vigreux. Cette colonne permet de séparer les différents constituants du liquide. Une fois arrivées en haut de la colonne, les vapeurs passent dans le réfrigérant à eau où elles se transforment en liquide. Le liquide est ensuite récupéré dans le bécher : on l'appelle alors le distillat.

1) L'éther de pétrole est-il un mélange ou un corps pur ? Justifier.

2) Quel type de mélange obtient-on si on met dans un même récipient de l'éther de pétrole et de l'eau ?

3) Lorsque l'éther de pétrole est utilisé comme nettoyant, réalise-t-on une dissolution ou une dilution ?

4) Calculer la masse $m_{\text{éther}}$ en kilogrammes correspondant à un volume d'éther de pétrole $V_{\text{éther}}$ égal à 100 cm^3.

5) Quel changement d'état est réalisé dans le ballon ?

6) Quel changement d'état est réalisé dans le réfrigérant ?

7) Le distillat obtenu a une masse $m_{\text{distillat}}$ égale à 70 g et un volume $V_{\text{distillat}}$ égal à 100 cm^3. Calculer sa masse volumique $\rho_{\text{distillat}}$ en kilogrammes par mètre cube.

8) Est-ce que la masse $m_{\text{distillat}}$ et le volume $V_{\text{distillat}}$ ont varié entre l'entrée dans le réfrigérant à eau et la sortie ?

DÉMARRONS ENSEMBLE

1) Utilise le texte introductif de l'énoncé.

3) Calcule la masse à l'aide de la formule de la masse volumique.
Convertis le volume en mètre cubes : $1\ cm^3 = 1 \times 10^{-6}\ m^3$.

5) et 6) Identifie l'état de la matière avant, puis après le changement d'état.

7) Convertis la masse en kilogrammes : $1\ g = 1 \times 10^{-3}\ kg$.

14 Étude d'une centrale électrique thermique

20 min

→ FICHES 1 à 4

L'énergie électrique produite par une centrale peut l'être à partir de l'énergie thermique dégagée lors de la combustion du charbon.

Dans une centrale au charbon, celui-ci est préalablement broyé avant d'être envoyé dans des brûleurs où il subit une combustion. La chaleur dégagée permet de chauffer l'eau contenue dans un générateur de vapeur. Dans ce générateur, l'eau liquide est transformée en vapeur d'eau à haute pression qui est ensuite injectée dans une turbine qui se met à tourner. Cette turbine fait alors actionner un alternateur qui produit du courant électrique.

Document 1 Le fonctionnement d'une centrale thermique

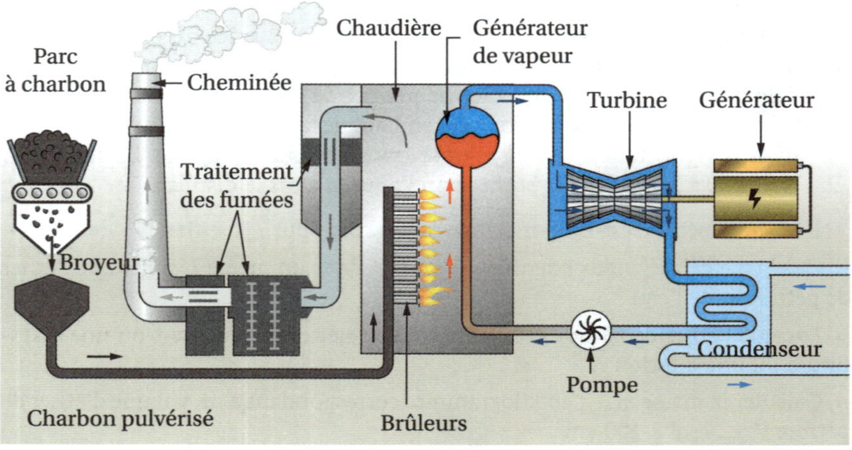

Document 2 Qu'est-ce que le charbon ?

Le charbon est une roche qui se forme par la sédimentation des matières organiques (animales et végétales) dans les profondeurs de la Terre, sous l'effet de fortes températures et de fortes pressions. Sa formation nécessite plusieurs millions d'années. Il est exclusivement composé de carbone. Sa masse volumique $\rho_{charbon}$ est égale à 1 346 kg/m^3.

1) Le charbon est-il un corps pur ou un mélange ?

2) Quel changement d'état s'effectue dans le générateur de vapeur ?

3) Décrire l'agencement des molécules d'eau dans les deux états physiques que l'on trouve dans le générateur de vapeur.

4) Une centrale thermique consomme une masse de charbon $m_{charbon}$ égale à 2 250 tonnes par jour.
Calculer le volume $V_{charbon}$ en mètres cubes correspondant.

5) La masse volumique de l'eau liquide est égale à $\rho_{liquide} = 1\,000$ kg/m^3, tandis que celle de la vapeur d'eau sous pression est égale à $\rho_{vapeur} = 5{,}00$ kg/m^3.
À l'aide de la structure microscopique de l'eau à l'état liquide et à l'état gazeux, expliquer l'influence de la température sur la masse volumique de l'eau.

6) La courbe de variation de température au cours du temps du changement d'état de l'eau dans le générateur de vapeur est la suivante.

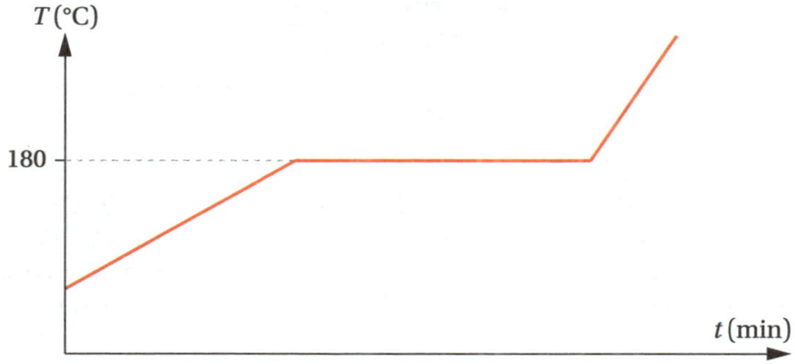

Trouver la température de changement d'état de l'eau dans le générateur de vapeur. Est-ce que cette courbe permet d'affirmer que l'eau est un corps pur ?

DÉMARRONS ENSEMBLE

1) Utilise le document 1.

2) Identifie l'état de la matière avant, puis après le changement d'état.

4) Calcule le volume à l'aide de la formule de la masse volumique.
Convertis la masse en kilogrammes : 1 t = 1 × 10^3 kg.

CORRIGÉS

SE TESTER QUIZ

1 Décrire la matière à l'échelle macroscopique

1) Réponse b. Un mélange dont on ne distingue pas les constituants à l'œil nu est qualifié d'homogène. Un mélange dont on distingue les constituants à l'œil nu est qualifié d'hétérogène.

2) Réponse a. Un liquide n'a pas de forme propre : il prend la forme du récipient qui le contient (il est déformable).

2 Décrire la matière à l'échelle microscopique

1) Réponse b. Les molécules d'un échantillon à l'état liquide sont proches les unes des autres, désordonnées et « glissent » les unes sur les autres.

2) Réponses a, b et c. Un solide est indéformable car les molécules qui le constituent sont fixes les unes par rapport aux autres.

3 Connaître les changements d'état

1) Réponse b. Le passage de l'état gazeux à l'état liquide est la liquéfaction. Le passage de l'état solide à l'état liquide est la fusion.

2) Réponse a. Lors d'un changement d'état, quand la température augmente, les molécules sont de plus en plus mobiles et désordonnées : l'agitation des molécules augmente avec la température.

3) Réponse b. Lors d'un changement d'état, le nombre de molécules n'est pas modifié donc la masse reste constante. En revanche, les molécules s'organisent différemment, en étant plus ou moins proches les unes des autres selon le changement d'état considéré, donc le volume de l'ensemble des molécules varie.

4 Comprendre la masse volumique

1) Réponse a. La masse volumique est égale à la masse d'une unité de volume.

2) Réponses a et b. L'unité de la masse volumique doit être une unité de masse divisée par une unité de volume.

3) Réponse c. Quand la température d'un échantillon augmente, les molécules s'éloignent les unes des autres donc le volume de l'échantillon augmente ; sa masse, en revanche, ne change pas. D'après la formule de la masse volumique, quand le volume augmente la masse volumique diminue.

5 Connaître les caractéristiques physiques d'un échantillon de matière

1 **Réponse b.** Chaque substance a une température d'ébullition qui lui est propre : c'est une de ses caractéristiques physiques.

2 **Réponse b.** L'eau salée est un mélange, donc la température varie lors de ses changements d'état (ici, la fusion).

6 Préparer des solutions

1 **Réponse c.** Lors d'une dissolution, un solide est mis en contact avec un liquide qui le dissout.

2 **Réponse a.** Dans une dissolution, le soluté est le solide introduit. Le liquide utilisé pour faire la solution est appelé solvant et le liquide obtenu, la solution.

3 **Réponse b.** Lors d'une dilution, on ajoute du solvant afin d'augmenter le volume total de la solution.

4 **Réponse b.** Une dissolution est un mélange : toutes les molécules introduites restent présentes, donc la masse de l'ensemble de varie pas.

5 **Réponse a.** Deux liquides qui ne se mélangent pas sont qualifiés de non miscibles.

LES EXOS

7 Comprendre ce qu'est un nuage

1 Le nuage peut être considéré comme un **corps pur** car on n'y trouve que de l'eau.

2 Lors de l'ascension des gouttes d'eau, il y a passage de l'état liquide à l'état solide. C'est donc une **solidification**.

3 Lors de la descente des glaçons, il y a passage de l'état solide à l'état liquide : c'est une **fusion**.

8 Étudier un échantillon métallique

1 ■ Le **schéma 1** correspond à l'**état liquide** car les atomes sont désordonnés et ils se déplacent en glissant les uns sur les autres.

■ Le **schéma 2** correspond à l'**état solide** car les atomes sont immobiles et serrés les uns contre autres de manière ordonnée.

2 **Réponse c.** La valeur de la masse m_1 est égale à $m_1 = 400$ **g** car au cours d'un changement d'état, la masse ne varie pas.

3 **L'affirmation** de l'ouvrier **est correcte**, car lors du changement d'état d'un échantillon de matière (ici, solidification de l'acier), il y a variation de son volume.

9 Étudier une vinaigrette

1) On convertit le volume en mètres cubes : $V_{huile} = 45\ mL = 45 \times 10^{-6}\ m^3$.
Calcul de la masse m_{huile} :
$m_{huile} = \rho_{huile} \times V_{huile} = 920 \times 45 \times 10^{-6} = 4{,}1 \times 10^{-2}$ **kg.**

2) On convertit le volume en mètres cubes : $V_{vinaigre} = 100\ mL = 100 \times 10^{-6}\ m^3$.
On convertit la masse en kilogrammes : $m_{vinaigre} = 105\ g = 105 \times 10^{-3}\ kg$.
Calcul de la masse volumique $\rho_{vinaigre}$:

$$\rho_{vinaigre} = \frac{m_{vinaigre}}{V_{vinaigre}} = \frac{105 \times 10^{-3}}{100 \times 10^{-6}} = 1{,}05 \times 10^3\ kg/m^3.$$

3) Calcul de la masse de la partie liquide de la vinaigrette $m_{liquide}$:
$m_{liquide} = m_{huile\ versée} + m_{vinaigre\ versé}$
Calcul de la masse de vinaigre versé $m_{vinaigre\ versé}$:
$m_{vinaigre\ versé} = \rho_{vinaigre} \times V_{vinaigre\ versé}$
$m_{vinaigre\ versé} = 1{,}05 \times 10^3 \times 15 \times 10^{-6} = 1{,}6 \times 10^{-2}$ kg.
$m_{liquide} = m_{huile\ versée} + m_{vinaigre\ versé}$
$m_{liquide} = 4{,}1 \times 10^{-2} + 1{,}6 \times 10^{-2} = 5{,}7 \times 10^{-2}$ **kg.**

10 Préparation de solutions de colorants alimentaires

1) Sachant que la masse d'un litre d'eau est égale à 1 000 g/L, la masse de deux litres d'eau est égale à **2 000 g.**
Au cours de la dissolution, il y a conservation de la masse.
La masse de la solution S_1 est donc égale à $m = 2\,000 + 15 =$ **2 015 g.**

2) La solution S_1 est préparée par **dissolution.**

3) La solution S_2 est préparée par **dilution.**

OBJECTIF BREVET

11 Refroidissement d'un liquide

1) En refroidissant suffisamment, un liquide devient solide : il s'agit donc d'une **solidification.**

2) Le graphique ne présente pas de palier de température, celle-ci varie durant le changement d'état : le liquide étudié est un **mélange.**

3) La substance est présente sous deux états différents lors du changement d'état : ici, **entre 80 et 140 secondes** la substance est en partie à l'état liquide et en partie à l'état solide.

12 Identification d'une espèce chimique

1) Calcul de la masse volumique :
$m = 198{,}5\ \text{g} = 198{,}5 \times 10^{-3}\ \text{kg}$ et $V = 125\ \text{mL} = 125 \times 10^{-6}\ \text{L}$.

$$\rho(\text{poudre}) = \frac{m(\text{poudre})}{V(\text{poudre})} = \frac{198{,}5 \times 10^{-3}}{125 \times 10^{-6}} = 1\,588\ \text{kg/m}^3.$$

2) La masse volumique calculée est égale à celle du **sucre cristallisé**.

3) Calcul de la masse d'eau :
$m_{eau} = \rho_{eau} \times V_{eau} = 1\,000 \times 100 \times 10^{-6} = 0{,}100\ \text{kg} = 100\ \text{g}$.
Lors de la dissolution, il y a conservation de la masse totale :
$m_{solution} = m_{eau} + m_{poudre}$ soit $m_{solution} = 100 + 20 =$ **120 g**.

CONSEIL
3) Exprime la masse d'eau en grammes.

13 La distillation d'un produit pétrolier

1) L'éther de pétrole est un **mélange** car il est composé de plusieurs hydrocarbures.

2) L'éther de pétrole étant très peu soluble dans l'eau, le mélange obtenu est donc **hétérogène**.

3) Lorsque l'éther de pétrole est utilisé comme nettoyant, on réalise une **dissolution** car les corps gras sont dissous dans le solvant.

4) On convertit le volume en mètres cube : $V_{éther} = 100\ \text{cm}^3 = 100 \times 10^{-6}\ \text{m}^3$.
$m_{éther} = \rho_{éther} \times V_{éther} = 720 \times 100 \times 10^{-6} =$ **$7{,}2 \times 10^{-2}$ kg**.

5) Le changement d'état réalisé dans le ballon est la **vaporisation**.

6) Le changement d'état réalisé dans le réfrigérant est la **liquéfaction**.

7) On convertit la masse en kilogrammes : $70\ \text{g} = 70 \times 10^{-3}\ \text{kg}$.
On convertit le volume en mètres cubes : $V_{distillat} = 100\ \text{cm}^3 = 100 \times 10^{-6}\ \text{m}^3$.

$$\rho_{distillat} = \frac{m_{distillat}}{V_{distillat}} = \frac{70 \times 10^{-3}}{100 \times 10^{-6}} = 7{,}0 \times 10^2\ \text{kg/m}^3.$$

8) La masse $m_{distillat}$ **n'a pas varié** et le volume $V_{distillat}$ **a varié** entre l'entrée dans le réfrigérant à eau et la sortie, car il s'est effectué dans le réfrigérant à eau un changement d'état.

14 Étude d'une centrale électrique thermique

1) Le charbon est un **corps pur** car il n'est composé que de carbone.

2) Le changement d'état qui s'effectue dans le générateur de vapeur est une **vaporisation**.

3 Les deux états physiques que l'on trouve dans le générateur de vapeur sont l'état liquide et l'état gazeux.

- Pour l'**état liquide**, les molécules sont désordonnées et elles se déplacent en glissant les unes sur les autres.

- Pour l'**état gazeux**, les molécules sont très agitées, elles occupent tout l'espace disponible et se déplacent rapidement de manière désordonnée.

4 On convertit la masse en kilogrammes : $m = 2\,250\ \text{t} = 2\,250 \times 10^3\ \text{kg}$
Calcul du volume V_{charbon} :

$$V_{\text{charbon}} = \frac{m_{\text{charbon}}}{\rho_{\text{charbon}}} = \frac{2\,250 \times 10^3}{1\,346} = \mathbf{1\,672\ m^3}.$$

5 Dans la question **3**, nous avons vu que les molécules sont plus éloignées les unes des autres pour la vapeur d'eau que pour l'eau liquide : pour une même masse d'eau, le volume occupé sera plus grand pour une température plus élevée.
Pour un échantillon de matière de masse donnée, sa masse volumique est inversement proportionnelle à son volume, donc plus le volume est grand, plus la masse volumique est petite.
Ainsi une masse d'eau sous forme de vapeur a une température plus élevée et un volume plus grand que la même masse d'eau à l'état liquide, ce qui explique que la masse volumique de l'eau liquide soit plus grande que celle de la vapeur d'eau. La température a une influence sur la masse volumique de l'eau.

6 La température de changement d'état de l'eau correspond à la valeur de T pour le palier horizontal : on trouve **$T = 180$ °C**.
Cette courbe permet d'affirmer que l'eau est un **corps pur** car le changement d'état se fait à température constante (180 °C).

À NOTER

6 Dans le générateur, comme il règne une haute pression, la température de vaporisation de l'eau est supérieure à 100 °C.

2 Structure de la matière

5 Décrire la structure des atomes

EN BREF ▸ *L'atome est la brique élémentaire de la matière : toute substance est composée d'atomes.*

I La description d'un atome

■ Chaque atome est représenté par un symbole : une lettre en majuscule (souvent la première lettre du nom de l'atome) parfois suivie d'une lettre en minuscule.

Exemple : atome de carbone : C ; atome de cuivre Cu ; atome de sodium : Na.

À NOTER
Le noyau est 100 000 fois plus petit que l'atome !

■ Un atome peut être assimilé à une sphère dont le rayon a pour ordre de grandeur 10^{-10} m.

■ Chaque atome est constitué d'un noyau autour duquel des électrons se déplacent.

Modèle atomique

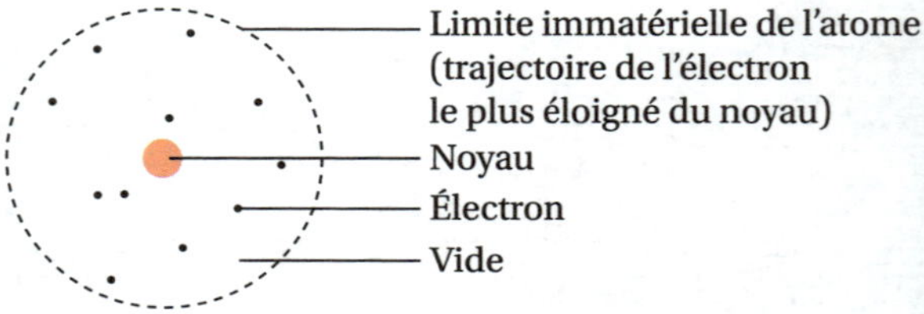

■ Le noyau a un rayon d'environ 10^{-15} m. Il contient des particules appelées nucléons. Il existe deux sortes de nucléons :
– Les protons (qui portent une charge électrique positive) ;
– Les neutrons (qui ont une charge électrique nulle : ils sont neutres).

Le nombre de nucléons est appelé nombre de masse, il est noté *A*.

■ Chaque type d'atome est caractérisé par son numéro atomique noté *Z* qui est égal au nombre de protons du noyau.

■ Un électron est une particule portant une charge négative. Les électrons sont en mouvement rapide et aléatoire autour du noyau. L'ensemble des électrons s'appelle le cortège électronique.

■ Chaque noyau est représenté par un symbole de la forme $^{A}_{Z}X$, avec X le symbole de l'atome, *A* le nombre de masse et *Z* le numéro atomique.

Exemple : noyau de carbone : $^{12}_{6}C$.

II Les propriétés de l'atome

■ Entre le noyau et les électrons il n'y a que du vide : l'atome possède une structure lacunaire.

■ Un atome est électriquement neutre : il contient autant de charges positives (protons) dans son noyau que de charges négatives (électrons) autour du noyau.

Exemple : l'atome de chlore ($Z = 17$) contient 17 protons et 17 électrons.

Méthode

Déterminer la composition d'un atome

L'atome d'oxygène (de symbole chimique O) est un des atomes les plus abondants en masse dans l'Univers. Il possède 8 électrons.

Trouver, parmi les dessins ci-dessous, celui qui représente correctement un atome d'oxygène, sachant qu'un point bleu représente un proton et un point rouge représente un électron.

Dessin A	Dessin B	Dessin C
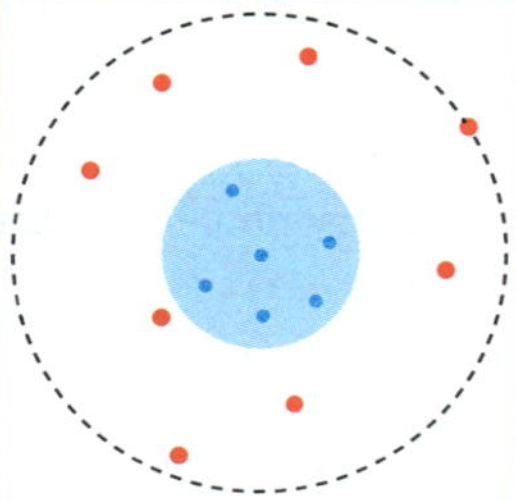	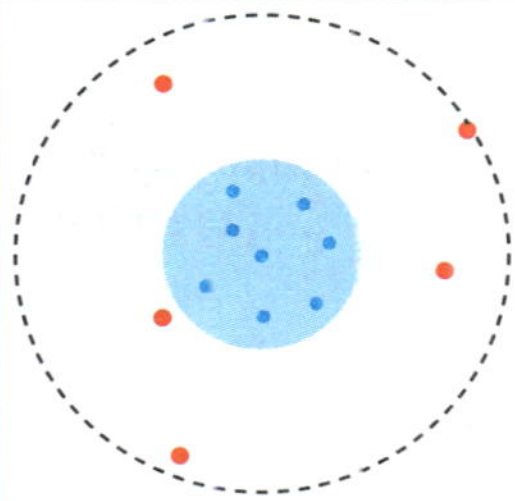	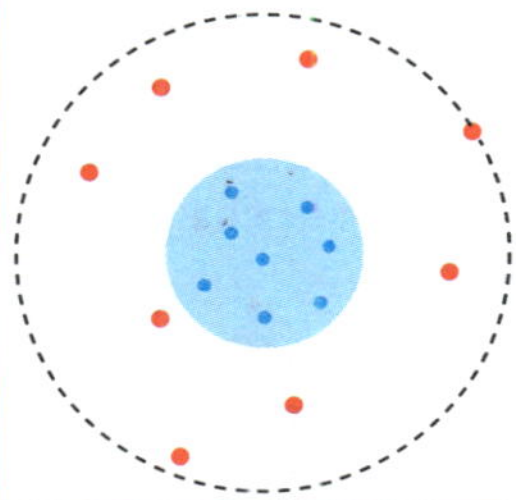

CONSEIL

Souviens-toi qu'un atome est électriquement neutre : il contient autant de protons que d'électrons.

SOLUTION

- Pour déterminer quel dessin représente correctement l'atome d'oxygène, il faut déterminer la composition de son noyau.
- Un atome est électriquement neutre : il contient autant de charges positives (protons) dans son noyau que de charges négatives (les électrons) autour du noyau.
- D'après l'énoncé, l'atome d'oxygène contient 8 électrons : il contient donc 8 protons.
- Le **dessin C** est correct, car c'est le seul qui représente **8 protons** (points bleus) dans le noyau de l'atome et **8 électrons** (points rouges) autour du noyau.

6 Décrire la structure des molécules

EN BREF ▸ *La matière sur Terre est essentiellement constituée de molécules qui sont des assemblages d'atomes.*

I Composition et formule chimique d'une molécule

■ Une molécule est un assemblage d'**atomes** (identiques ou différents) liés entre eux.

■ Chaque molécule possède une formule chimique qui contient :
– le symbole de chaque type d'atome présent dans la molécule (en général écrits dans l'ordre CHON, puis dans l'ordre alphabétique des symboles) ;
– le nombre de chaque type d'atome indiqué en indice après le symbole de l'atome concerné.

> **MOT CLÉ**
> Les **atomes** sont les briques élémentaires de la matière → FICHE 5.

Exemple : la molécule d'eau de formule H_2O contient deux atomes d'hydrogène (symbole H) et un atome d'oxygène (symbole O).

II Modèle moléculaire

■ Une molécule est représentée par un modèle moléculaire : c'est un édifice formé avec des boules de couleurs et de diamètres différents.

■ Chaque boule représente un atome.
À chaque type d'atome correspond une boule de couleur et de taille spécifiques.

Type d'atome	Symbole	Modèle
Hydrogène	H	 (blanc)
Oxygène	O	 (rouge)
Carbone	C	 (noire)
Azote	N	 (bleue)

Exemples :
– dioxyde de carbone :  ;
– dioxygène :  ;
– méthane : .
– protoxyde d'azote : .

Méthode

Déterminer la composition d'une molécule

Le paclitaxel est une molécule médicamenteuse utilisée pour le traitement de certains cancers (poumons, seins et ovaires).

Sa formule chimique est $C_{47}H_{51}O_{14}N$.

Déterminer la composition de la molécule de paclitaxel.

Atome	Carbone	Hydrogène	Oxygène	Azote	Fluor	Chlore
Symbole	C	H	O	N	F	Cℓ

CONSEILS

- Grâce à la formule chimique de la molécule, détermine d'abord le type d'atomes présents dans la molécule, puis leur nombre.
- Souviens-toi que les nombres en indice indiquent le nombre d'atomes dont le symbole est écrit juste avant.

SOLUTION

■ Le paclitaxel a pour formule chimique $C_{47}H_{51}O_{14}N$.

Il y a quatre symboles chimiques différents dans la formule, la molécule de paclitaxel est donc composée de quatre types d'atomes différents :

- le carbone de symbole C ;
- l'hydrogène de symbole H ;
- l'oxygène de symbole O ;
- l'azote de symbole N.

■ Les nombres inscrits en indice des symboles indiquent combien de fois cet atome est présent dans la molécule ; l'absence de nombre à droite du symbole d'un atome indique que la molécule n'en contient qu'un seul :

■ La molécule de paclitaxel est composée de :

- **47** atomes **de carbone** ;
- **51** atomes **d'hydrogène** ;
- **14** atomes **d'oxygène** ;
- **1** atome **d'azote**.

7 Décrire la structure des ions et les identifier

EN BREF ▸ *Un ion est un atome (ou groupe d'atomes) qui a perdu ou gagné un ou plusieurs électrons : seul le cortège électronique est modifié, le noyau reste identique.*

I Structure des ions

- Un **ion** est un atome (ou groupe d'atomes) qui a perdu ou gagné un ou plusieurs électrons.
- Un **cation** est un atome qui a perdu un ou plusieurs **électrons** : il est donc **chargé positivement**.

MOT CLÉ
Un **électron** est une particule ayant une charge électrique négative → FICHE 5.

- Un **anion** est un atome qui a gagné un ou plusieurs électrons : il est donc **chargé négativement**.

II Formule chimique des ions

- La formule chimique d'un ion est construite à partir :
- du **symbole de l'atome** à partir duquel l'ion se forme ;
- du **nombre** et du **signe des charges en excès**, indiqués **en exposant**.

Exemple : l'**ion chlorure** s'obtient à partir d'un atome de chlore $C\ell$ (de numéro atomique $Z = 17$) qui a gagné un électron. Il contient donc 17 protons (car $Z = 17$) et 18 électrons (car $17 + 1 = 18$). L'ion possède ainsi un excès de 1 charge négative, d'où sa formule $C\ell^-$.

- Il existe des **ions monoatomiques** formés à partir d'un seul atome (H^+, $C\ell^-$, ...) et des **ions polyatomiques** formés à partir de plusieurs atomes (HO^-, NH_4^+, ...).

III Identification des ions

La présence d'un ion en solution aqueuse peut être identifiée par la formation d'un **précipité** (solide en suspension) lorsqu'on ajoute un réactif approprié.

Ion à identifier	Réactif à ajouter	Précipité formé
Ion chlorure $C\ell^-$	Ion argent Ag^+	Précipité blanc qui noircit à la lumière
Ion cuivre Cu^{2+}	Ion hydroxyde HO^-	Précipité bleu
Ion fer II Fe^{2+}	Ion hydroxyde HO^-	Précipité vert
Ion fer III Fe^{3+}	Ion hydroxyde HO^-	Précipité rouille
Ion zinc Zn^{2+}	Ion hydroxyde HO^-	Précipité blanc

Méthode

Déterminer la composition d'un ion

1) L'atome de chrome est un des composants essentiels de l'acier inoxydable. Son symbole est Cr et il a pour numéro atomique $Z = 24$; l'ion qui en est issu est l'ion chrome de formule Cr^{3+}.

Déterminer la composition de l'ion chrome.

2) Déterminer la composition de l'ion oxyde O^{2-} en sachant que pour O, $Z = 8$.

CONSEILS

- Détermine d'abord le nombre d'électrons et de protons de l'atome. Souviens-toi que le noyau d'un ion et celui de l'atome dont il est issu sont identiques.
- Détermine ensuite si l'ion est un atome qui a perdu ou gagné des électrons en observant le signe de l'exposant.
- Détermine enfin le nombre d'électrons de l'ion.

SOLUTION

1) ■ Il est indiqué que le numéro atomique de l'atome est $Z = 24$, l'atome de chrome contient donc 24 protons.

Comme un atome est électriquement neutre, il contient autant de protons que d'électrons, donc l'atome de chrome contient 24 électrons.

Comme les noyaux de l'atome et de l'ion d'un même élément sont identiques, on en déduit que l'ion chrome possède 24 protons.

■ La formule de l'ion chrome indique que l'ion a 3 charges positives de plus que de charges négatives.

Comme le nombre de charges positives reste toujours le même, c'est le nombre d'électrons qui a changé : **l'atome a donc perdu 3 électrons** pour former l'ion.

L'atome possède 24 électrons, l'ion chrome en possède 21 ($24 - 3 = 21$).

■ L'ion chrome de formule Cr^{3+} est constitué de **24 protons et de 21 électrons**.

2) En raisonnant à l'identique, l'ion oxyde O^{2-} est constitué de **8 protons** et de **10 électrons**.

8 Distinguer les solutions acides et les solutions basiques

EN BREF ▸ *Parmi les solutions ioniques, il existe des solutions acides et basiques. Le pH de ces solutions dépend de la proportion en ions hydrogène (H^+) et en ions hydroxyde (HO^-) dans la solution.*

I Mesure du pH

■ Pour déterminer le caractère acide ou basique d'une solution, il faut mesurer son **pH (potentiel hydrogène)**.

■ Le pH d'une solution aqueuse est un nombre compris **entre 0 et 14**, sans unité. Il est relié à la concentration en ions hydrogène H^+ et en ions hydroxyde HO^- dans une solution.

■ Le pH d'une solution aqueuse s'estime à l'aide de **papier pH** ou d'un **indicateur coloré** et se mesure à l'aide d'un **pH-mètre**.

II Acidité et basicité

■ Une solution est **acide** lorsque son **pH est inférieur à 7** : elle contient alors plus d'ions H^+ que d'ions HO^-. Plus le pH est proche de 0, plus la solution est acide, plus elle contient d'ions H^+.

Exemple : le cola : pH = 3,1.

■ Une solution est **basique** lorsque son **pH est supérieur à 7** : elle contient alors moins d'ions H^+ que d'ions HO^-. Plus le pH est proche de 14, plus la solution est basique, plus elle contient d'ions HO^-.

Exemple : l'eau de Javel : pH = 11,8.

■ Une solution est **neutre** lorsque son **pH est égal à 7** : elle contient alors autant d'ions hydrogène H^+ que d'ions HO^-.

Exemple : la salive : pH = 7,0.

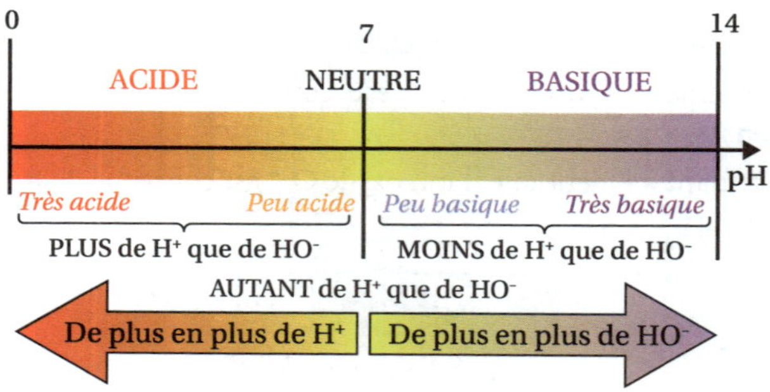

Méthode

Déterminer le caractère acide ou basique d'une solution

Document **Mesurer un pH à l'aide d'un papier pH**

1. Introduire dans un tube à essai quelques millilitres de la solution dont on veut déterminer le pH.

2. Découper un petit morceau de papier pH et le poser dans une coupelle propre.

3. Déposer, à l'aide d'un agitateur en verre trempé dans la solution étudiée, une goutte de cette solution sur le papier pH.

4. Comparer la nouvelle teinte du morceau de papier pH à l'échelle de teintes fournie avec le papier pH et en déduire le pH de la solution.

Échelle de teinte du papier pH

On veut mesurer le pH d'une solution de déboucheur de canalisations.

Pour cela, d'après le protocole précédent, on introduit quelques millilitres d'une solution de déboucheur dans un tube à essais.

À l'aide d'un agitateur en verre, on imbibe un morceau de papier pH de la solution. On obtient le résultat suivant : 

D'après le protocole de mesure décrit dans le document, la solution de déboucheur de canalisations est-elle acide, basique ou neutre ?

CONSEILS

- Compare la couleur du papier pH à l'échelle de teintes pour déterminer le pH.
- Souviens-toi qu'une solution acide a un pH inférieur à 7, une solution neutre un pH égal à 7 et une solution basique a un pH supérieur à 7.

SOLUTION

- En comparant l'échelle de teintes et le papier pH imbibé de la solution de déboucheur de canalisations, on peut dire que la solution de déboucheur de canalisations a un **pH de 12**.
- Sachant qu'une solution dont le pH est supérieur à 7 est basique, no… pouvons en déduire que la solution de déboucheur de canalisati… **solution basique**.

STRUCTURE DE LA MATIÈRE

Les ions

Description et identification

- **Ion** : atome (ou groupe d'atomes) qui a perdu ou gagné un ou plusieurs électrons.
- **Anion** : ion chargé négativement (gain d'électron(s)).
- **Cation** : ion chargé positivement (perte d'électron(s)).
- Test chimique pour **identifier un ion** présent dans une solution :
  – l'apparition d'un précipité indique la présence d'un ion ;
  – la couleur du précipité précise lequel.

Un exemple de solution ionique : les solutions acides et basiques

Le caractère **acide, basique** ou **neutre** d'une solution dépend de son pH.

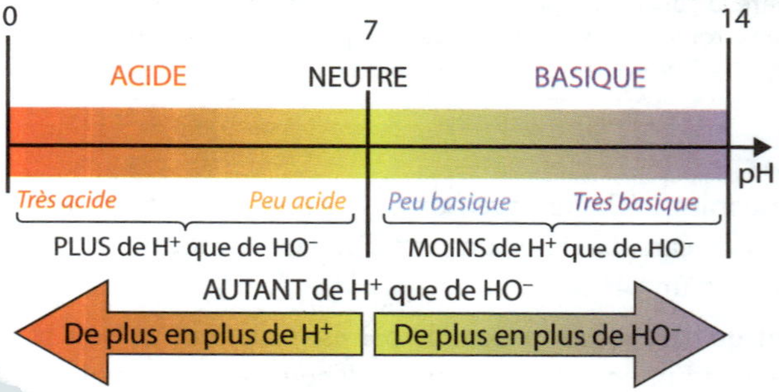

Les atomes

Propriétés de l'atome

- **Structure lacunaire** : que du vide entre noyau et électrons.
- **Électriquement neutre** : autant de protons que d'électrons.

Description d'un atome

- **Modèle atomique**

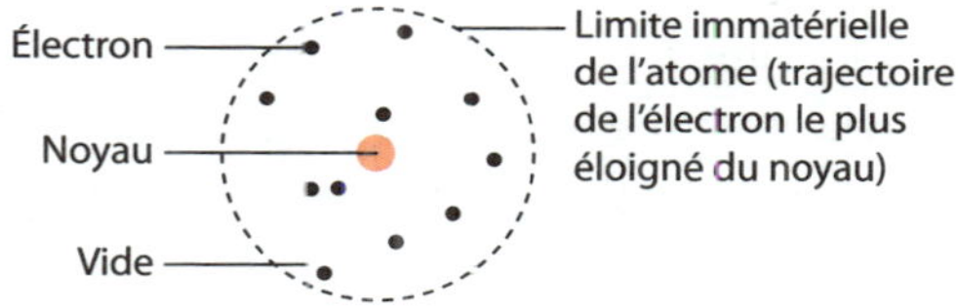

- Chaque atome est représenté par un **symbole** et caractérisé par son **numéro atomique** Z (nombre de protons).
Exemple : atome de carbone : C ($Z = 8$)
- Tous les atomes sont regroupés dans le **tableau périodique** des éléments.

Les molécules

Modèle moléculaire

Édifice formé avec des boules de couleurs et de diamètres différents (chaque boule représente un atome).
Exemple :

Dioxyde de carbone	CO_2	
Dioxygène	O_2	
Méthane	CH_4	
Protoxyde d'azote	N_2O	

Description d'une molécule

- **Molécule** : assemblage d'atomes.
- **Formule chimique d'une molécule :** composition de la molécule (type et nombre d'atomes).
Exemple : la molécule d'eau de formule H_2O (deux atomes d'hydrogène H et un atome d'oxygène O).

SE TESTER QUIZ

Vérifie que tu as compris les points clés

1 Connaître la structure des atomes

→ FICHE 5

1 Le noyau d'un atome contient :

☐ **a.** des nucléons ☐ **b.** des neutrons

☐ **c.** des molécules ☐ **d.** des protons

☐ **e.** des électrons

2 Dans le symbole d'un noyau atomique $^{A}_{Z}X$, le Z correspond au nombre :

☐ **a.** de neutrons ☐ **b.** de protons ☐ **c.** d'électrons

3 « L'atome a une structure lacunaire » signifie que :

☐ **a.** la structure de l'atome est désordonnée

☐ **b.** l'atome est essentiellement constitué de vide

4 Un atome :

☐ **a.** est chargé positivement

☐ **b.** est électriquement neutre (charge globale nulle)

☐ **c.** est chargé négativement

5 Un atome contient :

☐ **a.** plus de protons que d'électrons

☐ **b.** autant de protons que d'électrons

☐ **c.** moins de protons que d'électrons

.../5

2 Connaître la structure des molécules

→ FICHE 6

1 La vitamine C a pour formule $C_6H_8O_6$, elle contient :

☐ **a.** 6 atomes d'hydrogène

☐ **b.** 6 atomes de carbone

2 Le modèle moléculaire ci-dessous correspond à la molécule de formule :

☐ **a.** C6H12O6

☐ **b.** $C_6H_{12}O_6$

☐ **c.** 6C12H6O

☐ **d.** $_6C_{12}H_6O$

.../2

3 Décrire la structure des ions et les identifier

→ FICHE 7

1 Un cation est :

a. un atome qui a perdu un ou plusieurs électrons, il est chargé positivement

b. un atome qui a perdu un ou plusieurs électrons, il est chargé négativement

c. un atome qui a gagné un ou plusieurs électrons, il est chargé positivement

d. un atome qui a gagné un ou plusieurs électrons, il est chargé négativement

2 Lors du passage de l'atome à l'ion, ce qui change est :

☐ **a.** le nombre de protons ☐ **b.** le nombre d'électrons

3 L'ion sulfate de formule SO_4^{2-} contient :

☐ **a.** 4 atomes de SO

☐ **b.** 4 atomes de O

☐ **c.** 2 électrons de plus que de protons

☐ **d.** 8 charges négatives

…/3

4 Distinguer solutions acides et basiques

→ FICHE 8

1 Les solutions acides et basiques ne sont pas des solutions ioniques.

☐ **a.** vrai ☐ **b.** faux

2 Une solution basique contient :

☐ **a.** plus d'ions H^+ que d'ions HO^-

☐ **b.** autant d'ions H^+ que d'ions HO^-

☐ **c.** moins d'ions H^+ que d'ions HO^-

3 Une solution acide a un pH :

☐ **a.** supérieur à 7 ☐ **b.** inférieur à 7 ☐ **c.** égal à 7

…/3

ON FAIT LE BILAN !

score total …/13

- Des erreurs ? Entraîne-toi ! → **LES EXOS** P. 48
- Zéro faute ? Bravo ! → **OBJECTIF BREVET** P. 50

LES EXOS

Entraîne-toi !

5 Le sélénium

→ FICHES 5 et 7

Le sélénium est un élément chimique indispensable à l'organisme humain, mais il doit être consommé en petites quantités sinon il devient toxique.

Il est présent à l'état de traces dans les aliments. La teneur en sélénium des graines et des légumes dépend directement de la composition des sols où ils sont cultivés. La noix du Brésil est l'aliment le plus riche en sélénium.

L'atome de sélénium a pour symbole Se et pour numéro atomique $Z = 34$.

1) Combien contient-il de protons ? Justifier la réponse.

2) Combien contient-il d'électrons ? Justifier la réponse.

3) L'ion séléniure a pour formule Se^{2-}.
Donner la définition d'un ion.

4) L'ion séléniure est-il un anion ou un cation ? Justifier.

5) Combien de protons contient le noyau de l'ion séléniure ? Justifier.

6) Combien d'électrons possède-t-il ? Justifier.

7) Faire un schéma légendé de l'ion séléniure.

CONSEIL

7) Tu dois faire attention de représenter le bon nombre de protons dans le noyau et le bon nombre d'électrons. N'oublie pas de mettre un titre au schéma.

6 Vrais et faux sucres

→ FICHE 6

Dans le commerce comme dans l'alimentation, on trouve de nombreuses sortes de sucres. Il y a les « vrais » sucres (glucose, fructose...) et les « faux » sucres ou édulcorants (aspartame, stévia, xylitol...).
L'aspartame a pour formule brute $C_{14}H_{18}O_5N_2$.
Le xylitol a le modèle moléculaire ci-dessous.

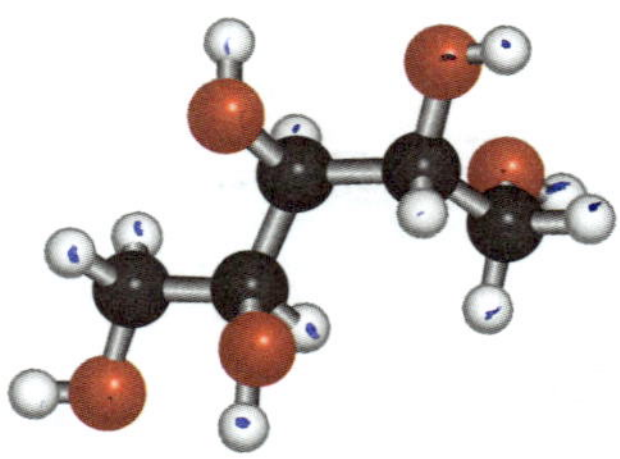

1) Détailler la composition de l'aspartame.

2) Donner la composition et la formule chimique du xylitol (utiliser le tableau de la fiche 6).

7 Se protéger des bactéries à l'hôpital

→ FICHES 5, 6 et 8

Bactéries, virus et champignons sont présents dans les établissements de santé et les lieux publics. Pour limiter la prolifération des bactéries et leur diffusion, les hôpitaux ont mis en place des mesures efficaces :

- Désinfection des sols, des surfaces de travail, des mobiliers, des instruments et des matériels médicaux : les hôpitaux utilisent souvent du Surfanios, une solution contenant de l'alkylamine de formule chimique $C_{18}H_{41}N_3$. Le pH de la solution pure des Surfanios est de 12,5.
- Utilisation d'antiseptiques (solutions hydroalcooliques) pour les tissus vivants (peau saine, muqueuses et plaies) : les propriétés aseptisantes de ces solutions sont dues à différents principes actifs dont l'alcool isopropylique, qui est composé de 3 atomes de carbone, 8 atomes d'hydrogène et de 1 atome d'oxygène.
- Installation de poignées de porte, de robinets et d'interrupteurs en cuivre : le cuivre est connu depuis l'antiquité pour ses propriétés antibactériennes. Le cuivre est un atome de symbole Cu, son numéro atomique est $Z = 29$.

Données :

Atome	Carbone	Hydrogène	Oxygène	Azote
Symbole chimique	C	H	O	N

1) Donner la composition de l'alkylamine.

2) Le Surfanios pur est-il acide, neutre ou basique ?

3) Donner la formule chimique de l'alcool isopropylique.

4) Donner la composition de l'atome de cuivre.

8 Détartrer une bouilloire

→ FICHE 8

Pour enlever sans danger le calcaire contenu dans une bouilloire, il faut introduire pendant plusieurs heures une solution dont le pH est compris entre 4 et 6.

Les détartrants sont vendus sous forme de poudre qu'il faut diluer pour pouvoir les utiliser.

1) Après avoir préparé la solution de détartrant, comment faut-il procéder pour vérifier que le pH de la solution est correct ?

2) La solution obtenue contient-elle plus d'ions hydrogène ou d'ions hydroxyde ? Justifier.

OBJECTIF BREVET

Lance-toi dans des sujets !

9 Une limonade s'il vous plaît !

10 min

→ FICHES 6 et 8

Lili commande dans un bar une limonade. Il s'agit d'une boisson composée d'eau, de sucre et de jus de citron. Le sucre présent dans la limonade est le saccharose de formule $C_{12}H_{22}O_{11}$. Le jus de citron est connu pour rendre acide les solutions qui le contiennent.

1) Indique le nom et le nombre de chaque type d'atome qui constitue le saccharose.

2) Dans quel intervalle de pH se situe le pH de la limonade ?

3) Entre les ions hydroxyde et hydrogène, quels sont ceux qui sont majoritaires dans la limonade ?

DÉMARRONS ENSEMBLE

1) Le nombre noté en indice après le symbole d'un atome indique combien de fois l'atome est présent dans la molécule.

10 Fonctionnement d'une pile électrique

20 min

→ FICHES 5 et 7

Dans une pile électrochimique, des atomes de fer (symbole Fe, $Z = 26$) perdent chacun deux électrons qui vont permettre de constituer un courant électrique.

1) Quel est le nombre de protons contenus dans le noyau d'un atome de fer et le nombre d'électrons autour du noyau ?

2) Trouver la formule de l'ion obtenu à partir de l'atome de fer.
S'agit-il d'un anion ou d'un cation ?

3) La pile est composée de deux compartiments : le premier contient une solution aqueuse avec des ions inconnus et le second contient des ions fer Fe^{2+}. On ajoute des ions hydroxyde HO^- dans chaque compartiment et il se forme un précipité bleu dans le premier compartiment.

a. Identifier l'ion inconnu dans le premier compartiment.

b. Que se passe-t-il dans le second compartiment ?

DÉMARRONS ENSEMBLE

1) Un atome est électriquement neutre : il contient autant de protons que d'électrons.

2) Pour la formule chimique d'un ion, on indique en exposant après le symbole de l'atome le nombre d'électrons en excès ou en défaut par rapport au nombre de protons.

3) Utilise les tests d'identification des ions en annexe.

11 Le fer dans les eaux des fontaines de Paris

20 min

→ FICHES 5 à 7

À Paris, trois fontaines proposent aux passants une eau issue de la nappe d'eau d'Albien (nappe sous-terraine située sous le bassin parisien à une profondeur moyenne de l'ordre de 600 m). Cette eau est très riche en fer (sous forme d'ions fer II). Les fontaines qui distribuent cette eau sont équipées d'un système qui régule la quantité de fer afin de rendre l'eau propre à la consommation.

Document 1 Composition de l'eau d'Albien et de l'eau du robinet de Paris

Composition ionique	En mg/L dans l'eau de l'Albien (puits)	En mg/L dans l'eau de Paris (robinet)
Ca^{2+}	50	90
Mg^{2+}	5	6
SO_4^{2-}	25	30
Fe^{2+}	0,75	0
$C\ell^-$	6	20

Document 2 Le fer et la santé

Le fer est un élément chimique, de symbole Fe et de numéro atomique 26.

Il forme deux ions : l'ion fer II (Fe^{2+}) et l'ion fer III (Fe^{3+}).

Le fer est indispensable au corps humain, mais dans des doses précises : une carence en fer est source d'anémie et un excès de fer est également nocif pour la santé (il pourrait être impliqué dans la dégénérescence des neurones chez les patients atteints de la maladie de Parkinson).

1) Quelle est la composition de l'atome de fer ?

2) Quel est le numéro atomique des ions fer II et III ?

3) Comment l'ion fer II est-il obtenu à partir de l'atome de fer ?

4) Combien d'électrons l'ion fer III contient-il ?

5) Afin de vérifier la composition de l'eau d'une des fontaines, un technicien introduit dans deux tubes à essai de l'eau d'Albien.
Dans le premier tube à essai, il ajoute quelques gouttes d'hydroxyde de sodium et observe l'apparition d'un précipité vert.
Dans le second, il verse quelques gouttes de nitrate d'argent et observe l'apparition d'un précipité blanc qui noircit à la lumière.
Quels ions de l'eau d'Albien ont été mis en évidence par le laborantin ?

6) Si le laborantin fait les mêmes tests pour l'eau du robinet de Paris qu'observera-t-il pour chacun des tubes à essai ?

7) Le pH de l'eau d'Albien est égal à 8. De quel(s) ion(s) peut-on déduire la présence dans l'eau d'Albien grâce à cette information ?

DÉMARRONS ENSEMBLE

1) Utilise l'électroneutralité de l'atome et le numéro atomique du fer.
2) Souviens-toi que le nombre de protons dans le noyau d'un élément reste le même quelle que soit sa forme (atome ou ion).
3) et 4) Utilise la charge de l'ion (indiquée en exposant dans la formule chimique) et le nombre d'électrons de l'atome.
5) Sers-toi du document 2 et des observations du laborantin décrites dans l'énoncé et du tableau de la fiche 7.
6) Sers-toi des documents 1 et 2.
7) Souviens-toi que le caractère acide ou basique d'une solution est dû à la présence d'ions hydrogène H^+ et hydroxyde HO^- dans des proportions différentes en fonction de la valeur du pH.

12 Nettoyants ménagers

20 min

→ FICHES 6 et 8

Tous les ans en France, on compte près de 12 000 décès liés aux accidents domestiques, soit quatre fois plus que les accidents de la route. Les produits d'entretien ménagers peuvent parfois en être la cause. En effet, certains produits d'entretien sont très dangereux pour la santé.

Document 1 Dangerosité des produits ménagers

La plupart des produits ménagers sont des produits acides ou basiques concentrés, ils ne sont pas dangereux à condition d'être stockés et manipulés correctement.

Par contre une mauvaise utilisation de ces produits présente un danger pour l'environnement et pour les utilisateurs (brûlures de la peau et des yeux, empoisonnements etc.).

Tous les flacons contenants des produits chimiques présentent une étiquette contenant des symboles (appelés pictogrammes) et des avertissements qui indiquent comment utiliser le produit sans danger.

Document 2 Étiquetage des produits chimiques

Les pictogrammes placés sur les étiquettes des produits chimiques permettent l'identification de leur dangerosité en fonction de leurs propriétés chimiques, de leurs effets sur la santé et sur l'environnement.

Document 3 Informations sur l'étiquette d'un détartrant pour WC

Aspect : liquide transparent
Couleur : vert
Densité : 1,1 kg/L
Composant majoritaire : acide chlorhydrique de formule $HC\ell$
pH : 0,5

Document 4 Effet de la dilution sur le pH d'une solution

Lorsqu'on dilue une solution aqueuse, on y ajoute beaucoup d'eau pure. Ainsi, le pH de cette solution se rapproche de celui de l'eau pure sans jamais l'atteindre. L'eau pure est neutre donc lorsqu'on dilue une solution, son pH se rapproche toujours de 7.

1) Quels risques encoure-t-on si on utilise un acide concentré ou une base concentrée sans respecter les précautions d'emploi ?

2) À quoi doit-on se référer pour connaître les risques présentés par un produit chimique et savoir comment le manipuler en toute sécurité ?

3) Quelles précautions d'emploi faut-il respecter lorsqu'on manipule du détartrant pour WC ?

4) Le détartrant pour WC est-il acide ou basique ?

5) Contient-il davantage d'ions hydroxyde ou d'ions hydrogène ?

6) On dilue un échantillon de détartrant pour WC.
Comment varie le pH de la solution au fur et à mesure qu'on la dilue ?

7) Donner un intervalle pour le pH de la solution de détartrant pour WC diluée.

DÉMARRONS ENSEMBLE

1) à 4) Utilise les documents 1 à 3.

6) et 7) Sers-toi du document 4.

CORRIGÉS

SE TESTER QUIZ

1 Connaître la structure des atomes

1) Réponses a, b et d. Le noyau d'un atome contient des nucléons, qui sont de deux sortes : les protons et les neutrons.

2) Réponse b. Z est le numéro atomique du noyau, il est égal au nombre de protons.

3) Réponse b. Les atomes ont une structure lacunaire car ils sont essentiellement constitués de vide.

4) Réponse b. Un atome, comme la matière dans son ensemble, est électriquement neutre.

5) Réponse b. Pour être électriquement neutre, un atome contient autant de protons que d'électrons.

2 Connaître la structure des molécules

1) Réponse b. La vitamine C contient 6 atomes de carbone, 8 atomes d'hydrogène et 6 atomes d'oxygène.

2) Réponse b. La bonne écriture de la formule est $C_6H_{12}O_6$: les quantités de chaque sorte d'atomes sont écrites en indice à droite du symbole de l'atome.

3 Décrire la structure des ions et les identifier

1) Réponse a. Un cation est un ion chargé positivement, il a davantage de protons que d'électrons ; pour le former l'atome a perdu des électrons.

2) Réponse b. Lors de la formation d'un ion, le noyau n'est jamais modifié, le nombre de protons ne change pas, seul le nombre d'électrons change.

3) Réponse b et c. L'ion sulfate de formule SO_4^{2-} contient un atome de soufre, quatre atomes d'oxygène et l'ensemble contient deux électrons de plus que de protons.

4 Distinguer solutions acides et basiques

1) Réponse b. Les solutions acides et basiques sont des solutions ioniques, leur caractère acido-basique dépend de la présence des ions hydrogène (H^+) et des ions hydroxyde (HO^-).

2) Réponse c. Une solution basique contient davantage d'ions hydroxyde (HO^-) que d'ions hydrogène (H^+).

3) Réponse b. Une solution acide a un pH inférieur à 7. Ce sont les solutions basiques qui ont un pH supérieur à 7 et les solutions neutres un pH égal à 7.

LES EXOS

5 Le sélénium

1) L'atome de sélénium a un numéro atomique égal à 34, il contient donc **34 protons**.

2) Un atome est électriquement neutre, il contient donc autant de charges positives (protons) dans le noyau que de charges négatives (électrons) autour du noyau. L'atome de sélénium contient donc **34 électrons**.

3) Un ion est un atome (ou un groupe d'atome) qui a perdu ou gagné un ou plusieurs électrons ; c'est une particule électriquement chargée, car elle ne contient pas le même nombre de protons que d'électrons.

4) L'ion séléniure est un **anion**, car il est chargé négativement.

5) Entre un ion et l'atome dont il est issu, il n'y a pas de différence dans le noyau, donc l'ion séléniure contient **34 protons** dans son noyau comme l'atome de sélénium.

6) L'ion séléniure porte la charge « 2– », cela signifie qu'il a deux charges négatives de plus que de charges positives. L'ion séléniure contient donc 34 + 2 = **36 électrons**.

7) Schéma de l'ion séléniure

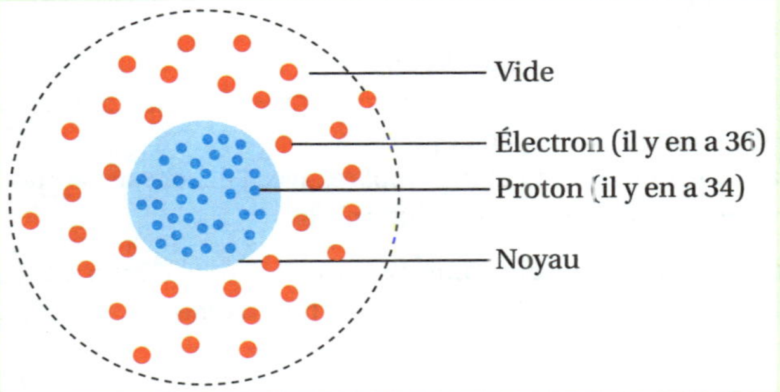

6 Vrai et faux sucres

1) L'aspartame a pour formule brute $C_{14}H_{18}O_5N_2$, elle est donc constituée de :
- **14** atomes de **carbone** ;
- **18** atomes d'**hydrogène** ;
- **5** atomes d'**oxygène** ;
- **2** atomes d'**azote**.

2) D'après le dessin, le xylitol est constitué de :
- **5** atomes de **carbone** ;
- **12** atomes d'**hydrogène** ;
- **5** atomes d'**oxygène**.

Sa formule chimique est donc $C_5H_{12}O_5$.

7 Se protéger des bactéries à l'hôpital

1) D'après l'énoncé, l'alkylamine a pour formule chimique $C_{18}H_{41}N_3$, il est composé de :

- **18** atomes de **carbone** ;
- **41** atomes d'**hydrogène** ;
- **3** atomes d'**azote**.

2) D'après l'énoncé, le Surfanios pur a un pH de 12,5, c'est donc une **solution basique** (pH > 7).

3) L'alcool isopropylique est composé de 3 atomes de carbone, 8 atomes d'hydrogène et de 1 atome d'oxygène, sa formule brute est donc C_3H_8O.

4) L'atome de cuivre a un numéro atomique égal à 29, il contient donc **29 protons** dans son noyau. Un atome étant électriquement neutre, il contient autant de charges positives (protons) dans le noyau que de charges négatives (électrons) autour du noyau.
L'atome de cuivre contient donc **29 électrons.**

8 Détartrer une bouilloire

1) Pour déterminer le pH de la solution obtenue, il faut :
– prélever dans un tube à essai quelques millilitres de la solution dont on veut déterminer le pH ;
– découper un petit morceau de papier pH ;
– déposer, à l'aide d'un agitateur en verre trempé dans la solution étudiée, une goutte de cette solution sur le papier pH ;
– observer la teinte qui apparaît et la comparer avec l'échelle de teintes fournie avec le papier pH, en déduire le pH de la solution.

2) La solution obtenue a un pH compris entre 4 et 6, elle est acide : elle contient donc **davantage d'ions hydrogène que d'ions hydroxyde.**

OBJECTIF BREVET

9 Une limonade s'il vous plaît !

1) La molécule de saccharose est constituée de **12** atomes de **carbone**, **22** atomes d'**hydrogène** et de **11** atomes d'**oxygène.**

2) La limonade étant acide à cause du jus de citron, son pH est **inférieur à 7.**

3) Le pH étant inférieur à 7, ce sont les **ions hydrogène H^+** qui sont majoritaires.

À NOTER
2) Solution acide : pH < 7 ;
solution neutre : pH = 7 ;
solution basique : pH > 7.

10 Fonctionnement d'une pile électrique

1 Le numéro atomique $Z = 26$ indique le nombre de protons dans le noyau. L'atome étant électriquement neutre, il possède autant d'électrons que de protons : il y a donc **26 électrons**.

2 L'ion a été obtenu après que l'atome de fer ait perdu deux électrons. L'ion a donc deux électrons de moins que de protons, il porte un excès de charges positives. Sa formule est donc Fe^{2+}. Il s'agit d'un **cation**.

3 **a.** Le précipité bleu à partir d'ions hydroxyde est caractéristique de la présence d'ions cuivre, le premier compartiment contient donc des **ions cuivre Cu^{2+}**.
b. Au contact des ions Fe^{2+}, les ions hydroxyde forment un **précipité vert**.

> **CONSEIL**
> **3** Revois la fiche 7 pour connaître les tests d'identification des ions.

11 Le fer dans les eaux des fontaines de Paris

1 L'atome de fer a un numéro atomique égal à 26, il contient donc **26 protons** dans son noyau. Un atome étant électriquement neutre, il contient autant de charges positives (protons) dans le noyau, que de charges négatives (électrons) autour du noyau. L'atome de fer contient donc **26 électrons**.

2 Entre un ion et l'atome dont il est issu, il n'y a pas de différence dans le noyau, les ions fer II et fer III ont donc le même numéro atomique que l'atome de fer : **$Z = 26$**.

3 L'ion fer II porte la charge « 2+ », cela signifie qu'il a deux charges positives de plus que le nombre de charges négatives : il y a deux électrons de moins dans l'ion fer II que dans l'atome de fer. L'ion fer II est un atome de fer qui a perdu deux électrons.

> **À NOTER**
> **3** C'est la charge de l'ion qui indique s'il y a eu perte ou gain d'électrons par rapport à l'atome. Lorsque la charge de l'ion est positive, il y a eu perte d'électrons. Lorsque la charge de l'ion est négative, il y a eu gain d'électrons.

4 L'ion fer III porte la charge « 3+ », cela signifie qu'il a trois charges positives de plus que de charges négatives.
Comme le nombre de protons ne change pas, c'est le nombre d'électrons qui a été modifié : il y a trois électrons de moins dans l'ion fer III que dans l'atome de fer.
L'ion fer III contient donc $26 - 3 =$ **23 électrons**.

5 ■ D'après l'énoncé, lorsqu'on ajoute quelques gouttes d'hydroxyde de sodium, on observe l'apparition d'un précipité vert : on peut en déduire que la solution contient des ions fer II (Fe^{2+}).

■ D'après l'énoncé, lorsqu'on ajoute quelques gouttes de nitrate d'argent, on observe l'apparition d'un précipité blanc qui noircit à la lumière : on en déduit que la solution contient des ions chlorure ($C\ell^-$).
L'eau d'Albien contient donc des **ions fer II** et des **ions chlorure**.

6) D'après le document 1, l'eau de Paris contient des ions chlorure mais pas d'ions fer II, donc en faisant les mêmes expériences que pour l'eau d'Albien, le laborantin n'aurait pas obtenu de précipité vert foncé dans le premier tube **(absence d'ions fer II)**, mais aurait bien obtenu un précipité blanc qui noircit à la lumière dans le deuxième tube **(présence d'ions chlorure)**.

À NOTER

6) Lorsque l'ion recherché n'est pas présent dans la solution, le test d'identification est négatif : on n'observe pas le précipité attendu.

7) L'eau d'Albien a un pH ≠ 7, elle contient en plus des ions listés dans le document 1, des ions hydroxyde et des ions hydrogène. Comme la solution est basique (pH = 8), l'eau d'Albien contient **plus d'ions hydroxyde que d'ions hydrogène**.

12 Nettoyants ménagers

1) D'après le document 1, la mauvaise manipulation de solutions acides ou basiques concentrées peut entraîner entre autres des **brûlures** (de la peau et des yeux), des **empoisonnements**. De plus, elle peut être **dangereuse pour l'environnement**.

2) Pour connaître les risques et les précautions d'emploi des produits chimiques, il faut consulter l'étiquette et regarder les **pictogrammes** représentés.

3) D'après les pictogrammes, le détartrant pour WC est corrosif et nocif ou irritant, il faut donc le **manipuler avec précautions**, porter des **gants**, si possible une **blouse** et des **lunettes** et ne pas le respirer.

4) Le détartrant pour WC a un pH de 0,5 (document 3), il est donc **acide** (pH < 7).

5) Comme toutes solutions acides, il contient **davantage d'ions hydrogène que d'ions hydroxyde**.

6) Lorsqu'on dilue la solution, son pH se rapproche de 7 sans jamais atteindre cette valeur, donc il **augmente**.

7) Pour le détartrant pour WC dilué, on a **0,5 < pH < 7**.

3 Transformations chimiques

9 Identifier une transformation chimique

EN BREF ▸ *Il est important de ne pas confondre mélange, transformation physique et transformation chimique. Les deux premiers ne modifient ni les atomes ni les molécules, alors qu'une transformation chimique les modifie.*

I Reconnaître une transformation chimique

- Un **mélange** est obtenu en réunissant plusieurs substances sans qu'aucune ne soit modifiée : les molécules des substances se mêlent les unes aux autres. Chaque substance peut être récupérée par **séparation** (filtration, décantation, distillation).

- Les changements d'état, la dissolution ou la dilution sont des **transformations physiques**. Les substances chimiques mises en jeu ne sont pas modifiées.

Exemple : la fusion de la glace (eau solide) produit de l'eau liquide.

- Au cours d'une **transformation chimique**, des substances chimiques initialement présentes disparaissent et forment de nouvelles substances chimiques.

Exemple : la formation de l'ammoniac est une transformation chimique, car le diazote et le dihydrogène sont utilisés pour former de l'ammoniac.

- Une transformation chimique entraîne souvent des **changements perceptibles** (dégagement gazeux, changement de couleur ou de température, formation de précipité, variation du pH...).

II Interpréter une transformation chimique

- Au cours d'une transformation chimique, des espèces chimiques initiales (les **réactifs**) réagissent entre elles et de nouvelles espèces chimiques sont formées (les **produits**).

- Les atomes des **molécules** des réactifs s'associent différemment pour former les **nouvelles molécules des produits**.

Exemple : une molécule de diazote N_2 réagit avec trois molécules de dihydrogène H_2 pour former deux molécules d'ammoniac NH_3.

> **MOT CLÉ**
> Les **molécules** sont des assemblages d'atomes → FICHE 6.

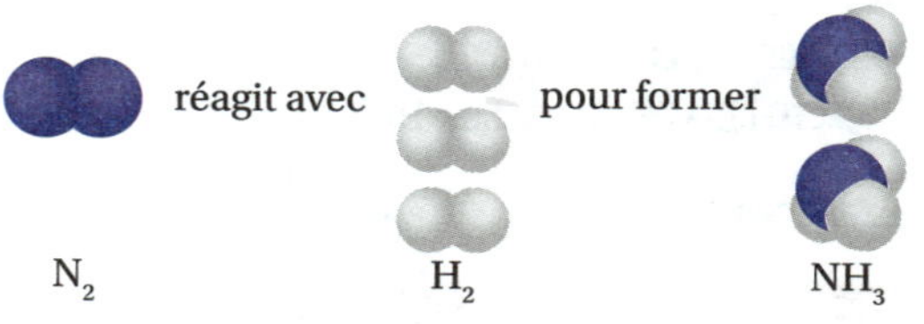

Méthode

Savoir distinguer transformations physiques et chimiques

Une bougie est constituée d'une mèche placée dans un bâton de cire. Dès qu'on l'allume, une réaction en chaîne se produit :

– lorsqu'on allume la bougie, la chaleur dégagée fait fondre la cire à proximité de la flamme ;

– la cire liquide va alors grimper le long de la mèche par un phénomène appelé capillarité : elle est absorbée par la mèche, l'imbibe et remonte le long de la mèche jusqu'à la flamme (c'est le même processus que celui de la sève des arbres) ;

– arrivée à la flamme, la cire brûle avec le dioxygène de l'air, et entretient la flamme par la chaleur libérée ; une fumée noire de carbone se dégage ;

– comme de la cire a été consommée, la mèche en absorbe de nouveau, ce qui alimente la flamme.

Ainsi de suite jusqu'à ce que toute la cire ait été brûlée.

Identifier dans le texte une transformation chimique et une transformation physique.

CONSEILS

- Identifie les transformations qui ont lieu.
- Pour chacune, repère s'il y a modification de l'état physique ou de la nature des espèces chimiques.

SOLUTION

■ Lorsque la cire, sous l'action de la chaleur, passe de l'état solide à l'état liquide il s'agit d'une **transformation physique**, c'est un changement d'état : la **fusion** de la cire.

■ Lorsque la cire brûle et forme (entre autres) de la fumée noire, la cire est consommée pour former de nouvelles espèces chimiques, il s'agit d'une **transformation chimique** : (c'est une **combustion**).

10 Modéliser une transformation chimique

EN BREF ▸ *Une transformation chimique peut être modélisée par l'écriture d'une équation de réaction chimique qui nous renseigne sur les réactifs mis en jeu et les produits formés.*

I Écrire une équation de réaction chimique

■ Une transformation chimique correspond à la réaction entre des espèces chimiques. L'écriture d'une réaction chimique s'appelle une **équation de réaction chimique**. Les réactifs et les produits y sont représentés par leurs formules chimiques avec les réactifs à gauche d'une flèche et les produits à droite :

$$\text{réactif}_1 + \text{réactif}_2 \rightarrow \text{produit}_1 + \text{produit}_2$$

Exemple : écriture de l'équation de la réaction entre le méthane et l'eau pour former du monoxyde de carbone et du dihydrogène :

$$CH_{4(g)} + H_2O_{(g)} \rightarrow CO_{(g)} + 3\ H_{2(g)}$$

■ Les nombres qui précèdent les formules chimiques sont appelés **coefficients stœchiométriques**. Ils indiquent dans quelles proportions les réactifs sont consommés et les produits formés.

À NOTER
Lorsque le coefficient est égal à 1, il n'est pas indiqué devant la formule de l'espèce chimique.

Exemple :

$$N_{2(g)} + 3\ H_{2(g)} \rightarrow 2\ NH_{3(g)}$$

Une molécule de diazote réagit avec trois molécules de dihydrogène pour former deux molécules d'ammoniac.

■ Les lettres entre parenthèses et en indice à la suite des formules indiquent dans quel état se trouvent les espèces chimiques au cours de la réaction : **(s)** pour **solide**, **(ℓ)** pour **liquide** et **(g)** pour **gaz**.

II Conservation de la masse au cours d'une transformation chimique

■ Au cours d'une transformation chimique, les mêmes atomes figurent en même nombre dans les réactifs et dans les produits : il y a **conservation des atomes**.

■ Au cours d'une transformation chimique, le nombre et la nature des atomes ne changent pas, donc la masse des produits formés est égale à la masse des réactifs mis en jeu : **la masse se conserve**.

Méthode

Vérifier si une équation de réaction est correcte

Anita doit faire un exposé sur les hauts-fourneaux. Sur Internet, elle trouve qu'un haut-fourneau est un four destiné à la fabrication de la fonte à partir du minerai de fer. Une réaction se produisant dans un haut-fourneau met en jeu les réactifs (la magnétite Fe_3O_4 et le monoxyde de carbone CO) ainsi que les produits (le fer et le dioxyde de carbone). Elle en déduit que l'équation de la réaction est :

$$Fe_3O_4 + 2\ CO \rightarrow 3\ Fe + 2\ CO_2$$

Déterminer si l'équation écrite par Anita est correcte.

CONSEILS

- Souviens-toi que le nombre indiqué devant une formule chimique correspond au nombre de molécules consommées ou formées lors de la transformation chimique.
- Vérifie qu'il y a conservation de la matière : tous les atomes présents avant la transformation doivent l'être également après la transformation.

SOLUTION

- D'après l'équation écrite par Anita, une seule molécule de magnétite Fe_3O_4 a réagi. Comme une molécule de magnétite est constituée de trois atomes de fer et de quatre atomes d'oxygène, nous avons : 3 Fe + 4 O.
- Deux molécules de monoxyde de carbone CO ont réagi. Comme une molécule de monoxyde de carbone est constituée d'un atome d'oxygène et d'un atome de carbone, nous avons $(2 \times 1)\ C + (2 \times 1)\ O = 2\ C + 2\ O$.
- Deux molécules de dioxyde de carbone CO_2 ont été formées. Comme une molécule de dioxyde de carbone est constituée d'un atome de carbone et de deux atomes d'oxygène, nous avons : $(2 \times 1)\ C + (2 \times 2)\ O = 2\ C + 4\ O$.
- Trois atomes de fer sont présents à l'état final, nous avons : 3 Fe.
- Le bilan de conservation de la matière pour l'équation d'Anita est :

Réactifs	Produits
3 Fe	3 Fe
4 O + 2 O = 6 O	4 O
2 C	2 C

On remarque qu'il n'y a pas le même nombre d'atomes d'oxygène avant et après la transformation : **Anita s'est trompée** en écrivant l'équation de la réaction.

Remarque : elle aurait dû écrire : $Fe_3O_4 + 4\ CO \rightarrow 3\ Fe + 4\ CO_2$

11 Étudier les réactions de combustion

EN BREF ▸ *Lorsqu'une matière brûle, on dit qu'elle subit une combustion. Il s'agit d'une transformation chimique particulière.*

I Les combustions

■ Pour qu'une combustion se produise, il faut réunir simultanément trois éléments :
– un corps capable de brûler : un **combustible** ;
– un corps capable de faire brûler : un **comburant** (souvent le dioxygène de l'air) ;
– une **source d'énergie** qui permet d'initier la combustion (flamme, étincelle), puis de l'entretenir.

> **À NOTER**
> S'il manque un de ces éléments (ou s'ils sont séparés), aucune combustion ne peut se produire.

Exemple : quand une bougie brûle dans l'air, de la matière blanche disparaît : c'est le combustible. La combustion de la bougie nécessite la présence d'un comburant : le dioxygène de l'air. La combustion de la bougie libère de l'énergie sous forme de chaleur et de lumière.

■ Lors d'une combustion, de **l'énergie est libérée** sous forme de chaleur (énergie thermique) et sous forme de lumière (énergie rayonnante).

■ Lorsqu'un corps subit une **combustion complète**, ses molécules réagissent avec le dioxygène pour former du dioxyde de carbone et de l'eau.

■ Les combustions sont des **transformations chimiques**, elles peuvent donc être modélisées par une équation de réaction chimique.

> **À NOTER**
> Lorsque la quantité de dioxygène est insuffisante, on parle de combustion incomplète.

Exemple : combustion du méthane : $CH_{4(g)} + 2\ O_{2(g)} \rightarrow CO_{2(g)} + 2\ H_2O_{(\ell)}$

II Les dangers des combustions

■ Les combustions sont **dangereuses**. Elles peuvent conduire à un incendie, une explosion, une intoxication ou une asphyxie.

■ Lors d'une **combustion incomplète**, il se forme en plus du dioxyde de carbone et de l'eau, des particules solides noires de carbone et un gaz inodore, incolore et très toxique : le monoxyde de carbone. Les intoxications au monoxyde de carbone peuvent être fatales.

■ Il existe également des **combustions explosives**. Les flammes très rapides sont accompagnées d'une onde de choc destructrice, donc très dangereuse.

■ Réalisées à grande échelle, notamment dans l'industrie, les combustions produisent une énorme quantité de dioxyde de carbone qui est le principal responsable du **réchauffement climatique**.

Méthode

Connaître les réactions de combustion

L'alcool à brûler est utilisé pour les réchauds à fondue. Il est principalement constitué d'éthanol de formule C_2H_6O.

1) Indiquer les noms des réactifs et des produits de la combustion complète de l'alcool à brûler dans l'air.

2) Identifier le combustible et le comburant.

3) Lors des fondues savoyardes, selon la manière dont le brûleur est ouvert, on peut observer la formation d'un dépôt noir sur le fond du caquelon dans lequel on place le fromage à faire fondre.
De quoi est constitué ce dépôt noir ?

4) Quelle est l'origine de ce dépôt noir ?

5) Quel(s) risque(s) encourent les utilisateurs quand un dépôt noir apparaît sur le caquelon ?

6) Comment peuvent-ils éviter ce risque ?

CONSEILS

1) Souviens-toi que les produits sont toujours les mêmes lors d'une combustion complète.

4) Souviens-toi qu'un certain type de combustion produit un solide noir et un gaz toxique.

SOLUTION

1) Lors de la combustion complète de l'alcool à brûler, l'éthanol et le dioxygène de l'air vont réagir ensemble pour former du dioxyde de carbone et de l'eau. Les réactifs sont l'**éthanol** et le **dioxygène**, les produits sont le **dioxyde de carbone** et l'**eau**.

2) Un combustible est un corps capable de brûler, il s'agit ici de l'**éthanol**.

Un comburant est un corps capable de faire brûler, il s'agit ici du **dioxygène**.

3) Le dépôt noir est constitué de particules solides de **carbone**.

4) Ce dépôt noir est formé par la **combustion incomplète de l'éthanol**.

5) Lors d'une combustion incomplète, un gaz toxique est formé : le monoxyde de carbone. Les utilisateurs risquent une **intoxication** voire une **asphyxie** à utiliser le brûleur ainsi.

6) Pour éviter d'être intoxiqués les utilisateurs doivent **aérer la pièce** et fournir plus de dioxygène à la combustion ou **éteindre le brûleur**.

12 Étudier les réactions entre les solutions acides et basiques

EN BREF ▸ *Lors d'une réaction entre une solution acide et une solution basique, les proportions d'ions hydrogène et d'ions hydroxyde vont varier, donc le pH va changer.*

I Les réactions acido-basiques

- Les **solutions acides** contiennent majoritairement des ions hydrogène H^+, alors que les **solutions basiques** contiennent majoritairement des ions hydroxyde HO^-.

> **À NOTER**
> L'acidité et la basicité d'une solution sont traitées dans le chapitre précédent → FICHE 8.

- Lorsqu'on mélange une solution acide avec une solution basique, les ions hydrogène (acides) vont réagir avec les ions hydroxyde (basiques) pour former des molécules d'eau :

$$H^+_{(aq)} + HO^-_{(aq)} \rightarrow H_2O_{(\ell)}$$

L'**équation de la réaction** chimique nous indique qu'un ion hydrogène réagit avec un ion hydroxyde pour former une molécule d'eau.

- L'indication **(aq) en indice** après les formules des ions signifie que ces ions se trouvent en solution aqueuse, c'est-à-dire entourés de molécules d'eau.

II L'acidification des océans

- Le dioxyde de carbone n'est pas seulement **responsable du réchauffement climatique** : 25 % du dioxyde de carbone produit est absorbé par les mers et les océans.
- L'absorption du dioxyde de carbone par les mers et les océans permet de limiter le réchauffement climatique, mais n'est pas sans conséquence sur leur **équilibre** et sur l'**écosystème** qu'ils hébergent.
- Le dioxyde de carbone est une espèce chimique acide, dissout dans les mers et les océans, il diminue leur pH : c'est **l'acidification des océans**. L'acidification des océans ne rend pas les mers et les océans acides pour autant : leur pH est passé de 8,2 à 8,1 en 250 ans, ce qui correspond à une augmentation de l'acidité de 30 %.
- L'acidification des océans empêche les **plantes et les animaux marins de vivre** et de fabriquer leurs coquilles correctement, et engendre également la **diminution**, voire la disparition, **des récifs coralliens**.

Méthode

Connaître les réactions entre les acides et les bases

L'eau d'une piscine doit normalement avoir un pH égal à 7,4. En fonction des intempéries, du dosage des produits traitants tels que les anti-algues et de l'utilisation de la piscine, le pH de l'eau peut varier. Il est donc nécessaire de le vérifier et de le réajuster régulièrement.

Alain mesure le pH de sa piscine et trouve une valeur de 6,5 ; il ajoute alors quelques galets d'un produit appelé « pH+ » et obtient un pH de 7,4.

1 L'eau de la piscine d'Alain est-elle acide, basique ou neutre, avant et après traitement ? Pour chaque cas, quelle est l'espèce chimique prédominante responsable de ce caractère acido-basique ?

2 Quels est l'effet des galets « pH+ » sur le pH de l'eau la piscine ? Sont-ils acides ou basiques ?

3 Quelle espèce chimique est formée par la réaction entre l'eau de la piscine et les galets de « pH+ » ?

CONSEILS

1 Relie le pH au caractère acido-basique d'une solution et à l'espèce chimique prédominante.

2 Souviens-toi qu'après une réaction acido-basique, le pH de la solution finale dépend de l'espèce prédominante.

3 Identifie les produits de la réaction en jeu.

SOLUTION

1 ■ **Avant traitement**, l'eau de la piscine d'Alain a un pH égal à 6,5 ; l'eau est acide car son pH est inférieur à 7. L'espèce chimique qui prédomine dans cette eau est l'**ion hydrogène**.

■ **Après traitement**, l'eau de la piscine d'Alain a un pH égal à 7,4 ; l'eau est basique car son pH est supérieur à 7. L'espèce chimique qui prédomine dans cette eau est l'**ion hydroxyde**.

2 Les galets « pH+ » vont permettre d'**augmenter le pH de l'eau**. Pour cela, ils doivent apporter des ions hydroxyde : les galets sont donc **basiques**.

3 L'eau de la piscine contient majoritairement des ions hydrogène alors que les galets contiennent majoritairement des ions hydroxyde. En mélangeant les deux, des **molécules d'eau** vont être formées ($H^+_{(aq)} + HO^-_{(aq)} \rightarrow H_2O_{(\ell)}$).

13 Étudier les réactions entre les solutions acides et les métaux

EN BREF ▸ *Lors de la mise en contact d'un acide et d'un métal, on observe une effervescence et une diminution du volume du métal : une réaction chimique a lieu.*

I Réaction entre un métal et une solution acide

Lorsqu'on met en contact un acide et un métal, il y a **formation de dihydrogène gazeux** et **transformation des atomes de métal** en ions métalliques.

$$\text{métal}_{(s)} + \text{acide}_{(aq)} \rightarrow \text{ions métalliques}_{(aq)} + \text{dihydrogène}_{(g)}$$

II Réaction entre le fer et l'acide chlorhydrique

1 Protocole expérimental

On introduit dans un tube à essai un clou en fer et de l'acide chlorhydrique concentré. L'acide chlorhydrique est une solution aqueuse contenant des ions hydrogène H^+ et des ions chlorure $C\ell^-$. Un clou en fer est constitué d'atomes de fer Fe.

2 Observations

Lorsque le fer entre en contact avec l'acide, on observe un dégagement gazeux et après quelques instants le clou en fer apparaît « rongé ».

3 Identification des produits

- Une fois la réaction terminée, on identifie les espèces chimiques présentes :

• on approche une allumette enflammée du tube à essai, la flamme est soufflée et on entend un « pop » : du dihydrogène a été formé ;

• on identifie les ions présents dans la solution finale :
– apparition d'un précipité vert lorsqu'on introduit une solution d'hydroxyde de sodium : des ions fer Fe^{2+} sont présents ;
– apparition d'un précipité blanc qui noircit à la lumière lorsqu'on introduit une solution de nitrate d'argent : des ions chlorure $C\ell^-$ sont présents.

À NOTER
Les tests d'identification des ions sont traités dans le chapitre précédent → FICHE 7.

- Les ions chlorure sont présents à l'état initial (dans la solution d'acide chlorhydrique) et à l'état final, ils n'interviennent donc pas dans la transformation : ce sont des **ions spectateurs**.

4 Bilan de la réaction

L'équation de la réaction chimique est : $Fe_{(s)} + 2\,H^+_{(aq)} \rightarrow Fe^{2+}_{(aq)} + H_{2\,(g)}$
Elle est en adéquation avec les observations et l'identification des produits.

Méthode

Connaître la réaction entre les acides et les métaux

Louise a fait une surprise à ses parents : après leur avoir cuisiné un repas, elle a nettoyé la cuisinière à gaz.

Les brûleurs d'une cuisinière à gaz (les petites pièces par lesquelles sort le gaz) sont en laiton.

Le laiton est un alliage, de cuivre et de zinc, de couleur jaune. Le cuivre seul est rouge alors que le zinc seul est gris.

Comme Louise a appris en classe que le cuivre ne réagit pas avec l'acide chlorhydrique, elle pense en utiliser pour nettoyer les brûleurs de la cuisinière.

1) Que va-t-il se passer si Louise utilise de l'acide chlorhydrique pour nettoyer les brûleurs ?

2) Quels vont être les réactifs et les produits de la transformation provoquée par Louise ?

CONSEILS
- Souviens-toi qu'un acide contient des ions hydrogène.
- Souviens-toi des observations liées à la réaction entre un acide et un métal.
- Identifie les réactifs et les produits.

SOLUTION

1) Lorsqu'un métal et un acide sont mis en contact il y a transformation chimique, donc si Louise nettoie les brûleurs avec de l'acide chlorhydrique il va y avoir une réaction entre l'acide chlorhydrique et le zinc.

Comme lors de la transformation chimique entre un acide et un métal, les atomes métalliques sont transformés en ions et les ions hydrogène sont transformés en dihydrogène gazeux, en nettoyant les brûleurs **Louise va les abîmer**, car les atomes de zinc vont se transformer en ions et vont « partir » avec l'éponge.

2) ■ Les **réactifs** sont les espèces présentes avant la transformation. Ici, il s'agit de l'**acide chlorhydrique** et du **zinc** (il est indiqué dans l'énoncé que le cuivre ne réagit pas avec l'acide chlorhydrique).

■ Les **produits** sont les espèces qui ont été formées lors de la transformation, ici il s'agit du **dihydrogène** et des **ions zinc**.

TRANSFORMATIONS CHIMIQUES

Exemples de réactions chimiques

La combustion

- **Combustion** : lorsqu'une matière brûle.
- **Conditions** : combustible, comburant et source d'énergie.
- **Combustion complète** : dioxyde de carbone et eau formés.

Exemple : $CH_{4(g)} + 2\ O_{2(g)} \rightarrow CO_{2(g)} + 2\ H_2O_{(\ell)}$

- **Dangers des combustions** : incendie, explosion, intoxication, asphyxie.

Les réactions avec les acides

- Réaction entre **solutions acide et basique** : formation de molécules d'eau.

$$H^+_{(aq)} + HO^-_{(aq)} \rightarrow H_2O_{(\ell)}$$

- Réaction entre **un acide et un métal** : formation de dihydrogène gazeux et transformation des atomes de métal en ions.

$$\text{métal}_{(s)} + \text{acide}_{(aq)} \rightarrow \text{ions métalliques}_{(aq)} + \text{dihydrogène}_{(g)}$$

Les différentes transformations

Transformations physiques

Les molécules restent **identiques**, mais leur organisation est modifiée.
Exemple : la fusion de la glace (eau solide) produit de l'eau liquide.

Transformations chimiques

- Les molécules sont **modifiées** pour en former de nouvelles.
- Les espèces initiales (réactifs) sont différentes des espèces finales (produits).

Exemple : synthèse de l'ammoniac

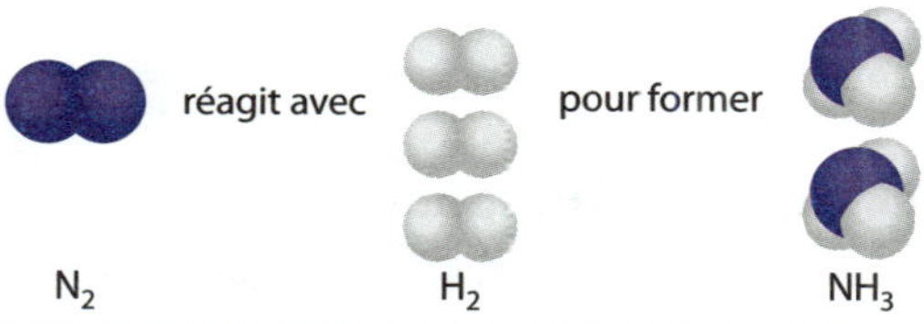

Les transformations chimiques

Description et identification

L'équation de réaction **modélise** les changements ayant lieu lors de la transformation.
Exemple :

Les coefficients stœchiométriques indiquent dans quelles proportions les réactifs sont consommées et les produits formés.

$$\underbrace{Fe_3O_4 + 4\ CO}_{\text{Les réactifs : à gauche de la flèche}} \rightarrow \underbrace{3\ Fe + 4\ CO_2}_{\text{Les produits : à droite de la flèche}}$$

Conservation de la matière

- Lors d'une transformation chimique, il y a **conservation des atomes.**
- Les mêmes atomes sont présents dans les mêmes quantités avant et après la transformation ; il y a **conservation de la masse.**

SE TESTER QUIZ

Vérifie que tu as compris les points clés

1 Distinguer les transformations chimiques des transformations physiques

→ FICHE 9

1 « Un bateau qui rouille » est une transformation :

☐ **a.** chimique

☐ **b.** physique

2 « Monter une vinaigrette avec de la moutarde » est une transformation :

☐ **a.** chimique

☐ **b.** physique

…/2

2 Modéliser une transformation chimique

→ FICHE 10

1 Lors d'une réaction chimique, les substances qui se forment sont :

☐ **a.** les réactifs

☐ **b.** les résultats

☐ **c.** les produits

☐ **d.** les combustibles

2 Lors d'une transformation chimique :

☐ **a.** les atomes se conservent

☐ **b.** les molécules se conservent

3 Lors d'une transformation chimique, la masse du système augmente.

☐ **a.** vrai

☐ **b.** faux

4 Dans l'équation de la combustion du méthane $CH_4 + 2\ O_2 \rightarrow CO_2 + 2\ H_2O$:

☐ **a.** le méthane (CH_4) et le dioxygène (O_2) sont les réactifs

☐ **b.** le méthane (CH_4) et le dioxygène (O_2) sont les produits

5 L'équation de réaction $4\ A\ell + 3\ O_2 \rightarrow 2\ A\ell_2O_3$ est :

☐ **a.** correcte

☐ **b.** incorrecte

…/5

3 Étudier les combustions

→ FICHE 11

1 Lors d'une combustion, le corps qui brûle est :

☐ **a.** le combustible ☐ **b.** le comburant ☐ **c.** le carburant

2 En plus du combustible et du comburant, une combustion nécessite :

☐ **a.** de l'air ☐ **b.** une source d'énergie

☐ **c.** un extincteur ☐ **d.** des réactifs

3 L'équation de réaction $CO_2 + H_2O \rightarrow CH_2O + O_2$ est celle d'une combustion.

☐ **a.** vrai ☐ **b.** faux

…/3

4 Étudier les réactions entre les acides et les bases

→ FICHE 12

1 À la fin d'une réaction entre une solution acide et une solution basique, les ions hydrogène restent majoritaires.

On en déduit alors que le pH de la solution finale est tel que :

☐ **a.** $pH = 7$ ☐ **b.** $pH > 7$ ☐ **c.** $pH < 7$

2 Lorsqu'on mélange une solution acide et une solution basique, il y a formation de molécules d'eau.

☐ **a.** vrai ☐ **b.** faux

…/2

5 Étudier les réactions entre les acides et les métaux

→ FICHE 13

1 Lors de la réaction entre un métal et une solution acide :

☐ **a.** le métal rouille ☐ **b.** le métal est consommé

2 Lors de la réaction entre une solution acide et un métal, des ions se forment :

☐ **a.** à partir de la solution acide ☐ **b.** à partir du métal

…/2

ON FAIT LE BILAN !

score total …/14

- Des erreurs ? Entraîne-toi ! → **LES EXOS** P. 74
- Zéro faute ? Bravo ! → **OBJECTIF BREVET** P. 77

LES EXOS

Entraîne-toi !

6 Dans la cuisine

→ FICHE 9

Classer les situations ci-dessous en trois catégories : transformation chimique, transformation physique ou mélange.

a. Mettre un morceau de sucre dans une tasse pleine de café et le voir « disparaître ».

b. Faire bouillir de l'eau pour cuire du riz.

c. Mettre du sucre dans une casserole et chauffer pour faire du sirop.

d. Continuer de faire chauffer le sirop de sucre pour obtenir du caramel.

e. Réaliser une vinaigrette.

f. Mettre de l'eau à la grenadine dans des moules au congélateur pour faire des sorbets.

g. Faire cuire un gâteau.

h. Préparer son chocolat au lait pour le petit-déjeuner à partir de lait et de chocolat en poudre.

i. La pomme coupée en deux qui brunit à l'air libre.

7 Un état initial, plusieurs états finaux possibles

→ FICHE 9

Un verre d'eau et un morceau de charbon (EI) placés à l'air libre peuvent sous certaines conditions aboutir à différentes situations (EF1, EF2 et EF3).

1 Décrire les différences au niveau microscopique entre une transformation chimique, une transformation physique et un mélange.

2 Déterminer par quel phénomène (entre transformation chimique, transformation physique et mélange) le système passe de l'état initial (EI) aux trois états finaux (EF1, EF2 et EF3).

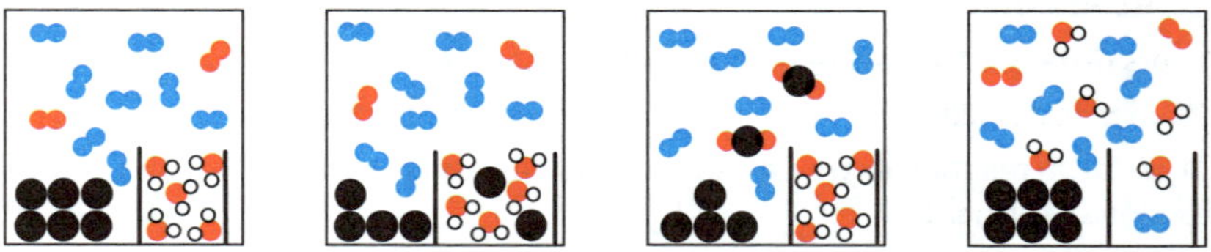

EI EF1 EF2 EF3

Légende :
- molécule de dioxygène
- atome de carbone
- molécule de diazote
- molécule d'eau

8 Magique ou scientifique ?

→ FICHES 9 et 10

Jennifer souhaite faire un tour de « magie » à ses amies. Pour cela, elle introduit du bicarbonate de sodium dans un ballon de baudruche et du vinaigre blanc dans une bouteille. Elle fixe le ballon au goulot de la bouteille sans verser la poudre de bicarbonate de sodium dans la bouteille et pèse l'ensemble.

Elle trouve une masse $m_{\text{initiale}} = 214{,}0$ g.

Sans détacher le ballon du goulot, elle vide le contenu du ballon dans la bouteille, puis observe une effervescence et le ballon qui se gonfle.

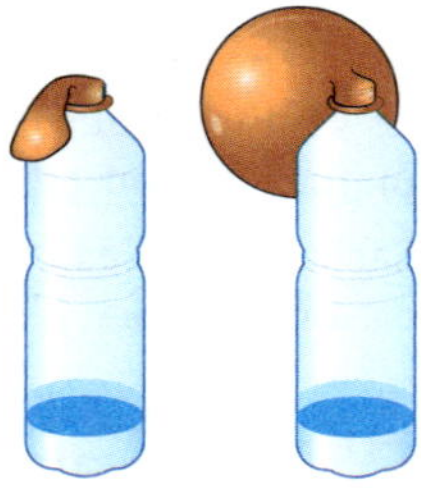

1) Quel type de transformation Jennifer a-t-elle réalisé ?

2) Quelle sera la masse de l'ensemble du dispositif lorsque l'effervescence aura cessé ? Justifier.

9 Combustion du butane

→ FICHE 10

Les briquets contiennent du butane dans leur réservoir, sa formule est C_4H_{10}.

Lors de la combustion complète du butane, deux molécules de butane réagissent avec treize molécules de dioxygène pour donner huit molécules de dioxyde de carbone et dix molécules d'eau.

Écrire l'équation de la réaction de combustion du butane.

10 Combustion du méthane

→ FICHE 11

En classe, Jean a étudié la combustion complète du méthane. Il a vu que lors de cette transformation chimique, le méthane (CH_4) réagit avec le dioxygène pour former du dioxyde de carbone et de l'eau. Il en a déduit l'équation de réaction suivante :

$$CH_4 + 3\ O_2 \rightarrow CO_2 + 2\ H_2O$$

Déterminer si l'équation écrite par Jean est correcte.

11 Consignes en cas d'incendie

→ FICHE 11

Les consignes de sécurité lors d'un incendie dans le collège sont nombreuses : sortir dans le calme, sans les sacs, se ranger dans la cour devant le numéro de la salle...mais aussi veiller à fermer les fenêtres et la porte de la salle de classe.

Pourquoi faut-il fermer la porte et les fenêtres de la salle de classe lorsqu'il y a un incendie ?

12 Combustion du carbone

→ FICHE 11

On fait brûler un morceau de carbone pur (fusain) dans un flacon fermé contenant du dioxygène. Au bout de quelques minutes, la combustion s'arrête alors que le fusain n'est pas entièrement consommé.

1) Pourquoi peut-on dire qu'une combustion est une transformation chimique ?

2) Identifier le combustible et le comburant.

3) Pourquoi la combustion s'est-elle arrêtée ?

13 Recette de grand-mère contre les démangeaisons

→ FICHE 12

Le venin des abeilles et des guêpes contient de l'acide formique qui rend leurs piqûres douloureuses.

Sachant que l'eau savonneuse est légèrement basique, expliquer pourquoi l'application d'un peu d'eau savonneuse sur les piqûres soulage la douleur.

14 Quelle salade !

→ FICHE 13

Lors de la rénovation de son restaurant, un restaurateur a décidé de changer tous les plats de service. Pour un style plus moderne, il a choisi de remplacer les plats en faïence par des plats en aluminium. Mais depuis qu'il utilise les nouveaux plats pour servir la salade, les clients trouvent que l'assaisonnement a un goût différent et qu'il est moins acide qu'avant. Son assaisonnement est un mélange de moutarde, d'huile et de vinaigre (acide éthanoïque).

Expliquer les observations faites par les clients.

15 Canettes de soda

→ FICHES 10 et 13

Les sodas sont stockés dans des bouteilles en verre, en plastique, ou alors dans des canettes en aluminium ou en acier (alliage de fer et de carbone) recouverts à l'intérieur d'une fine couche protectrice. De nombreux sodas contiennent des acides, par exemple : le cola contient de l'acide phosphorique, la limonade de l'acide citrique. Pour comprendre pourquoi une couche protectrice est posée à l'intérieur des canettes, on étudie l'action de l'acide chlorhydrique sur le fer.

Dans un tube à essai contenant de la poudre de fer, on introduit quelques millilitres d'une solution aqueuse d'acide chlorhydrique.

1) Faire le schéma de cette expérience.

2) On observe un dégagement gazeux qui provoque une petite détonation lorsqu'on approche une allumette enflammée du tube à essai et la flamme est soufflée. On remarque également que la quantité de poudre de fer a diminué.
Pourquoi peut-on dire qu'il ne s'agit pas d'une transformation physique ?

3) On ajoute ensuite dans la solution obtenue après l'expérience, quelques gouttes d'hydroxyde de sodium et on observe la formation d'un précipité vert. Quel est l'ion qui s'est formé au cours de la transformation ?

4) Écrire le bilan en toutes lettres de la transformation chimique entre l'acide chlorhydrique et le fer.

5) Quels ions le cola et la limonade ont-ils en commun ?

6) Quel est le point commun entre l'aluminium et l'acier ?

7) Déduire des réponses aux questions précédentes ce qu'il se passerait si l'acier ou l'aluminium des canettes de soda n'étaient pas recouverts d'une couche protectrice.

8) Pourquoi peut-on également stocker les sodas dans des bouteilles en plastique ou en verre ?

OBJECTIF BREVET

Lance-toi dans des sujets !

16 Étude de la réaction entre l'aluminium et l'acide chlorhydrique

10 min

→ FICHE 9

Un professeur demande aux élèves d'introduire de la poudre d'aluminium et de l'acide chlorhydrique dans un flacon et de le boucher immédiatement avec un ballon. La masse initiale de l'ensemble est de 124,0 g. Les élèves observent une effervescence et le gonflage du ballon.

1) Est-ce qu'une transformation chimique a lieu ? Justifier.

2) L'équation de réaction est $2\ A\ell_{(s)} + 6\ H^+_{(aq)} \rightarrow 2\ Al^{3+}_{(aq)} + 3\ H_{2\,(g)}$.
Combien d'ions hydrogène H^+ réagissent avec un atome d'aluminium $A\ell$?

3) Quelle sera la masse finale de l'ensemble ? Justifier.

DÉMARRONS ENSEMBLE

3) Lors d'une transformation chimique, il y a conservation de la matière, donc la masse du système ne change pas.

17 Une solution d'acide chlorhydrique comme déboucheur

10 min

→ FICHES 10 et 12

Une solution d'acide chlorhydrique peut être utilisée comme déboucheur de canalisation. Il faut cependant éviter de l'utiliser lorsque les canalisations sont en zinc car alors, les ions hydrogène réagissent avec le zinc selon l'équation chimique :

$$Zn_{(s)} + 2\ H^+_{(aq)} \rightarrow Zn^{2+}_{(aq)} + H_{2\,(g)}$$

1) Quels sont les réactifs de la réaction ?

2) Quels sont les produits de la réaction ?

3) Combien de molécules de dihydrogène obtient-on si 10 ions hydrogène réagissent ?

4) Il existe d'autres déboucheurs qui sont des solutions contenant majoritairement l'ion hydroxyde HO^-. Il ne faut surtout pas les mélanger avec la solution d'acide chlorhydrique car il se produirait une réaction chimique dégageant beaucoup de chaleur selon l'équation de réaction suivante :

$$H^+_{(aq)} + HO^-_{(aq)} \rightarrow H_2O_{(\ell)}$$

Quelle sera la valeur du pH de la solution finale si à la fin de la réaction, les ions hydroxyde sont majoritaires ?

DÉMARRONS ENSEMBLE

3) Utilise l'équation chimique de la transformation.

18 Bilan dioxygène d'une plante

20 min

→ FICHE 10

Document 1 Principe de la respiration chez les êtres vivants

Tout être vivant est constitué d'au moins une cellule. Les cellules consomment en permanence des nutriments (glucose) et du dioxygène afin de produire de l'énergie ; elles rejettent des déchets dont du dioxyde de carbone.

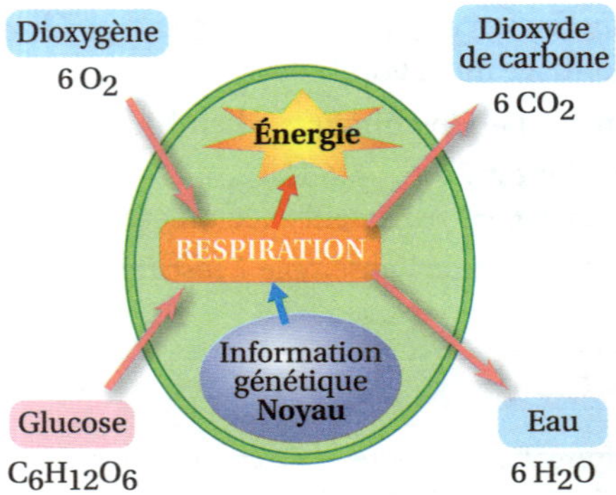

Document 2 Échanges gazeux des végétaux

Grâce à la photosynthèse, les végétaux produisent du dioxygène, en quantité beaucoup plus importante que celle qu'ils consomment en respirant.

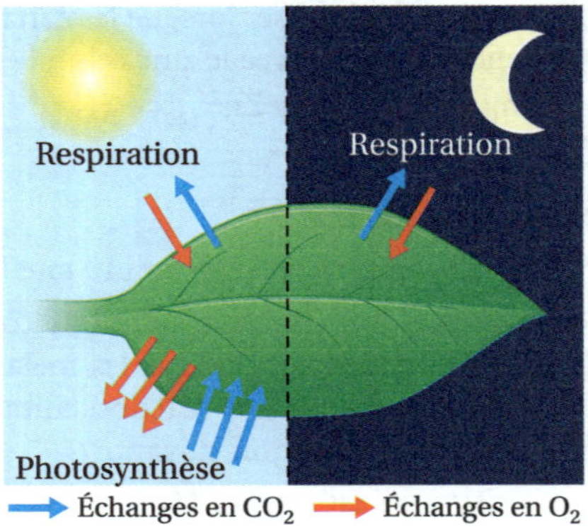

Document 3 Principe de la photosynthèse

La photosynthèse est un processus au cours duquel les plantes vertes utilisent l'énergie de rayonnement produite par le Soleil pour créer, grâce à leur chlorophylle, des substances qui leur sont indispensables pour vivre.

Elles utilisent le dioxyde de carbone présent dans l'atmosphère et l'eau présente dans l'air ou dans le sol pour produire du glucose $C_6H_{12}O_6$ et du dioxygène qui est libéré dans l'atmosphère.

Lorsque la photosynthèse n'a pas lieu, les plantes respirent comme tout autre être vivant.

1) La photosynthèse et la respiration sont-elles des transformations chimiques ?

2) Choisir l'équation de la réaction de la photosynthèse du glucose et justifier le choix :

☐ **a.** $3\ CO_2 + C_6H_{12}O_6 \rightarrow 6\ H_2O + 6\ O_2$

☐ **b.** $CO_2 + H_2O \rightarrow C_6H_{12}O_6 + O_2$

☐ **c.** $2\ CO_2 + 6\ O_2 \rightarrow 3\ H_2O + 6\ C_6H_{12}O_6$

☐ **d.** $2\ C_6H_{12}O_6 + 3\ O_2 \rightarrow 2\ H_2O + 6\ CO_2$

☐ **e.** $6\ CO_2 + 6\ H_2O \rightarrow C_6H_{12}O_6 + 6\ O_2$

☐ **f.** $C_6H_{12}O_6 + 6\ H_2O \rightarrow 6\ CO_2 + 6\ O_2$

3) De quoi la plante a-t-elle besoin pour synthétiser du glucose ? À quels moments la photosynthèse est-elle possible ?

4) Citer les réactifs et les produits de la transformation chimique mise en jeu lors de la respiration.

5) À partir du document 2, expliquer pourquoi il est dit que la forêt amazonienne est « le poumon vert de la Terre ».

DÉMARRONS ENSEMBLE

1) Souviens-toi que lors d'une transformation chimique il y a modification de la nature des espèces chimiques.

2) Vérifie que les réactifs sont à gauche de la flèche et les produits à droite, et qu'il y a le même nombre de chaque sorte d'atome avant et après la transformation (conservation de la matière).

3) Sers-toi des documents 2 et 3.

4) Sers-toi du document 1.

5) Souviens-toi que les êtres humains ont besoin de dioxygène pour vivre.

19 De la chimie même dans un garage

20 min

→ FICHES 9, 10 et 13

L'apprenti d'un garagiste récupère dans un vieux seau en fer galvanisé (fer recouvert de zinc) la solution acide d'une batterie usée de voiture.

Document 1 Tests d'identification de certains ions

La présence d'un ion en solution aqueuse peut-être identifiée grâce à la formation d'un précipité (solide en suspension) lorsque l'on ajoute un réactif approprié.

Ion à identifier	Réactif à ajouter	Précipité formé
Ion chlorure $C\ell^-$	Ion argent Ag^+	Précipité blanc photosensible
Ion cuivre Cu^{2+}	Ion hydroxyde HO^-	Précipité bleu
Ion fer II Fe^{2+}	Ion hydroxyde HO^-	Précipité vert
Ion fer III Fe^{3+}	Ion hydroxyde HO^-	Précipité rouille
Ion zinc Zn^{2+}	Ion hydroxyde HO^-	Précipité blanc

Document 2 Tests d'identification de certains gaz

Substance à tester	Substance à utiliser	Observation si le test est positif
Dioxygène (O_2)	Allumette incandescente	L'allumette s'enflamme
Dihydrogène (H_2)	Allumette enflammée	La flamme est soufflée et on entend une petite détonation
Dioxyde de carbone (CO_2)	Eau de chaux	L'eau de chaux se trouble

1. Quelles sont les espèces présentes initialement dans le seau ?

2. Des bulles de gaz apparaissent dans le liquide. Quelle conclusion peut-on tirer à propos de cette observation ?

3. L'apprenti récupère un peu du gaz formé dans un tube à essai et approche une allumette enflammée de l'ouverture du tube ; la flamme est soufflée et une petite détonation est émise. Donner le nom et la formule du gaz formé.

4. Deux types d'ions se forment dans le liquide. Comment peut-on les identifier ? Quel problème va-t-on rencontrer ?

5. Écrire les équations des réactions chimiques qui se produisent dans le seau en faisant apparaître seulement les entités qui réagissent.
L'apprenti a-t-il fait un bon choix en choisissant ce seau ?

DÉMARRONS ENSEMBLE

1) Sers-toi de l'énoncé pour faire la liste des espèces chimiques présentes.

2) Tu dois te rappeler quels sont les indicateurs qui permettent de caractériser une transformation chimique.

3) Sers-toi du document 2.

4) Sers-toi du document 1.

5) Dresse le bilan des réactifs et des produits pour chacune des réactions impliquant un métal et vérifie que les équations sont correctes : il doit y avoir conservation de la matière.

CORRIGÉS

SE TESTER QUIZ

1 Distinguer les transformations chimiques des transformations physiques

1) **Réponse a.** « Un bateau qui rouille » est une transformation chimique, car de nouvelles espèces apparaissent : formation de rouille.

2) **Réponse b.** « Monter une vinaigrette avec de la moutarde » est une transformation physique, car les espèces chimiques initiales sont les mêmes que les finales, seule leur organisation a été modifiée : les ingrédients ont été mélangés.

2 Modéliser une transformation chimique

1) **Réponse c.** Lors d'une réaction chimique, les substances qui se forment sont les produits. Les réactifs sont les espèces consommées, les combustibles sont les espèces qui brûlent lors d'une combustion, les résultats sont ce qu'on obtient grâce à une opération mathématique.

2) **Réponse a.** Lors d'une transformation chimique, les atomes se conservent : il y a les mêmes types d'atomes et dans les mêmes quantités avant et après la transformation chimique.

3) **Réponse b.** Lors d'une transformation chimique, il y a conservation de la matière, donc la masse reste constante.

4) **Réponse a.** Dans l'équation de la combustion du méthane, le méthane et le dioxygène sont les réactifs, ils sont placés à gauche de la flèche dans l'équation de la réaction.

5) **Réponse a.** L'équation de réaction $4\ A\ell + 3\ O_2 \rightarrow 2\ A\ell_2O_3$ est correcte, car elle traduit la conservation de la matière.

3 Étudier les combustions

1) Réponse a. Lors d'une combustion, le corps qui brûle est le combustible, le comburant est l'espèce chimique qui permet la combustion, le carburant est utilisé par les moteurs thermiques.

2) Réponse b. En plus du combustible et du comburant, une combustion nécessite une source d'énergie. Seule l'association de ces trois éléments permet une combustion.

3) Réponse b. L'équation de réaction n'est pas celle d'une combustion, car pour une combustion l'un des deux réactifs est le dioxygène.

4 Étudier les réactions entre les acides et les bases

1) Réponse c. Le pH de la solution finale est inférieur à 7, car ce sont les solutions acides qui contiennent une majorité d'ions hydrogène.

2) Réponse a. Lorsqu'on mélange une solution acide et une solution basique, il y a formation de molécules d'eau, selon l'équation de réaction :

$$H^+_{(aq)} + HO^-_{(aq)} \rightarrow H_2O_{(\ell)}.$$

5 Étudier les réactions entre les acides et les métaux

1) Réponse b. Lors de la réaction entre un métal et une solution acide, le métal est consommé : il passe d'atome à ion.

2) Réponse b. Lors de la réaction entre une solution acide et un métal, des ions se forment à partir du métal. Un dégagement gazeux se forme à partir des ions hydrogène.

LES EXOS

6 Dans la cuisine

Transformations chimiques	Transformations physiques	Mélanges
d. Continuer de faire chauffer le sirop de sucre pour obtenir du caramel. **g.** Faire cuire un gâteau. **i.** La pomme coupée en deux qui brunit à l'air libre.	**b.** Faire bouillir de l'eau pour cuire du riz. **c.** Mettre du sucre dans une casserole et chauffer pour faire du sirop. **f.** Mettre de l'eau à la grenadine dans des moules au congélateur pour faire des sorbets.	**a.** Mettre un morceau de sucre dans une tasse pleine de café et le voir « disparaître ». **e.** Réaliser une vinaigrette. **h.** Préparer son chocolat au lait pour le petit-déjeuner à partir de lait et de chocolat en poudre.

7 Un état initial, plusieurs états finaux possibles

1) ■ Lors d'une **transformation chimique**, les espèces chimiques changent : il y a une redistribution des atomes.

■ Lors d'une **transformation physique**, les espèces chimiques ne changent pas, seule l'organisation des particules entre elles change.

■ Dans un **mélange**, différentes espèces chimiques sont mises en contact mais elles ne sont pas modifiées.

2) ■ On passe de l'état initial (EI) à l'état final 1 (EF1) en **mélangeant** les atomes de carbone du charbon et l'eau.

■ On passe de l'état initial (EI) à l'état final 2 (EF2) par une transformation chimique : des atomes de carbone **ont réagi** avec des molécules de dioxygène pour former des molécules de dioxyde de carbone.

> **CONSEIL**
> 2) Observe bien les modèles moléculaires représentés pour distinguer leurs différences et repérer si les édifices chimiques sont les mêmes ou pas et s'ils sont aux mêmes endroits.

■ On passe de l'état initial (EI) à l'état final 3 (EF3) par une transformation physique : l'eau est passée de l'état liquide à l'état gazeux.

8 Magique ou scientifique ?

1) Jennifer a réalisé une **transformation chimique**, puisqu'au moins une nouvelle espèce a été formée : le gaz qui gonfle le ballon.

2) Lors d'une transformation chimique, il y a conservation de la matière. La masse de l'ensemble du dispositif est **la même** avant la mise en contact du bicarbonate de sodium et du vinaigre que lorsque l'effervescence a cessé :
$m_{finale} = 214{,}0\ g$.

9 Combustion du butane

D'après l'énoncé nous pouvons écrire :

$$2\ C_4H_{10} + 13\ O_2 \rightarrow 8\ CO_2 + 10\ H_2O$$

10 Combustion du méthane

D'après l'équation écrite par Jean, **une seule molécule de méthane** a réagi ; comme une molécule de méthane est constituée d'un atome de carbone et de quatre atomes d'hydrogène, nous avons : 1 C + 4 H.
Trois molécules de dioxygène ont réagi ; comme une molécule de dioxygène est constituée de deux atomes d'oxygène, nous avons (3 × 2) O = 6 O.
Une seule molécule de dioxyde de carbone a été formée ; comme une molécule de dioxyde de carbone est constituée d'un atome de carbone et de deux atomes d'oxygène, nous avons : 1 C + 2 O.
Deux molécules d'eau ont été formées ; comme une molécule d'eau contient deux atomes d'hydrogène et un atome d'oxygène, nous avons : (2 × 2) H = 4 H et 2 O.

Le bilan de conservation de la matière pour l'équation de Jean est :

Réactifs	Produits
1 C	1 C
4 H	4 H
6 O	2 O + 2 O = 4 O

On remarque qu'il n'y a pas le même nombre d'atomes d'oxygène avant et après la transformation : Jean s'est trompé en écrivant l'équation de la réaction.
Remarque : il aurait dû écrire : $CH_4 + 2\ O_2 \rightarrow CO_2 + 2\ H_2O$

11 Consignes en cas d'incendie

Pour qu'une combustion ait lieu, il faut réunir un combustible, un comburant et une source d'énergie. Si un des éléments est absent, la combustion s'arrête.
En fermant les fenêtres, on empêche le renouvellement du dioxygène (comburant) : quand le dioxygène présent dans la salle aura totalement été consommé, la combustion cessera et l'incendie s'arrêtera dans la salle.

12 Combustion du carbone

1) Une combustion est une transformation chimique, car des espèces chimiques disparaissent (ici le carbone et le dioxygène) et d'autres apparaissent, même si nous ne les voyons pas à l'œil nu (ici le dioxyde de carbone uniquement).

2) Dans la combustion du carbone, le combustible est le carbone pur et le comburant le dioxygène.

3) La combustion s'est arrêtée, car un des deux réactifs de la transformation a été totalement consommé. Puisqu'il y a encore du fusain c'est le dioxygène contenu initialement dans le flacon qui a été entièrement consommé.

13 Recette de grand-mère contre les démangeaisons

- Le venin est une solution acide, il contient donc majoritairement des ions hydrogène. L'eau savonneuse est une solution basique, elle contient donc majoritairement des ions hydroxyde.
- En appliquant de l'eau savonneuse sur les piqûres, on fait réagir les ions hydrogène avec les ions hydroxyde qui ensemble vont former de l'eau et ainsi le venin deviendra moins acide et aura moins d'effet.

14 Quelle salade !

- Le vinaigre est une solution acide ; nous savons que les acides et les métaux réagissent ensemble pour former des ions métalliques et un gaz (le dihydrogène).
- En mettant en contact le vinaigre et l'aluminium, le cuisinier a provoqué une transformation chimique entre les ions hydrogène et les atomes d'aluminium :
  – les ions hydrogène ont été consommés et transformés en dihydrogène, comme il y a moins d'ions hydrogène la solution est moins acide ;
  – les atomes d'aluminium se sont transformés en ions aluminium qui donnent un goût à l'assaisonnement.

15 Canettes de soda

1 **Action de l'acide chlorydrique sur le fer**

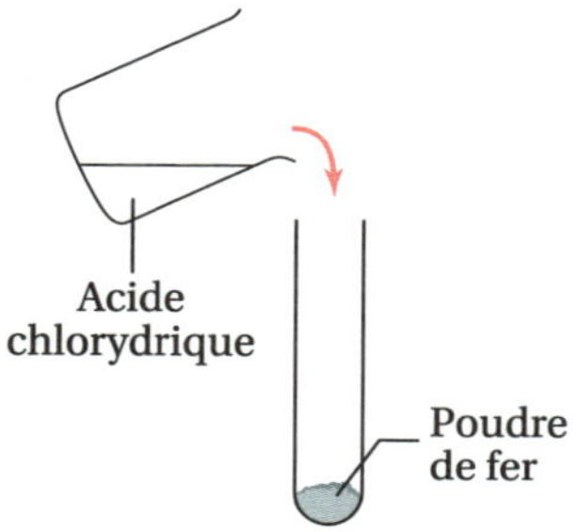

2 Nous pouvons affirmer qu'il ne s'agit pas d'une transformation physique car nous observons que la quantité de poudre diminue (le fer est consommé) et que du gaz est formé. Les espèces chimiques changent au cours de cette transformation : c'est une transformation chimique.

3 D'après le résultat du test d'identification des ions, nous pouvons dire que l'ion formé lors de cette transformation est l'ion fer II, Fe^{2+}.

> **CONSEIL**
> **3** Utilise le tableau d'identification des ions de la méthode de la fiche 7.

4 D'après les réponses aux questions 2 et 3, nous pouvons écrire :

ions hydrogène + fer → dihydrogène + ions fer II

> **CONSEIL**
> **4** Tu dois écrire uniquement les espèces qui réagissent et celles qui sont formées ; dans un bilan en toutes lettres il n'est pas nécessaire d'indiquer dans quelles proportions les réactifs sont consommés et les produits formés.

5 D'après l'énoncé, le cola et la limonade sont des solutions acides, elles contiennent donc toutes les deux des ions hydrogène.

6 L'aluminium et l'acier sont tous les deux constitués d'atomes métalliques : Aℓ pour l'aluminium et Fe pour l'acier.

7 Si l'acier ou l'aluminium des canettes de soda n'étaient pas recouverts d'une couche protectrice, les ions hydrogène des boissons seraient en contact avec les atomes métalliques des récipients et une transformation chimique aurait lieu entre eux avec formation d'un gaz et libération d'ions métalliques.

8 Les sodas peuvent être également stockés dans des bouteilles en plastique ou en verre car les ions hydrogène ne réagissent pas avec ces matières.

OBJECTIF BREVET

16 Étude de la réaction entre l'aluminium et l'acide chlorhydrique

1) Une **transformation chimique a bien lieu** car une nouvelle espèce chimique est apparue : celle qui correspond au gaz dégagé.

2) D'après l'équation de la réaction chimique, il faut 6 ions hydrogène pour réagir avec 2 atomes d'aluminium. On en déduit que **3 ions hydrogène** vont réagir avec un atome d'aluminium.

3) Au cours d'une réaction chimique la masse est conservée, donc la masse finale sera également de **124,0 g**.

À NOTER
2) Les coefficients stœchiométriques indiquent dans quelles proportions les réactifs sont consommés et les produits formés.

17 Une solution d'acide chlorhydrique comme déboucheur

1) Les réactifs de la réaction sont le **métal zinc** et les **ions hydrogène**.

2) Les produits de la réaction sont le **dihydrogène** et l'**ion zinc**.

3) D'après l'équation de la réaction chimique, 2 ions hydrogène forment une molécule de dihydrogène. On en déduit que **10 ions hydrogène** formeront **5 molécules de dihydrogène**.

4) Si à la fin de la réaction les ions hydroxyde sont majoritaires, le pH de la solution finale sera **supérieur à 7**.

CONSEIL
4) Revois la prédominance des espèces chimiques dans les solutions acides et basiques. → FICHE 8

18 Bilan dioxygène d'une plante

1) La photosynthèse et la respiration sont des **transformations chimiques** puisque l'une comme l'autre consomment des espèces chimiques pour en former de nouvelles.

2) **Réponse e.**

- Les réactifs mis en jeu dans la photosynthèse sont le dioxyde de carbone (CO_2) et l'eau (H_2O) ; les produits formés sont le dioxygène (O_2) et le glucose ($C_6H_{12}O_6$).
Les seules équations pour lesquelles le dioxyde de carbone et l'eau sont à gauche de la flèche et le glucose et le dioxygène sont à droite sont les équations **b** et **e**.

CONSEIL
2) Pense que les réactifs sont notés à gauche de la flèche et les produits à droite.

- Comptons les atomes présents de chaque côté de la flèche pour les deux équations possibles :

Équation **b.**

$CO_2 + H_2O$	$\rightarrow$ $C_6H_{12}O_6 + O_2$
1 C	6 C
2 + 1 = 3 O	6 + 2 = 8 O
2 H	12 H

Équation **e.**

$6\ CO_2 + 6\ H_2O \rightarrow C_6H_{12}O_6 + 6\ O_2$	
$6 \times 1 = 6$ C	6 C
$6 \times 2 + 6 \times 1 = 18$ O	$6 + 6 \times 2 = 18$ O
$6 \times 2 = 12$ H	12 H

Nous remarquons que seule l'équation **e.** vérifie la conservation de la matière. L'équation correspondant à la photosynthèse est l'équation **e.** :

$$6\ CO_2 + 6\ H_2O \rightarrow C_6H_{12}O_6 + 6\ O_2$$

3) Les végétaux ont besoin d'**énergie lumineuse** pour produire du glucose (*photo* signifie lumière en grec), la photosynthèse ne peut donc se faire que quand il fait jour.

4) D'après le document 1, nous pouvons dire que le **glucose** et le **dioxygène** sont consommés lors de la respiration : ce sont des réactifs. Du **dioxyde de carbone** et de l'**eau** sont formés : ce sont des produits.

5) Les êtres humains comme tous les êtres vivants ont besoin de dioxygène pour vivre. Le document 2 montre que les plantes produisent plus de dioxygène qu'elles n'en consomment. En étant une énorme étendue d'arbres, la forêt amazonienne contribue à la **production de dioxygène** nécessaire à la vie sur Terre et donc tout comme les poumons elle permet aux êtres humains de vivre.

19 De la chimie même dans un garage

1) Les espèces présentes initialement dans le seau sont des **atomes** de **fer** et de **zinc** (apportés par le seau) et des **ions hydrogène** (apportés par la solution de la batterie).

2) L'apparition de bulles de gaz nous permet de déduire qu'une **transformation chimique** a eu lieu.

3) Le gaz formé par la transformation chimique est le **dihydrogène** de formule H_2.

> **CONSEIL**
> **2)** Rappelle-toi que lorsqu'il y a une nouvelle espèce chimique qui est formée (un gaz par exemple), il y a transformation chimique.

4) ■ Pour identifier les deux types d'ions qui se sont formés dans le liquide, nous devons mettre un peu de la solution obtenue dans deux tubes à essai et verser dans chacun quelques millilitres d'une solution contenant des ions hydroxyde (de l'hydroxyde de sodium, par exemple).
Nous devrions observer un précipité vert pour les **ions fer II** formés et un précipité blanc pour les **ions zinc** formés.

■ Les deux ions métalliques formés étant dans la même solution, nous ne pourrons pas distinguer clairement les deux précipités.

5) Équation de réaction entre la solution acide et le fer :

$$Fe + 2H^+ \rightarrow H_2 + Fe^{2+}$$

Équation de réaction entre la solution acide et le zinc :

$$Zn + 2H^+ \rightarrow H_2 + Zn^{2+}$$

L'apprenti n'a **pas fait un bon choix** en choisissant ce seau, car la solution de la batterie va réagir avec le seau et va le « ronger ».

À NOTER

5) On ajoute des coefficients devant les formules chimiques pour que l'équation de réaction vérifie la conservation de la matière.

4 Organisation de la matière dans l'Univers

14 Décrire l'Univers à l'échelle du noyau

EN BREF ▸ *À l'échelle de l'infiniment petit de l'Univers, on trouve les noyaux des atomes. Ces particules sont composées de particules encore plus petites : les nucléons. À chaque noyau est associé un symbole indiquant sa composition.*

I Description du noyau d'un atome

■ Un noyau est constitué de particules appelées **nucléons** qui sont de deux sortes :
- les **protons,** qui portent une **charge électrique positive**.
- les **neutrons** qui sont **électriquement neutres**.

■ Un noyau est donc chargé positivement, et sa charge correspond à celle des protons qu'il contient.

■ Un **noyau** a un diamètre de l'ordre de **10^{-15} m**, tandis que celui de l'atome est de l'ordre de 10^{-10} m.

À NOTER
Un noyau est environ 100 000 fois plus petit qu'un atome.

II Connaître le symbole du noyau d'un atome

Chaque noyau est représenté par un symbole nous informant sur sa composition.

$^{A}_{Z}X$

X est le **symbole** de l'atome auquel appartient le noyau ;
Z est le **numéro atomique** : c'est le nombre de protons du noyau ;
A est le **nombre de masse** : c'est le nombre de nucléons du noyau.

III Trouver la composition en nucléons d'un noyau

Le nombre de protons dans le noyau nous est directement donné par la valeur du numéro atomique *Z*. Sachant que *A* représente le nombre total de nucléons (protons et neutrons), pour trouver le **nombre *N* de neutrons** il suffit de réaliser le calcul suivant :

$$N = A - Z$$

Exemple : le noyau de fluor a pour symbole $^{19}_{9}F$; il contient donc 19 nucléons ($A = 19$), parmi lesquels on trouve 9 protons ($Z = 9$) et 10 neutrons ($N = A - Z = 19 - 9 = 10$).

Méthode

Déterminer la composition et le symbole d'un noyau

Le dioxyde de carbone, de formule CO_2, est une molécule contenant des atomes de carbone et d'oxygène. Voici quelques renseignements concernant les noyaux de chacun de ces atomes :
- le noyau de carbone a pour symbole ${}^{12}_{6}C$;
- le noyau d'oxygène possède un nombre de masse $A = 16$ et un numéro atomique $Z = 8$.

1) Quelle est la composition du noyau de l'atome de carbone ?

2) Quelle est la composition et le symbole du noyau de l'atome d'oxygène ?

3) Il existe des noyaux de carbone dont les symboles sont : ${}^{13}_{6}C$ et ${}^{14}_{6}C$. Qu'est-ce qui les différencient du premier noyau de carbone ?

CONSEILS

1) Détermine le nombre de protons et le nombre de neutrons à partir des nombres apparaissant dans le symbole du noyau.

2) Identifie ce que représentent A et Z et leur position dans le symbole du noyau.

SOLUTION

1) Dans le symbole du noyau, 6 représente le nombre de protons et 12 le nombre de nucléons, c'est-à-dire la somme des protons et des neutrons.

On en déduit qu'il y a **6 protons** et $12 - 6 =$ **6 neutrons** dans le noyau de l'atome de carbone.

2) A représente le nombre de nucléons tandis que Z représente le nombre de protons.

On en déduit qu'il y a **8 protons** et $16 - 8 =$ **8 neutrons** dans le noyau de l'atome d'oxygène.

Le symbole général d'un noyau étant ${}^{A}_{Z}X$, celui du noyau d'oxygène est donc ${}^{16}_{8}O$.

3) Le noyau ${}^{13}_{6}C$ possède 6 protons et $13 - 6 = 7$ neutrons.

Le noyau ${}^{14}_{6}C$ possède 6 protons et $14 - 6 = 8$ neutrons.

Ils ont donc un **nombre de neutrons différent**.

15 Étudier la matière dans l'Univers

EN BREF ▸ *Les compositions en atomes des différents composants de l'Univers (étoile, planètes...) sont différentes. Les atomes sont classés dans un tableau appelé tableau périodique. Cela permet de regrouper les atomes selon leurs propriétés.*

I Les atomes dans l'Univers

Dans les étoiles, on trouve essentiellement des atomes d'**hydrogène H** et d'**hélium He**. Sur Terre, on trouve une très grande diversité d'atomes tels que l'oxygène O, l'azote N, le carbone C, le fer Fe, etc. Dans la croûte terrestre, on trouve des « terres rares », qui sont des métaux tels que le scandium ou l'yttrium.

II Le tableau périodique

- Depuis le XIXe siècle, les scientifiques ont réalisé un décompte de tous les atomes connus afin de les classer. C'est le chimiste russe Dimitri Mendeleïev qui est à l'origine de la classification utilisée aujourd'hui, appelée **tableau périodique des éléments chimiques**.

À NOTER
On donne le nom d'élément chimique à l'ensemble des entités chimiques (atomes, isotopes ou ions) caractérisées par le même nombre *Z* de protons dans leur noyau. Les éléments chimiques sont représentés par leur symbole chimique.

Tableau périodique des éléments chimiques

	1	2	3	4	5	6	7	8	9	10	11	12	13	14	15	16	17	18
1	1 H																	2 He
2	3 Li	4 Be											5 B	6 C	7 N	8 O	9 F	10 Ne
3	11 Na	12 Mg											13 Al	14 Si	15 P	16 S	17 Cl	18 Ar
4	19 K	20 Ca	21 Sc	22 Ti	23 V	24 Cr	25 Mn	26 Fe	27 Co	28 Ni	29 Cu	30 Zn	31 Ga	32 Ge	33 As	34 Se	35 Br	36 Kr
5	37 Rb	38 Sr	39 Y	40 Zr	41 Nb	42 Mo	43 Tc	44 Ru	45 Rh	46 Pd	47 Ag	48 Cd	49 In	50 Sn	51 Sb	52 Te	53 I	54 Xe
6	55 Cs	56 Ba		72 Hf	73 Ta	74 W	75 Re	76 Os	77 Ir	78 Pt	79 Au	80 Hg	81 Ti	82 Pb	83 Bi	84 Po	85 At	86 Rn
7	87 Fr	88 Ra		104 Rf	105 Db	106 Sg	107 Bh	108 Hs	109 Mt	110 Ds	111 Rg	112 Cn	113 Uut	114 Fl	115 Uup	116 Lv	117 Uus	118 Uuo
				57 La	58 Ce	59 Pr	60 Nd	61 Pm	62 Sm	63 Eu	64 Gd	65 Tb	66 Dy	67 Ho	68 Er	69 Tm	70 Yb	71 Lu
				89 Ac	90 Th	91 Pa	92 U	93 Np	94 Pu	95 Am	96 Cm	97 Bk	98 Cf	99 Es	100 Fm	101 Md	102 No	103 Lr

- Le tableau périodique classe tous les atomes dans l'**ordre croissant** de leurs numéros atomiques *Z*.

- La place d'un atome dans ce tableau permet de prévoir certaines de ses **caractéristiques chimiques**. Chaque colonne du tableau périodique constitue une « famille chimique » : tous les atomes d'une même colonne ont des propriétés chimiques voisines.

Méthode

Trouver un atome dans le tableau périodique

Un étudiant en chimie recherche dans le tableau périodique un atome qui répond aux critères suivants :

– il possède un numéro atomique plus petit que celui du potassium K et plus grand que celui du sodium Na ;

– il possède des propriétés chimiques similaires à celles de l'azote N.

Quel est cet atome ?

	1	2	3	4	5	6	7	8	9	10	11	12	13	14	15	16	17	18
1	1 H																	2 He
2	3 Li	4 Be											5 B	6 C	7 N	8 O	9 F	10 Ne
3	11 Na	12 Mg											13 Aℓ	14 Si	15 P	16 S	17 Cℓ	18 Ar
4	19 K	20 Ca	21 Sc	22 Ti	23 V	24 Cr	25 Mn	26 Fe	27 Co	28 Ni	29 Cu	30 Zn	31 Ga	32 Ge	33 As	34 Se	35 Br	36 Kr

CONSEILS

- Souviens-toi que les atomes sont classés dans l'ordre croissant des numéros atomiques *Z* dans le tableau périodique.
- Établis un encadrement pour le numéro atomique de l'atome cherché.
- Rappelle-toi que tous les atomes d'une même colonne dans le tableau périodique possèdent des propriétés chimiques voisines.
- Détermine la colonne dans laquelle doit se trouver l'atome cherché.

SOLUTION

■ Le potassium K a un numéro atomique égal à 19 tandis que celui du sodium Na est égal à 11.

On en déduit que le numéro atomique Z de l'atome recherché est compris dans l'intervalle : $11 < Z < 19$.

■ Tous les atomes se trouvant dans la même colonne que l'azote N possède des propriétés chimiques similaires. On trouve l'azote dans la colonne numéro 15. La liste d'atome possible est donc le phosphore ($Z = 15$) et l'astate ($Z = 33$).

■ On en conclut alors que l'atome recherché est le **phosphore** P (car $11 < 15 < 19$).

16 Étudier la structure de l'Univers

EN BREF ▸ *La description de l'Univers se fait à différentes échelles : celle du système solaire, de notre galaxie, des amas de galaxies. On utilise des unités de longueurs adaptées pour décrire les distances.*

I Le Système solaire

■ Le Système solaire est constitué de différents corps célestes :
– **une étoile**, le Soleil autour duquel gravitent **huit planètes** classées en deux familles : les planètes telluriques (Mercure, Vénus, la Terre et Mars) et les planètes géantes gazeuses (Jupiter, Saturne, Uranus et Neptune) ;
– **des planétoïdes** tels que Pluton, qui gravitent à la périphérie du système (ceinture de Kuiper) ; **des comètes** qui repassent périodiquement à proximité du Soleil, en provenance du nuage d'Oort ; et **des astéroïdes** issus de la ceinture d'astéroïdes placée entre Mars et Jupiter.

■ Dans ce système, l'unité de longueur la plus adaptée est l'**unité astronomique (UA)** définie par la distance entre la Terre et le Soleil.

$$1 \text{ UA} = 1{,}50 \times 10^{8} \text{ km} = 1{,}50 \times 10^{11} \text{ m}$$

II La Voie lactée

■ La Voie lactée est le nom de **notre galaxie** qui regroupe plusieurs milliards d'étoiles dont le Soleil.

■ Pour apprécier les distances avec les étoiles les plus proches de nous, on utilise une unité adaptée qui est l'**année-lumière (al)** définie par :

$$1 \text{ al} = 9{,}46 \times 10^{12} \text{ km} = 9{,}46 \times 10^{15} \text{ m}$$

MOT CLÉ
L'**année-lumière** est la distance parcourue par la lumière pendant un an dans le vide.

III L'évolution de l'Univers

■ L'Univers « est né » il y a environ **13,8 milliards d'années** d'une singularité (un point extrêmement dense et chaud) appelée big bang. Depuis, il n'a de cesse d'évoluer et de se dilater.

■ Dans les tout premiers instants, les protons, neutrons et électrons se sont formés ; puis, au fur et à mesure que l'Univers **se dilatait et se refroidissait**, les premiers noyaux se formèrent : hydrogène, hélium et lithium. Les atomes se formèrent par capture des électrons jusqu'alors libres, au bout de 380 000 ans.

■ Sous l'effet de la **gravitation**, ces particules de matière forment de grands nuages (nébuleuses), qui vont se réchauffer pour atteindre plusieurs millions de degrés et engendrer des étoiles.

Méthode

Exprimer une distance dans différentes unités

Longtemps classée parmi les planètes, Pluton, découverte en 1930, a été reclassée en 2006 pour devenir la première représentante de la famille des planètes naines. Elle est située à 39,4 UA du Soleil.

Pluton possède plusieurs satellites naturels dont Charon situé sur une orbite autour de Pluton dont le rayon est égal à $1{,}718 \times 10^7$ m.

1) Quelle est la distance de Pluton au Soleil exprimée en kilomètres ?

2) Quelle est la distance de Pluton au Soleil exprimée en mètres ?

3) Quelle est la distance de Pluton au Soleil exprimée en années-lumière ?

4) Quelle est la distance de Charon à Pluton exprimée en kilomètres ?

5) Quelle est la distance de Charon à Pluton en unités astronomiques ?

CONSEILS

1) Souviens-toi que $1 \text{ UA} = 1{,}50 \times 10^8$ km.

2) Souviens-toi que $1 \text{ km} = 1 \times 10^3$ m.

3) Souviens-toi que $1 \text{ m} = \dfrac{1}{9{,}46 \times 10^{15}}$ al.

4) Souviens-toi que $1 \text{ m} = 1 \times 10^{-3}$ km.

5) Souviens-toi que $1 \text{ m} = \dfrac{1}{1{,}50 \times 10^{11}}$ UA.

SOLUTION

1) Exprimons la distance de Pluton au Soleil en kilomètres :

$39{,}4 \text{ UA} = 39{,}4 \times 1{,}50 \times 10^8 \text{ km} = \mathbf{5{,}91 \times 10^9 \text{ km}}$.

2) Exprimons la distance de Pluton au Soleil en mètres :

$5{,}91 \times 10^9 \text{ km} = 5{,}91 \times 10^9 \times 10^3 \text{ m} = \mathbf{5{,}91 \times 10^{12} \text{ m}}$.

3) Exprimons la distance de Pluton au Soleil en années-lumière :

$$5{,}91 \times 10^{12} \text{ m} = \frac{5{,}91 \times 10^{12}}{9{,}46 \times 10^{15}} \text{ al} = \mathbf{6{,}25 \times 10^{-4} \text{ al}}.$$

4) Exprimons la distance de Charon à Pluton en kilomètres :

$1{,}718 \times 10^7 \text{ m} = 1{,}718 \times 10^7 \times 10^{-3} \text{ km} = \mathbf{1{,}718 \times 10^4 \text{ km}}$.

5) Exprimons la distance de Pluton à Charon en UA :

$$1{,}718 \times 10^7 \text{ m} = \frac{1{,}718 \times 10^7}{1{,}50 \times 10^{11}} \text{ UA} = \mathbf{1{,}15 \times 10^{-4} \text{ UA}}.$$

ORGANISATION DE LA MATIÈRE DANS L'UNIVERS

L'Univers à l'échelle astronomique

Les unités de longueur

- **Unité astronomique** = distance Terre-Soleil

$$1 \text{ UA} = 1{,}50 \times 10^{8} \text{ km} = 1{,}50 \times 10^{11} \text{ m}$$

- **Année-lumière** = distance parcourue par la lumière en une année

$$1 \text{ al} = 9{,}46 \times 10^{12} \text{ km} = 9{,}46 \times 10^{15} \text{ m}$$

L'évolution de l'Univers

- $t = 0$ s — **Big bang** il y a 13,8 milliards d'années
- $t = 0{,}1$ s à 100 s — **Formation des protons, neutrons, électrons**
- $t = 3$ min à 20 min — **Formation de l'hydrogène, de l'hélium, du lithium**
- $t = 100$ millions d'années — **Formation des premières étoiles**
- $t = 600$ millions d'années — **Formation de la première galaxie**
- $t = 9{,}2$ milliards d'années — **Naissance du Système solaire**
- $t = 13{,}8$ milliards d'années — **Aujourd'hui**

L'Univers à l'échelle du noyau atomique

Description du noyau

- Constitué de **nucléons** : protons et neutrons
- **Chargé** positivement
- **Diamètre** : environ 10^{-15} m (100 000 fois plus petit qu'un atome)

Symbole du noyau d'un atome X

$$^{A}_{Z}\mathrm{X}$$

- **Numéro atomique** Z = nombre de protons
- **Nombre de masse** A = nombre de nucléons
- **Nombre de neutrons** N

$$N = A - Z$$

L'Univers à l'échelle atomique

Élément chimique

Caractérisé par son **numéro atomique** Z
Exemple : élément carbone : C ($Z = 8$)

Le tableau périodique des éléments chimiques

- Éléments chimiques classés par numéro atomique Z **croissant**

	1	2	3	4	5	6	7	8	9	10	11	12	13	14	15	16	17	18
1	H 1																	He 2
2	Li 3	Be 4											B 5	C 6	N 7	O 8	F 9	Ne 10
3	Na 11	Mg 12											Al 13	Si 14	P 15	S 16	Cl 17	Ar 18
4	K 19	Ca 20	Sc 21	Ti 22	V 23	Cr 24	Mn 25	Fe 26	Co 27	Ni 28	Cu 29	Zn 30	Ga 31	Ge 32	As 33	Se 34	Br 35	Kr 36
5	Rb 37	Sr 38	Y 39	Zr 40	Nb 41	Mo 42	Tc 43	Ru 44	Rh 45	Pd 46	Ag 47	Cd 48	In 49	Sn 50	Sb 51	Te 52	I 53	Xe 54
6	Cs 55	Ba 56		Hf 72	Ta 73	W 74	Re 75	Os 76	Ir 77	Pt 78	Au 79	Hg 80	Tl 81	Pb 82	Bi 83	Po 84	At 85	Rn 86
7	Fr 87	Ra 88		Rf 104	Db 105	Sg 106	Bh 107	Hs 108	Mt 109	Ds 110	Rg 111	Cn 112	Uut 113	Fl 114	Uup 115	Lv 116	Uus 117	Uuo 118
				La 57	Ce 58	Pr 59	Nd 60	Pm 61	Sm 62	Eu 63	Gd 64	Tb 65	Dy 66	Ho 67	Er 68	Tm 69	Yb 70	Lu 71
				Ac 89	Th 90	Pa 91	U 92	Np 93	Pu 94	Am 95	Cm 96	Bk 97	Cf 98	Es 99	Fm 100	Md 101	No 102	Lr 103

- **Famille chimique** : éléments chimiques d'une même colonne.
Ils ont les mêmes propriétés chimiques.

SE TESTER QUIZ

Vérifie que tu as compris les points clés

1 Connaître l'Univers à l'échelle du noyau

→ FICHE 14

1 Un noyau de fluor possède 10 neutrons et 9 protons. Son symbole est :

☐ **a.** ${}^{10}_{9}F$

☐ **b.** ${}^{19}_{9}F$

☐ **c.** ${}^{9}_{19}F$

2 Le noyau de carbone a pour formule ${}^{14}_{6}C$ et celui d'azote ${}^{14}_{7}N$.

☐ **a.** Le noyau de carbone possède plus de protons que le noyau d'azote

☐ **b.** Le noyau d'azote possède plus de neutrons que le noyau de carbone

☐ **c.** Le noyau d'azote possède moins de neutrons que le noyau de carbone

3 Un noyau de béryllium Be possède deux protons de moins et deux neutrons de moins qu'un noyau de carbone de formule ${}^{12}_{6}C$. Son symbole est :

☐ **a.** ${}^{10}_{4}Be$

☐ **b.** ${}^{8}_{4}Be$

☐ **c.** ${}^{10}_{2}Be$

4 Dans un noyau de carbone de formule ${}^{14}_{6}C$, on trouve :

☐ **a.** 14 neutrons et 6 protons

☐ **b.** 6 protons et 8 neutrons

☐ **c.** 8 protons et 6 neutrons

.../4

2 Connaître la matière dans l'Univers

→ FICHE 15

1 Lors d'une transformation chimique, les atomes d'une même colonne du tableau périodique réagiront différemment.

☐ **a.** vrai ☐ **b.** faux

2 Dans le tableau périodique :

☐ **a.** le carbone C et l'oxygène O appartiennent à la même famille chimique

☐ **b.** l'azote N et le phosphore P appartiennent à la même famille chimique

.../2

3 Connaître la structure de l'Univers

→ FICHE 16

1 La valeur de l'année-lumière en kilomètres est égale à :

- ☐ **a.** $1,50 \times 10^8$
- ☒ **b.** $9,46 \times 10^{12}$
- ☐ **c.** $9,46 \times 10^{15}$

2 Lors de la dilatation de l'Univers :

- ☒ **a.** sa température a diminué
- ☐ **b.** sa température a augmenté

3 Pour exprimer les distances dans la Voie lactée, l'unité de longueur la plus appropriée est :

- ☐ **a.** l'unité astronomique
- ☒ **b.** l'année-lumière
- ☐ **c.** le kilomètre

4 La Terre est à une distance du Soleil égale à :

- ☒ **a.** 0,1 UA
- ☐ **b.** 10 UA
- ☒ **c.** 1,0 UA

5 Pour exprimer les distances dans le Système solaire, l'unité de longueur la plus appropriée est :

- ☒ **a.** l'unité astronomique
- ☐ **b.** l'année-lumière
- ☒ **c.** le kilomètre

6 La distance entre le Soleil et une étoile est évaluée à 10 al. Elle est aussi égale à :

- ☐ **a.** $9,46 \times 10^{13}$ m
- ☒ **b.** $9,46 \times 10^{16}$ m
- ☒ **c.** $9,46 \times 10^{14}$ m

.../6

ON FAIT LE BILAN !

score total .../12

- Des erreurs ? Entraîne-toi ! → **LES EXOS** P. 100
- Zéro faute ? Bravo ! → **OBJECTIF BREVET** P. 101

LES EXOS

Entraîne-toi !

4 Un alliage en aéronautique

→ FICHE 14

Un alliage est un mélange dans lequel un métal est combiné à d'autres éléments chimiques pour créer un matériau aux propriétés particulières. En aéronautique, les alliages utilisés sont faits à base d'aluminium Aℓ ($Z = 13$) combiné à du cuivre Cu ($Z = 26$) et à du zinc Zn ($Z = 30$).

1) Le nombre de masse A du noyau d'aluminium est égal à 27. Trouver la composition de celui-ci.

2) Trouver la composition du noyau de cuivre, sachant que son symbole est $^{63}_{26}\text{Cu}$.

3) Le noyau de zinc possède 38 neutrons. Quel est son symbole ?

> **CONSEIL**
> **1)** Souviens-toi que le nombre de masse A est égal au nombre de nucléons, c'est-à-dire les protons plus les neutrons.

5 Utilisation du tableau périodique des éléments

→ FICHE 15

Le silicium a pour numéro atomique $Z = 14$.

1) À l'aide de l'extrait du tableau périodique ci-dessous, indiquer quelle est la position de cet élément. Préciser la colonne et la ligne.

2) Donner son symbole.

	1	2	3	4	5	6	7	8	9	10	11	12	13	14	15	16	17	18
1	1 H																	2 He
2	3 Li	4 Be											5 B	6 C	7 N	8 O	9 F	10 Ne
3	11 Na	12 Mg											13 Aℓ	14 Si	15 P	16 S	17 Cℓ	18 Ar
4	19 K	20 Ca	21 Sc	22 Ti	23 V	24 Cr	25 Mn	26 Fe	27 Co	28 Ni	29 Cu	30 Zn	31 Ga	32 Ge	33 As	34 Se	35 Br	36 Kr

6 Le tableau périodique

→ FICHE 15

À l'aide de l'extrait du tableau périodique de l'exercice 5 :

1) Trouver le numéro atomique Z de l'atome de bore (B).

2) En justifiant, choisir la liste des atomes appartenant à la même famille que l'atome d'oxygène ($Z = 8$) :
- liste 1 : aluminium (Aℓ) et gallium (Ga) ;
- liste 2 : magnésium (Mg) et calcium (Ca) ;
- liste 3 : soufre (S) et sélénium (Se) ;
- liste 4 : azote (N) et fluor (F).

3) Rechercher un atome qui répond aux critères suivants :
- il possède un numéro atomique plus grand que celui de l'argon Ar ;
- il possède des propriétés chimiques similaires à celles du fluor F.

7 Planète tellurique contre planète gazeuse

→ FICHE 16

Une planète tellurique se distingue d'une planète gazeuse par le fait qu'elle possède une croûte solide.
Mercure est une planète tellurique. C'est la planète la plus proche du Soleil. Elle se trouve à une distance du Soleil égale à $5{,}79 \times 10^7$ km du Soleil.
Neptune est une planète gazeuse. C'est la planète la plus éloignée du Soleil. Elle se trouve à une distance égale à 29,9 UA du Soleil.

1) Trouver la distance Soleil-Mercure en unités astronomiques.

2) Trouver la distance Soleil-Neptune en kilomètres.

3) Combien de fois Neptune est-elle plus éloignée du Soleil que Mercure ?

8 Une étoile tournant autour d'une autre

→ FICHE 16

Epsilon Indi A est une étoile de la constellation de l'Indien de type naine orange. Elle est située à 11,8 al de la Terre. On a découvert en 2003 une autre étoile de type naine brune, Epsilon Indi B, qui gravite autour de la première à une distance égale à $1{,}5 \times 10^3$ UA.

1) À quelle distance en kilomètres se trouve Epsilon Indi A de la Terre ?

2) Donner la distance précédemment trouvée en mètres.

3) À quelle distance l'une de l'autre, exprimée en kilomètres, se trouvent les deux étoiles ?

OBJECTIF BREVET

Lance-toi dans des sujets !

9 Étude du fonctionnement du Soleil

10 min

→ FICHES 14 et 15

L'énergie du Soleil provient essentiellement des noyaux d'hydrogène qu'il contient. Quatre noyaux d'hydrogène se transforment au cours d'une réaction de fusion nucléaire en un noyau d'hélium avec un dégagement d'énergie.

1) Le symbole du noyau d'hydrogène est ${}^{1}_{1}H$. Trouver sa composition en protons et en neutrons.

2) Le Soleil possède une atmosphère appelée héliosphère contenant entre autres des noyaux de sodium ${}^{23}_{11}Na$ et de potassium ${}^{40}_{19}K$.

a. Quel est le numéro atomique du sodium ?

b. Combien de nucléons contient le noyau de potassium ?

c. Combien de neutrons contient le noyau de sodium ?

DÉMARRONS ENSEMBLE

1) Utilise la formule $N = A - Z$.

10 Le Soleil et son environnement

10 min

→ FICHES 14 et 16

Parmi les planètes du Système solaire, Neptune est la plus éloignée du Soleil. Elle se trouve à une distance du Soleil égale à $4{,}5 \times 10^9$ km. L'étoile la plus proche du Soleil est Proxima, située à près de 4,0 années-lumière.

1 Quelle est la distance entre le Soleil et Neptune en unités astronomiques (UA) ?

2 Quelle est la distance entre le Soleil et Proxima en kilomètres ?

3 On trouve dans l'atmosphère du Soleil des noyaux de carbone dont le symbole est ${}^{12}_{6}C$. Dans celle de Proxima, on trouve également des noyaux de carbone possédant 6 protons et 6 neutrons.

a. Quelle est la composition en protons et neutrons du noyau de carbone dans le Soleil ?

b. Quel est le symbole du noyau de carbone sur Proxima ?

c. Que peut-on conclure lorsqu'on compare les noyaux de carbone du Soleil et de Proxima ?

DÉMARRONS ENSEMBLE

1 Utilise la relation de proportionnalité entre kilomètres et unités astronomiques.
2 Utilise la relation de proportionnalité entre kilomètres et années-lumière.
3 Le nombre indiqué en exposant du symbole d'un atome correspond au nombre de nucléons qu'il contient, le nombre en indice correspond au nombre de protons. Les nucléons sont constitués des protons et des neutrons.

11 Le carbone sur Terre et dans l'Univers

30 min

→ FICHES 14 et 16

L'élément carbone joue un grand rôle sur Terre dans la chimie du vivant et les échanges biochimiques entre les océans, l'atmosphère et la croûte terrestre. Il joue aussi un rôle majeur dans le fonctionnement de certaines étoiles appelées géantes rouges.

Document 1 Les isotopes du carbone

On trouve deux isotopes du carbone sur Terre : le carbone 12 et le carbone 13. Leur différence se situe au niveau de la composition de leur noyau : les noyaux de carbone 12 et 13 possèdent le même nombre de protons et un nombre de neutrons différents. Le nombre de masse *A* du carbone 12 est égal à 12 tandis que celui du carbone 13 est égal à 13.

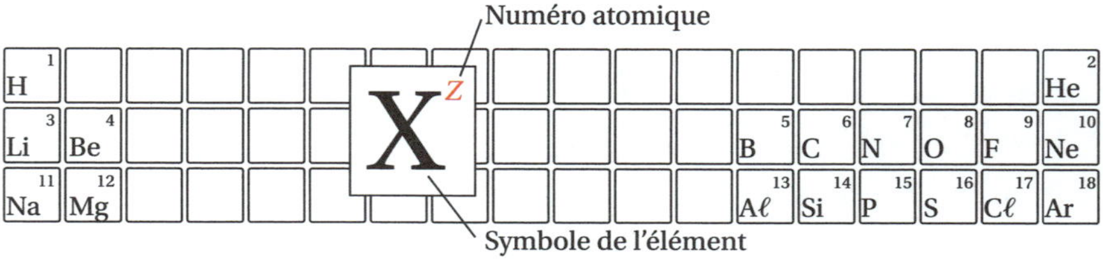

Document 2 Les étoiles carbonées

Les étoiles carbonées sont des étoiles géantes rouges dont l'enveloppe externe est riche en carbone. Elles émettent une lumière rouge ce qui en fait un objet céleste très apprécié des astronomes amateurs. Parmi ces étoiles Antarès et Bételgeuse sont parmi les plus connues.

Bételgeuse est situé à 643 années-lumière de la Terre et son diamètre est égal à 1 000 fois celui du Soleil (qui est égal à $1{,}4 \times 10^6$ km). Antares est à une distance égale à $5{,}71 \times 10^{15}$ km de la Terre.

1) À l'aide du document 1, trouver le numéro atomique Z du carbone.

2) Quelle est la composition du noyau de l'atome de carbone 13 ?

3) Le carbone 12 et le carbone 13 appartiennent-ils au même élément chimique ?

4) Un chimiste affirme que le silicium aurait très bien pu avoir un rôle similaire au carbone. A-t-il raison ou tort ?

5) Calculer la distance en kilomètres qui nous sépare de Bételgeuse.

6) Quelle est la distance en années-lumière entre la Terre et Antares ?

7) Calculer le diamètre de Bételgeuse en mètres.

8) Le diamètre d'Antares est égal à $1{,}23 \times 10^9$ km. Combien de fois ce diamètre est-il plus grand que celui du Soleil ?

DÉMARRONS ENSEMBLE

3) Rappelle-toi du point commun entre toutes les entités chimiques appartenant au même élément chimique.

5) Convertis la distance en kilomètres : 1 al = $9{,}46 \times 10^{12}$ km.

6) Convertis la distance en années-lumière : 1 km = $1/(9{,}46 \times 10^{12})$ al.

7) Utilise le document 2 et pense à convertir en mètres : 1 km = 1×10^3 m.

12 Des noyaux pour créer de l'énergie

30 min

→ FICHES 14 à 16

L'énergie rayonnante libérée par les étoiles, ainsi que l'énergie électrique produite par une centrale nucléaire ont pour origine les noyaux de certains atomes qui libèrent de l'énergie au cours de réactions nucléaires.

Document 1 L'énergie des étoiles

Dans le cœur d'une étoile, sous l'effet de températures colossales (supérieures au million de degrés Celsius), des noyaux d'atome réagissent en libérant de l'énergie. Cette réaction est la fusion de deux noyaux pour former un noyau plus lourd. Dans le cas des géantes rouges, un noyau de béryllium Be ($Z = 4$ et $A = 8$) fusionne avec un noyau d'hélium He (de symbole $^{4}_{2}He$) pour donner un noyau de carbone possédant 12 nucléons. C'est ce qui se passe au cœur d'Aldébaran, une géante rouge située à 65 al de la Terre. Son diamètre est environ égal à $6{,}1 \times 10^7$ km.

Document 2 Le fonctionnement d'une centrale nucléaire

Dans une centrale nucléaire, des noyaux d'uranium ($Z = 92$ et $A = 235$) subissent des réactions de fission. Sous l'impact d'un neutron, un noyau d'uranium 235 est scindé en deux noyaux plus légers : le strontium Sr ($Z = 38$) et le xénon Xe ($Z = 54$). L'énergie dégagée permet ensuite de chauffer l'eau contenue dans un générateur de vapeur, combiné à une turbine solidaire d'un alternateur qui produit du courant électrique.

1) Écrire le symbole du noyau de béryllium.

2) Déterminer la composition du noyau d'hélium.

3) Sachant que le noyau de carbone possède 6 neutrons, quel est son numéro atomique Z ?

4) À quelle distance, en kilomètres, se trouve Aldébaran de la Terre ?

5) Trouver le diamètre en unités astronomiques (UA) de l'étoile Aldébaran.

6) Sachant que le diamètre du Soleil est égal à $1{,}4 \times 10^6$ km, de combien de fois le diamètre d'Aldébaran est-il plus grand ?

7) Trouver la composition du noyau d'uranium 235.

8) Voici un extrait du tableau périodique :

1	2	3	4	5	6	7	8	9	10	11	12	13	14	15	16	17	18
19 K	20 Ca	21 Sc	22 Ti	23 V	24 Cr	25 Mn	26 Fe	27 Co	28 Ni	29 Cu	30 Zn	31 Ga	32 Ge	33 As	34 Se	35 Br	36 Kr
37 Rb	38 Sr	39 Y	40 Zr	41 Nb	42 Mo	43 Tc	44 Ru	45 Rh	46 Pd	47 Ag	48 Cd	49 In	50 Sn	51 Sb	52 Te	53 I	54 Xe
55 Cs	56 Ba		72 Hf	73 Ta	74 W	75 Re	76 Os	77 Ir	78 Pt	79 Au	80 Hg	81 Ti	82 Pb	83 Bi	84 Po	85 At	86 Rn

Est-ce que le rubidium Rb ($Z = 37$) possède les mêmes propriétés chimiques que le strontium ($Z = 38$) ?

9) Trouver les éléments chimiques appartenant à la même famille que le xénon ($Z = 54$).

DÉMARRONS ENSEMBLE

1), 2) et 3) Utilise le document 1.

4) et 5) Choisis la bonne conversion.

6) Calcule le diamètre le plus grand divisé par le diamètre le plus petit.

CORRIGÉS

SE TESTER QUIZ

1 Connaître l'Univers à l'échelle du noyau

1) Réponse b. Le symbole d'un noyau est ${}^{A}_{Z}X$ où A est égal au nombre de nucléons (protons + neutrons) et Z est égal au nombre de protons. On a : $A = 10 + 9 = 19$ et $Z = 9$.

2) Réponse c. Le noyau de carbone possède 6 protons et celui d'azote 7 (car Z est le nombre de protons dans la formule ${}^{A}_{Z}X$). Le noyau de carbone possède 8 neutrons et celui d'azote 7 (car A est le nombre de nucléons dans la formule ${}^{A}_{Z}X$ et donc $N = A - Z$).

3) Réponse b. Le noyau de carbone possède 6 protons ($Z = 6$) et 6 neutrons ($N = A - Z = 12 - 6 = 6$). Le noyau de béryllium possède alors 4 protons et 4 neutrons donc $Z = 4$ et $A = 8$.

4) Réponse b. Le nombre de masse $A = 14$ est le nombre de nucléons (protons + neutrons) et le numéro atomique $Z = 6$ est le nombre de protons : $N = A - Z = 14 - 6 = 8$: c'est le nombre de neutrons.

2 Connaître la matière dans l'Univers

1) Réponse b. Les éléments chimiques d'une même colonne du tableau périodique possèdent des propriétés chimiques similaires.

2) Réponse b. Une famille chimique est constituée par l'ensemble des éléments chimiques d'une même colonne du tableau périodique. C et O ne sont pas dans la même colonne, N et P sont dans la même colonne.

3 Connaître la structure de l'Univers

1) Réponse b. On sait que 1 al = $9{,}46 \times 10^{12}$ km.

2) Réponse a. L'Univers en expansion voit sa température diminuer car son volume augmente.

3) Réponse b. L'année-lumière est l'unité la plus adaptée, car c'est la plus grande des longueurs devant l'unité astronomique et le kilomètre.

4) Réponse c. La distance Terre-Soleil est la longueur référence pour l'unité astronomique : elle est égale à 1,0 UA.

5) Réponse a. L'unité astronomique est l'unité la plus adaptée, car l'année-lumière est trop grande et le kilomètre est trop petit.

6) Réponse b. On sait que 1 al = $9{,}46 \times 10^{15}$ m,
donc 10 al = $10 \times 9{,}46 \times 10^{15}$ m = $9{,}46 \times 10^{16}$ m.

LES EXOS

4 Un alliage en aéronautique

1 Le noyau d'aluminium possède **13 protons** (car $Z = 13$) et **14 neutrons** (car $A - Z = 27 - 13 = 14$).

2 Le symbole du cuivre est $^{63}_{26}Cu$.
On en déduit que $A = 63$ et $Z = 26$.
Le noyau de cuivre possède **26 protons** (car $Z = 26$) et **37 neutrons** (car $A - Z = 63 - 26 = 37$).

3 Le numéro atomique est $Z = 30$.
Le nombre de masse est $A = 38 + 30 = 68$.
On en déduit que le symbole du zinc est $^{68}_{30}Zn$.

5 Utilisation du tableau périodique des éléments

1 Cet élément se situe sur la **3e ligne** dans la **14e colonne**.

2 Il s'agit du silicium de symbole **Si**.

6 Le tableau périodique

1 D'après le tableau, on trouve, comme numéro atomique : $Z = 5$.

2 Les atomes appartenant à la même famille que l'atome d'oxygène ($Z = 8$) sont ceux placés dans la même colonne, c'est-à-dire la **liste 3** : soufre (S) et sélénium (Se).

3 Recherchons un atome qui répond aux critères suivants :
- il possède un numéro atomique plus grand que celui de l'argon Ar donc $Z > 18$;
- il possède des propriétés chimiques similaires à celles du fluor F donc il est dans la même colonne que le fluor.

On en déduit que cet atome est le **brome** de symbole **Br**.

7 Planète tellurique contre planète gazeuse

1 Déterminons la distance Soleil-Mercure en unités astronomiques :

$$5{,}79 \times 10^7 \text{ km} = \frac{5{,}79 \times 10^7}{1{,}50 \times 10^8} \text{ UA} = 0{,}386 \text{ UA}.$$

2 Déterminons la distance Soleil-Neptune en kilomètres :
$29{,}9 \text{ UA} = 29{,}9 \times 1{,}50 \times 10^8 \text{ km} = 4{,}49 \times 10^9 \text{ km}$.

3 $$\frac{29{,}9}{0{,}386} = \frac{4{,}49 \times 10^9}{5{,}79 \times 10^7} = 77{,}5.$$

Neptune est **77,5 fois** plus éloignée du Soleil que Mercure.

8 Une étoile tournant autour d'une autre

1) Déterminons, en kilomètres, la distance à laquelle se trouve Epsilon Indi A de la Terre :
$11{,}8 \text{ al} = 11{,}8 \times 9{,}46 \times 10^{12} \text{ km} = \mathbf{1{,}12 \times 10^{14} \text{ km}}$.

2) Déterminons la distance précédemment trouvée en mètres :
$1{,}12 \times 10^{14} \text{ km} = 1{,}12 \times 10^{14} \times 10^{3} \text{ m} = \mathbf{1{,}12 \times 10^{17} \text{ m}}$.

3) La distance entre les deux étoiles est égale à :
$1{,}5 \times 10^{3} \text{ UA} = 1{,}5 \times 10^{3} \times 1{,}50 \times 10^{8} \text{ km} = \mathbf{2{,}25 \times 10^{11} \text{ km}}$.

OBJECTIF BREVET

9 Étude du fonctionnement du Soleil

1) Le noyau d'hydrogène est composé d'**un proton** et de **zéro neutron**.

2) **a.** Le numéro atomique du sodium est **$Z = 11$**.
b. Le noyau de potassium contient **40 nucléons**.
c. Le noyau de sodium contient $N = 23 - 11 =$ **12 neutrons**.

> **À NOTER**
> 2) Pour calculer le nombre de neutrons N d'un noyau $^{A}_{Z}X$, utilise la formule : $N = A - Z$.

10 Le Soleil et son environnement

1) Distance Soleil-Neptune : $\dfrac{4{,}5 \times 10^{9}}{1{,}50 \times 10^{8}} = \mathbf{30 \text{ UA}}$.

2) Distance Soleil-Proxima : $4{,}0 \times 9{,}46 \times 10^{12} = \mathbf{3{,}8 \times 10^{13} \text{ km}}$.

3) **a.** Le noyau de carbone dans le Soleil possède **6 protons** et **6 neutrons**.
b. Le symbole du noyau de carbone sur Proxima est $^{12}_{6}C$.
c. Les noyaux de carbone du Soleil et de Proxima sont **identiques**.

11 Le carbone sur Terre et dans l'Univers

1) Le numéro atomique Z du carbone est égal à **6**.

2) Le noyau de l'atome de carbone 13 possède **6 protons** (car $Z = 6$) et **7 neutrons** (car $A - Z = 13 - 6 = 7$).

3) **Oui.** Le carbone 12 et le carbone 13 appartiennent au même élément chimique car ils possèdent le même numéro atomique $Z = 6$.

4) **Il a raison** car le silicium se trouve dans la même colonne que le carbone et des éléments se trouvant dans la même colonne possèdent des propriétés chimiques similaires.

5) Calculons la distance en kilomètres qui nous sépare de Bételgeuse :
$643 \text{ al} = 643 \times 9{,}46 \times 10^{12} \text{ km} = \mathbf{6{,}08 \times 10^{15} \text{ km}}$.

6 La distance en années-lumière entre la Terre et Antares est égale à :
$5{,}71 \times 10^{15}\ \text{km} = \dfrac{5{,}71 \times 10^{15}}{9{,}46 \times 10^{12}}\ \text{al} = \mathbf{604\ al}.$

7 Calculons le diamètre de Bételgeuse en mètres :
$d_{Betelgeuse} = 1\,000 \times d_{Soleil} = 1\,000 \times 1{,}4 \times 10^{6} = 1{,}4 \times 10^{9}\ \text{km} = \mathbf{1{,}4 \times 10^{12}\ m}.$

8 Calculons le nombre de fois que le diamètre d'Antares est plus grand que celui du Soleil :
$\dfrac{1{,}23 \times 10^{9}}{1{,}4 \times 10^{6}} = 879.$
Le diamètre d'Antares est **879 fois plus grand** que celui du Soleil.

12 Des noyaux pour créer de l'énergie

> **À NOTER**
> **1** Le symbole du noyau d'un atome X s'écrit ${}^{A}_{Z}X$.

1 Le symbole du noyau de béryllium est ${}^{8}_{4}\mathbf{Be}$.

2 D'après le symbole du noyau, on trouve $A = 4$ et $Z = 2$.
Le noyau de l'atome d'hélium possède **2 protons** (car $Z = 2$) et **2 neutrons** (car $A - Z = 4 - 2 = 2$).

3 Le noyau de carbone possède 12 nucléons et sachant qu'il possède 6 neutrons, on trouve son nombre de protons : $12 - 6 = 6$.
Son numéro atomique est donc $\mathbf{Z = 6}$.

4 La distance en kilomètres à laquelle se trouve Aldébaran de la Terre est :
$65\ \text{al} = 65 \times 9{,}46 \times 10^{12}\ \text{km} = \mathbf{6{,}15 \times 10^{14}\ km}.$

> **À NOTER**
> **5** $1\ \text{UA} = 1{,}50 \times 10^{8}\ \text{km}$.

5 Trouvons le diamètre en unités astronomiques (UA) de l'étoile Aldébaran :
$6{,}1 \times 10^{7}\ \text{km} = \dfrac{6{,}1 \times 10^{7}}{1{,}50 \times 10^{8}}\ \text{UA} = \mathbf{0{,}41\ UA}.$

6 Calculons le nombre de fois que le diamètre d'Aldébaran est plus grand que celui du Soleil :
$\dfrac{6{,}1 \times 10^{7}}{1{,}4 \times 10^{6}} = 44.$
Le diamètre d'Aldébaran est **44 fois plus grand** que celui du Soleil.

7 Le noyau d'uranium 235 possède le numéro atomique et le nombre de masse suivants : $Z = 92$ et $A = 235$.
Il possède donc **92 protons** et **143 neutrons** (car $235 - 92 = 143$).

8 Le rubidium Rb ($Z = 37$) **ne possède pas les mêmes propriétés chimiques** que le strontium car ils ne sont pas dans la même colonne : le rubidium est dans la première colonne et le strontium dans la deuxième.

9 Les éléments chimiques appartenant à la même famille que le xénon ($Z = 54$) se trouvent dans la même colonne, c'est-à-dire la dix-huitième : le **krypton** de symbole Kr ($Z = 36$) et le **radon** de symbole Rn ($Z = 86$).

Mouvement et interactions

5 Études des mouvements des systèmes

17 Identifier les différents types de mouvements

EN BREF ▸ *Que ce soit à la surface de la Terre ou au sein du Système solaire, on observe une multitude d'objets dont les mouvements sont très différents les uns des autres. On peut cependant regrouper tous ces mouvements en quelques types bien identifiés.*

I Étude d'un mouvement

L'étude d'un mouvement doit se faire en plusieurs étapes :

1. Définir précisément le système en mouvement que l'on étudie.

2. Définir le référentiel d'étude : il s'agit d'un solide de référence par rapport auquel on étudiera le mouvement (la surface de la Terre, le Soleil...).

Exemple : étude du mouvement d'un ballon de foot par rapport au gardien.

3. Identifier la trajectoire du système : il s'agit du chemin suivi par le système en mouvement.

4. Identifier l'évolution de la vitesse du système au cours du mouvement.

Exemple : lors d'un coup franc, le ballon de foot a souvent une trajectoire parabolique et sa vitesse augmente au cours de son mouvement.

II Les différents types de mouvements

■ La trajectoire du système est modélisée par une courbe qui permet de classer les différents mouvements selon l'allure de cette courbe.

Type de trajectoire	Droite	Cercle	Courbe quelconque
Type de mouvement	Rectiligne	Circulaire	Curviligne

■ L'évolution de la vitesse permet également d'identifier des mouvements particuliers.

Évolution de la vitesse	La vitesse augmente	La vitesse diminue	La vitesse est constante
Type de mouvement	Accéléré	Décéléré	Uniforme

III La relativité du mouvement

Un même système étudié dans deux référentiels différents n'aura pas le même mouvement perçu.

Exemple : le mouvement de la Lune est perçu différemment selon qu'on l'étudie par rapport au Soleil (curviligne et uniforme) ou par rapport au centre de la Terre (circulaire et uniforme).

Méthode

Déterminer les caractéristiques d'un mouvement

Les deux schémas ci-dessous représentent un Grand prix de formule 1. Sur le schéma **a**, il s'agit du départ de la course où les bolides sont en accélération. Sur le schéma **b**, les formules 1 abordent un virage à vitesse réduite et constante.

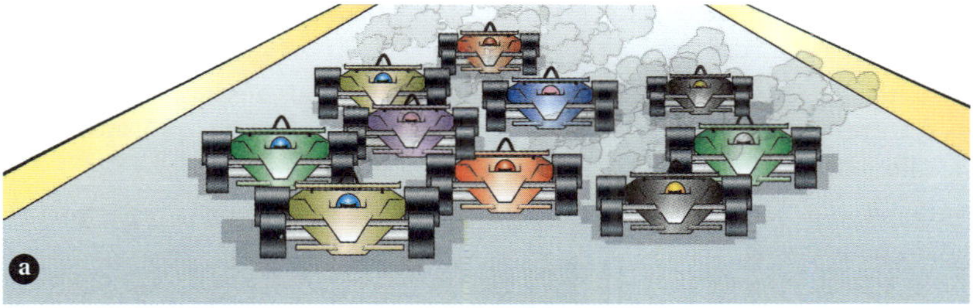

Quel est le type de mouvement des voitures dans chacune des deux situations ?

CONSEILS
- Identifie le type de trajectoire de la voiture.
- Identifie le sens d'évolution de la vitesse de la voiture.

SOLUTION

- Dans la situation **a**, la trajectoire des bolides est une portion de droite et leur vitesse augmente.
On en déduit que le mouvement est rectiligne et accéléré.

- Dans la situation **b**, la trajectoire des bolides est une portion de cercle et leur vitesse reste constante.
On en déduit que le mouvement est circulaire et uniforme.

18 Étudier la vitesse d'un système

EN BREF ▸ *Pour un objet en mouvement, le calcul de sa vitesse et l'étude de son évolution font partie des fondements de l'analyse du mouvement.*

I Les caractéristiques de la vitesse

■ La vitesse possède deux caractéristiques : sa **valeur** (appelée aussi module) et sa **direction**.

• Sa valeur s'exprime en **mètres par seconde (m/s)**, mais aussi dans d'autres unités telles que le kilomètre par seconde (km/s) ou le kilomètre par heure (km/h).

> **À NOTER**
> Conversions utiles :
> 1 m/s = 3,6 km/h et
> 1 km/s = 1 000 m/s.

• La direction de la vitesse nous est donnée par la courbure de la trajectoire et le sens du mouvement.

■ Dans un **mouvement circulaire**, la vitesse change de direction à chaque instant, tandis que dans un **mouvement rectiligne**, elle garde toujours la même direction.

Exemple : on représente la direction de la vitesse par une flèche rouge en différents points de la trajectoire pour un mouvement circulaire et pour un mouvement rectiligne.

II La formule de la vitesse moyenne

■ Pour un **mouvement uniforme**, la valeur de la vitesse moyenne v peut être calculée si l'on connaît la distance parcourue d et la durée Δt mise pour la parcourir :

$$v = \frac{d}{\Delta t}$$

v en mètres par seconde (m/s) ;
d en mètres (m) ;
t en secondes (s).

■ On peut aussi utiliser cette formule sous une autre forme pour calculer une distance parcourue ou une durée :

calcul d'une distance d :

$$d = v \times \Delta t$$

calcul d'une durée Δt :

$$\Delta t = \frac{d}{v}$$

Méthode

Calculer la vitesse d'un objet en mouvement

Le sprinter jamaïcain Usain Bolt est l'actuel recordman du monde du 100 m et du 200 m. Il a parcouru les 100 mètres en 9,58 s et les 200 mètres en 19,19 s.

1) Calculer sa vitesse sur cent mètres en mètres par seconde et sa vitesse sur deux cents mètres en kilomètres par heure.

2) Quelle distance en mètres aurait parcouru le sprinter s'il avait couru pendant 10 minutes avec une vitesse égale à celle sur cent mètres ?

3) Quel temps met le sprinter pour parcourir 25 mètres sur l'épreuve de cent mètres ?

CONSEILS

1) Applique la formule de la vitesse.
Convertis la distance ou la durée dans la bonne unité avant d'effectuer le calcul de la vitesse.

2) Transforme la formule de la vitesse de façon à pouvoir calculer la distance.

3) Transforme la formule de la vitesse de façon à pouvoir calculer la durée.

SOLUTION

1) On applique la formule $v = \frac{d}{\Delta t}$.

Pour la première vitesse, on a $v = \frac{100}{9{,}58} = \mathbf{10{,}4\ m/s}$.

Pour la seconde vitesse, on procède à des conversions avant de faire le calcul : $d = 200\ \text{m} = 0{,}200\ \text{km}$.

$\Delta t = 19{,}19\ \text{s} = \frac{19{,}19}{3\,600}\ \text{h}$ car $1\ \text{s} = \frac{1}{3\,600}\ \text{h}$.

On a donc $v = \frac{0{,}200}{19{,}19} \times 3\,600 = \mathbf{37{,}5\ km/h}$.

2) On transforme la formule :

$v = \frac{d}{\Delta t} \Leftrightarrow d = v \times \Delta t$.

On convertit la durée en seconde : $\Delta t = 10\ \text{min} = 10 \times 60\ \text{s} = 600\ \text{s}$.

$d = 10{,}4 \times 600 = \mathbf{6\,240\ m}$.

3) On transforme la formule :

$v = \frac{d}{\Delta t} \Leftrightarrow \Delta t = \frac{d}{v} = \frac{25}{10{,}4} = \mathbf{2{,}40\ s}$.

ÉTUDE DES MOUVEMENTS DES SYSTÈMES

Trajectoire

Droite
Mouvement **rectiligne**

Courbe quelconque
Mouvement **curviligne**

Cercle
Mouvement **circulaire**

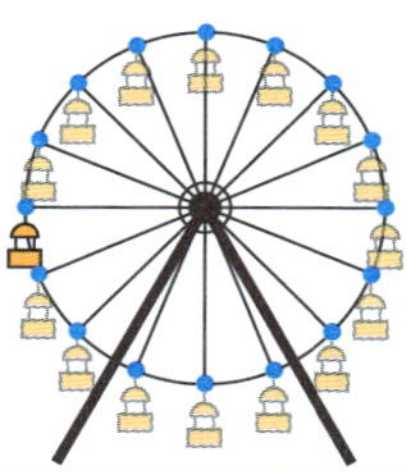

Étude de la vitesse d'un système

Formule de la vitesse

$$v = \frac{d}{\Delta t}$$

m/s → v ; d ← m ; Δt ← s

Les unités de vitesse

- mètre par seconde (m/s)
- kilomètre par seconde (km/s)

1 km/s = 1 000 m/s	1 m/s = 0,001 km/s

- kilomètre par heure (km/h)

$1\text{ km/h} = \frac{1}{3,6}\text{ m/s}$	1 m/s = 3,6 km/h

Les caractéristiques de la vitesse

- La vitesse est modélisée par une flèche tangente à la trajectoire.
- La flèche vitesse est orientée dans le sens du mouvement.

Évolution de la vitesse

La vitesse reste constante

Mouvement **uniforme**

→ Sens du mouvement

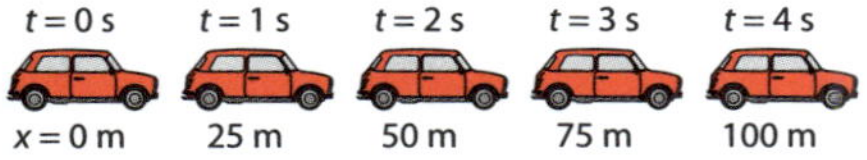

La vitesse augmente

Mouvement **accéléré**

→ Sens du mouvement

La vitesse diminue

Mouvement **décéléré**

→ Sens du mouvement

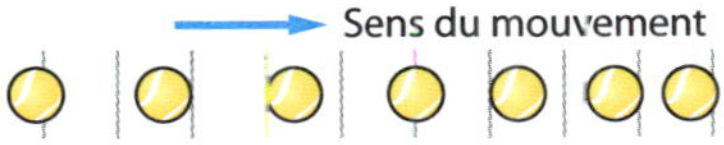

SE TESTER QUIZ

Vérifie que tu as compris les points clés

1 Étudier un mouvement

→ FICHE 17

1 Pour un système en mouvement rectiligne et décéléré :

☐ **a.** sa trajectoire est un cercle

☐ **b.** sa vitesse augmente

☐ **c.** sa vitesse diminue

2 La vitesse est constante pour un mouvement uniforme.

☐ **a.** vrai

☐ **b.** faux

3 Si la vitesse est constante et la trajectoire est un cercle, alors :

☐ **a.** le mouvement est curviligne et uniforme

☐ **b.** le mouvement est circulaire et uniforme

.../3

2 Connaître les caractéristiques de la vitesse

→ FICHE 18

1 La valeur d'une vitesse égale à 3,0 m/s peut aussi s'exprimer :

☐ **a.** 10,8 km/h

☐ **b.** 0,83 km/h

☐ **c.** 0,003 km/s

2 La direction de la vitesse ne change pas pour :

☐ **a.** un mouvement rectiligne

☐ **b.** un mouvement circulaire

3 Une vitesse égale à 10 km/h est plus grande qu'une vitesse égale à 5,0 m/s.

☐ **a.** vrai

☐ **b.** faux

4 Une vitesse égale à 10 m/s est aussi égale à :

☐ **a.** 1 km/h

☐ **b.** 36 km/h

☐ **c.** 360 km/h

.../4

3 Connaître la relation entre distance, durée et vitesse

→ FICHE 18

1) La relation permettant de calculer la distance parcourue à partir de la durée et la vitesse est :

☐ **a.** $d = \frac{\Delta t}{v}$ ☐ **b.** $d = v \times \Delta t$ ☐ **c.** $d = \frac{v}{\Delta t}$

2) Un véhicule parcourt une distance égale à 14 km pendant une durée égale à 0,5 h. La valeur de sa vitesse est égale à :

☐ **a.** 28 km/h ☐ **b.** 7 km/h ☐ **c.** 140 km/h

3) Un système parcourt une distance égale à 500 m avec une vitesse égale à 20 m/s. La durée du mouvement est égale à :

☐ **a.** 10 000 s ☐ **b.** 25 s ☐ **c.** 0,04 s

.../3

4 Étudier le mouvement d'un satellite

→ FICHES 17 et 18

1) Le mouvement perçu d'un satellite est le même dans le référentiel terrestre (par rapport à la Terre supposée fixe) et dans le référentiel géocentrique (par rapport à la Terre animée de son mouvement de rotation sur elle-même).

☐ **a.** vrai ☐ **b.** faux

2) Le mouvement d'un satellite dans le référentiel géocentrique est circulaire et uniforme :

☐ **a.** sa vitesse augmente au cours du temps

☐ **b.** sa trajectoire est un cercle

3) Lors du décollage, la trajectoire de la fusée transportant le satellite est une droite. Son mouvement est rectiligne.

☐ **a.** vrai ☐ **b.** faux

4) Le satellite parcourt une distance égale à 40 000 km pendant une durée égale à 80 heures. Sa vitesse est égale à :

☐ **a.** 50 km/h ☐ **b.** 500 km/h ☐ **c.** 5 km/h

.../4

ON FAIT LE BILAN !

score total .../14

- Des erreurs ? Entraîne-toi ! → **LES EXOS** P. 120
- Zéro faute ? Bravo ! → **OBJECTIF BREVET** P. 121

LES EXOS

5 Un automobiliste à Paris

→ FICHE 17

On a suivi un automobiliste lors d'un de ses trajets dans Paris et on a relevé certains éléments de son parcours dans le tableau suivant.

Compléter les trois dernières colonnes du tableau où il faut préciser la trajectoire, l'évolution de la vitesse, puis le type de mouvement pour chacune des portions de parcours.

Parcours	Trajectoire	Évolution de la vitesse	Type de mouvement
Ligne droite de l'avenue des Champs-Élysées à 50 km/h			
Virage circulaire autour de l'Arc de triomphe à 30 km/h			
Arrivée devant un feu rouge, avenue du Maréchal-Foch			
Départ au feu vert, avenue du Maréchal-Foch			

6 Le record du monde de l'heure

→ FICHE 18

Le 7 juin 2015, le britannique Bradley Wiggins a battu le record du monde de l'heure en vélo en parcourant une distance de 54,526 km sur le vélodrome olympique de Londres.

Il s'agit d'une épreuve individuelle de cyclisme sur piste où il faut parcourir la plus grande distance pendant une durée égale à une heure.

1) Calculer la vitesse de Bradley Wiggins en kilomètres par heure.

2) Calculer la vitesse de Bradley Wiggins en mètres par seconde.

3) Le cycliste anglais avait comme objectif d'atteindre la barre des 55 km parcourus.

À quelle vitesse en kilomètres par heure aurait-il dû rouler pour réussir ?

OBJECTIF BREVET

Lance-toi dans des sujets !

7 Étude du mouvement de la Terre dans le Système solaire

20 min

→ FICHE 18

Le mouvement de la Terre autour du Soleil est un mouvement circulaire et uniforme. La distance entre la Terre et le Soleil est égale à $1{,}50 \times 10^{11}$ m.

1 Trouver la valeur du rayon R de la trajectoire de la Terre autour du Soleil.

2 Sachant que le périmètre P d'un cercle a pour expression $P = 2 \times \pi \times R$, calculer le périmètre P_T associé à la trajectoire de la Terre.

3 La Terre effectue un tour complet autour du Soleil en 365,25 jours. On sait qu'un jour est équivalent à 86 400 secondes.

a. Calculer la durée Δt mise par la Terre pour effectuer un tour complet autour du Soleil, exprimée en secondes.

b. Calculer la vitesse moyenne v de la Terre, exprimée en m/s, puis en km/s.

c. Calculer la distance d parcourue par la Terre en un jour, en kilomètres.

8 Étude du mouvement d'un parachutiste

20 min

→ FICHES 17 et 18

Avant d'ouvrir son parachute, un parachutiste a un mouvement rectiligne et accéléré.

1 Par rapport à quoi doit-on étudier le mouvement du parachutiste ?

2 **a.** Comment évolue sa vitesse ?

b. Quelle est la forme de sa trajectoire ?

3 Après l'ouverture de son parachute, le parachutiste a un mouvement rectiligne et uniforme. Sa vitesse est alors égale à 30 m/s.

a. Comment évolue alors la vitesse du parachutiste ?

b. Quelle est la distance parcourue pendant une durée de 6,0 secondes ?

c. Sachant que la distance entre le parachutiste et le sol, au moment de l'ouverture du parachute, est égale à 2 400 m, quelle sera la durée du saut ?

DÉMARRONS ENSEMBLE

1 Pour étudier le mouvement d'un système, il faut toujours choisir une référence. Ici, l'observateur est au sol, donc la référence est la Terre.

9 L'exploration de la planète Mars

30 min

→ FICHES 17 et 18

La planète Mars est l'un des prochains objectifs de la conquête spatiale. À l'horizon des années 2050, les différentes agences spatiales (NASA, ESA) envisagent d'y installer des bases permanentes. De nombreuses missions ont déjà été effectuées autour de cette planète et sur son sol dans le but de récolter un maximum de renseignements sur elle.

Document 1 Le mouvement de la planète Mars

La planète Mars est la quatrième planète tellurique de notre Système solaire, après Mercure, Vénus et la Terre. Son centre décrit autour du centre du Soleil, avec une vitesse constante, un cercle dont le rayon est égal à $2,28 \times 10^8$ km. La durée mise pour effectuer un tour complet est égale à 686,93 j. Sa distance maximale à la Terre est de $4,00 \times 10^8$ km et la distance minimale est de $5,60 \times 10^7$ km.

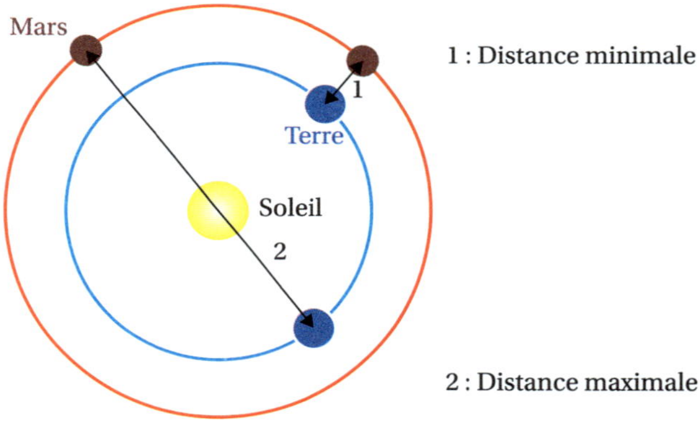

Document 2 Une mission sur Mars : Mars Exploration Rover

En 2004, la NASA a réussi l'exploit de faire atterrir sur la planète Mars un robot Rover, nommé *Curiosity*, dont l'objectif est de se déplacer à la surface de la planète afin de recueillir un maximum d'informations grâce à toute une batterie de caméras et d'instruments de mesures. Ce robot à 6 roues est alimenté par l'énergie solaire et peut se déplacer à une vitesse maximale de 0,18 km/h. La mission de ce robot a duré jusqu'en 2010 et *il* a parcouru une distance totale de 7,730 km à la surface de Mars.

1) Quel est le type de mouvement du centre de Mars autour du Soleil ?

2) Calculer la distance en kilomètres parcourue par le centre de Mars après avoir bouclé un tour complet.

3) Déterminer la vitesse du centre de Mars le long de la trajectoire en kilomètres par seconde.

4 Si la vitesse d'une sonde spatiale habitée est égale à 11 km/s, quelle serait la durée minimale en secondes d'un voyage Terre-Mars ?

5 La durée d'un voyage Terre-Mars est estimée actuellement à 180 j. Quelle distance aura parcouru la sonde si elle se déplace à la vitesse de 11 km/s ?

6 Voici sur le schéma suivant le déplacement (marqué par une flèche blanche) du robot Rover *Curiosity* se déplaçant à une vitesse égale à 0,10 km/h à la surface de Mars.

Quel est le type de mouvement de *Curiosity* ?

7 Quelle a été la durée de déplacement de *Curiosity* si celui-ci s'est déplacé à sa vitesse maximale durant toute sa mission ? Donner le résultat en heures.

8 En réalité, la durée de déplacement a été 96 h. Quelle a été la vitesse moyenne de *Curiosity* en kilomètres par heure ?

DÉMARRONS ENSEMBLE

1 Utilise les données du document 1.

2 Le périmètre d'un cercle de rayon R est égal à $P = 2 \times \pi \times R$.

3 Pense à convertir les années en secondes :
1 an = 365,25 j ; 1 j = 24 h ; 1 h = 60 min ; 1 min = 60 s.

7 Utilise les données du document 2.

CORRIGÉS

SE TESTER QUIZ

1 Étudier un mouvement

1 **Réponse c.** Un mouvement est décéléré si la vitesse diminue au cours du temps.

2 **Réponse a.** Pour un mouvement uniforme, la vitesse ne change pas au cours du temps.

3 **Réponse b.** Pour un mouvement circulaire, la trajectoire est un cercle et pour un mouvement uniforme, la vitesse est constante.

2 Connaître les caractéristiques de la vitesse

1 **Réponses a et c.** On convertit la vitesse en kilomètres par heure :
$v = 3{,}0 \times \dfrac{3\ 600}{1\ 000} = 10{,}8$ km/h.
On convertit la vitesse en kilomètres par seconde : $v = \dfrac{3{,}0}{1\ 000} = 0{,}003$ km/s.

2 **Réponse a.** Si la trajectoire est une droite, la direction de la vitesse est celle de la droite : la direction de la vitesse ne change pas.

3 **Réponse b.** On convertit la vitesse 5,0 m/s en kilomètres par heure :
$v = 5{,}0 \times \dfrac{3\ 600}{1\ 000} = 18$ km/h. Cette vitesse est supérieure à 10 km/h.

4 **Réponse b.** On convertit la vitesse en kilomètres par heure :
$v = 10 \times \dfrac{3\ 600}{1\ 000} = 36$ km/h.

3 Connaître la relation entre distance, durée et vitesse

1 **Réponse b.** On a : $v = \dfrac{d}{\Delta t}$ soit $d = v \times \Delta t$.

2 **Réponse a.** On applique la formule de la vitesse : $v = \dfrac{d}{\Delta t} = \dfrac{14}{0{,}5} = 28$ km/h.

3 **Réponse b.** On applique la formule de la vitesse : $v = \dfrac{d}{\Delta t}$ soit $\Delta t = \dfrac{d}{v} = \dfrac{500}{20} = 25$ s.

4 Étudier le mouvement d'un satellite

1 **Réponse b.** Faux, car d'après la relativité du mouvement, le mouvement du satellite ne sera pas le même par rapport aux deux référentiels.

2 **Réponse b.** Dans un mouvement uniforme, la vitesse reste constante et dans un mouvement circulaire, la trajectoire est un cercle.

3 **Réponse a.** Si la trajectoire est une droite, le mouvement est rectiligne.

4 **Réponse b.** On applique la formule de la vitesse : $v = \dfrac{d}{\Delta t} = \dfrac{40\ 000}{80} = 500$ km/h.

LES EXOS

5 Un automobiliste à Paris

Parcours	Trajectoire	Évolution de la vitesse	Type de mouvement
Ligne droite de l'avenue des Champs-Élysées à 50 km/h	Portion de droite	Elle reste constante	Rectiligne et uniforme
Virage circulaire autour de l'Arc de triomphe à 30 km/h	Portion de cercle	Elle reste constante	Circulaire et uniforme
Arrivée devant un feu rouge, avenue du Maréchal Foch	Portion de droite	Elle diminue	Rectiligne décéléré
Départ au feu vert, avenue du Maréchal Foch	Portion de droite	Elle augmente	Rectiligne accéléré

6 Le record du monde de l'heure

1 On applique la formule $v = \frac{d}{\Delta t}$. On a $v = \frac{54{,}526}{1{,}0} = 54{,}526$ km/h.

La vitesse de Bradley Wiggins est $v =$ **54,526 km/h.**

2 On procède à des conversions avant de faire le calcul :
$d = 54{,}526$ km $= 5{,}4526 \times 10^4$ m et $\Delta t = 1{,}0$ h $= 3\ 600$ s.

On obtient alors $v = \frac{5{,}4526 \times 10^4}{3\ 600} = 15{,}146$ m/s.

La vitesse de Bradley Wiggins est **15,146 m/s.**

3 On applique la formule $v = \frac{d}{\Delta t}$. On a $v = \frac{55{,}0}{1{,}0} = 55{,}0$ km/h.

Pour réussir, le cycliste anglais aurait dû rouler à **55,0 km/h.**

OBJECTIF BREVET

7 Étude du mouvement de la Terre dans le Système solaire

1 La valeur du rayon R est égale à **$1{,}50 \times 10^{11}$ m.**

2 Le périmètre du cercle est égal à :
$P_T = 2 \times \pi \times R = 2 \times \pi \times 1{,}50 \times 10^{11} =$ **$9{,}42 \times 10^{11}$ m.**

3 **a.** Calcul de la durée Δt :
$\Delta t = 365{,}25 \times 86\ 400 =$ **$3{,}155\ 76 \times 10^7$ s.**

b. Calcul de la vitesse moyenne, exprimée en m/s, puis en km/s :
$v = \frac{P_T}{\Delta t} = \frac{9{,}42 \times 10^{11}}{3{,}155\ 76 \times 10^7} = 2{,}99 \times 10^4$ m/s $=$ **$2{,}99 \times 10^1$ km/s.**

c. Calcul de la distance d parcourue en un jour, en kilomètres :
$d = v \times \Delta t = 29{,}9 \times 86\ 400 =$ **$2{,}58 \times 10^6$ km.**

À NOTER

3 a. On multiplie le nombre de jours par le nombre de secondes par jour.

8 Étude du mouvement d'un parachutiste

1) On doit étudier le mouvement du parachutiste par rapport à la surface de la Terre.

2) a. Le mouvement est accéléré, donc la vitesse augmente.
b. Le mouvement est rectiligne, donc sa trajectoire est une droite.

3) a. Le mouvement est uniforme, donc la vitesse du parachutiste est constante.
b. $d = v \times \Delta t = 30 \times 6{,}0 = 180$ m.
c. $\Delta t = \dfrac{2\,400}{30} = 80$ s.

9 L'exploration de la planète Mars

1) Le centre de Mars autour du Soleil a un mouvement circulaire et uniforme.

2) Calculons la distance en kilomètres parcourue par le centre de Mars après avoir effectué un tour complet :
$d = 2 \times \pi \times R = 2 \times \pi \times 2{,}28 \times 10^8 = 1{,}43 \times 10^9$ km.

3) On convertit la durée d'un tour complet en secondes :
686,93 j = $5{,}9351 \times 10^7$ s.
On applique la formule $v = \dfrac{d}{\Delta t}$.
On a $v = \dfrac{1{,}43 \times 10^9}{5{,}9351 \times 10^7} = 24{,}1$ km/s.
La vitesse du centre de Mars le long de la trajectoire est 24,1 km/s.

À NOTER
1 j = 24 h = 24 × 60 min
1 j = 24 × 60 × 60 = 86 400 s.

4) La durée minimale d'un voyage Terre-Mars correspondrait au cas où la Terre et Mars seraient séparées par la distance minimale :
$d_{mini} = 5{,}60 \times 10^7$ km et $v = 11$ km/s.
$v = \dfrac{d_{mini}}{\Delta t} \Leftrightarrow \Delta t = \dfrac{d_{mini}}{v}$. On calcule $\Delta t = \dfrac{5{,}60 \times 10^7}{11} = 5{,}1 \times 10^6$ s.

5) On convertit la durée du voyage en secondes : 180 j = $1{,}56 \times 10^7$ s.
On transforme la formule de la vitesse :
$v = \dfrac{d}{\Delta t} \Leftrightarrow d = v \times \Delta t$. On calcule $d = 11 \times 1{,}56 \times 10^7 = 1{,}7 \times 10^8$ km.

6) Le mouvement de *Curiosity* est rectiligne uniforme.

7) D'après le document 2 : $v_{max} = 0{,}18$ km/h et $d = 7{,}730$ km.
On transforme la formule de la vitesse :
$v_{maxi} = \dfrac{d}{\Delta t} \Leftrightarrow \Delta t = \dfrac{d}{v_{maxi}} = \dfrac{7{,}730}{0{,}18} = 43$ h.
La durée de déplacement de *Curiosity*, si celui-ci s'est déplacé à sa vitesse maximale, est de 43 h.

8) On applique la formule $v = \dfrac{d}{\Delta t}$.
On a $v = \dfrac{7{,}730}{96} = 0{,}081$ km/h.
La vitesse moyenne de *Curiosity* est 0,081 km/h.

6 Forces et mouvements

19 Modéliser les actions par des forces

EN BREF ▸ *Tout système en mouvement ou non à la surface de la Terre, ou voyageant dans le Système solaire, est soumis à des actions. Ces actions sont modélisées par des forces, représentées elles-mêmes par des flèches.*

I Définition d'une action

- Une **action** est une contrainte physique ou non, appliquée à un système qui va en ressentir les effets.
- Cette action est créée par une source, qui peut être au contact du système (**action de contact**) ou non (**action à distance**).

Exemple : le sol exerce sur les objets posés à sa surface une action de contact (réaction), tandis que la Terre exerce sur tous les corps une action à distance (gravitation).

II Caractéristiques d'une force

- Pour modéliser une action afin de pouvoir ensuite mesurer son effet sur un système, on définit une **force** $\vec{F}$ qui possède trois caractéristiques : sa **droite d'action**, son **sens** et sa **valeur** (exprimée en **newtons N**).
- On représente une force par un **segment fléché** dont la droite d'action et le sens sont ceux de la force, et la longueur est proportionnelle à la valeur de la force.

> **À NOTER**
> On note une force en mettant une flèche sur la lettre majuscule symbolisant la force : par exemple, le poids $\vec{P}$, la réaction $\vec{R}$, la tension $\vec{T}$…

Exemple :

La force gravitationnelle exercée par la Terre sur la Lune :

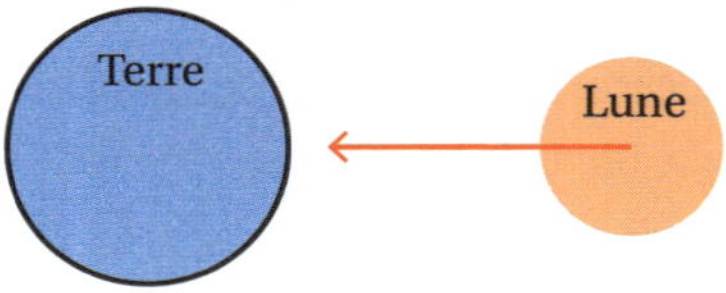

La force exercée par le sol sur un objet posé à sa surface :

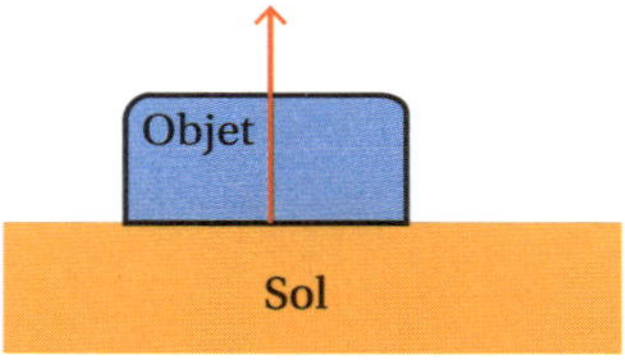

Méthode

Représenter une force appliquée à un objet

Le 12 juillet 1995, la sonde Galileo gravitant autour de la planète Jupiter a largué un module d'observation qui a plongé dans l'atmosphère de la planète. La force exercée par Jupiter sur Galileo a pour droite d'action, la droite qui passe par le centre de Jupiter et le centre de Galileo ; la force exercée par Jupiter sur le module a pour droite d'action, la droite qui passe par le centre de Jupiter et le centre du module.

Ces forces sont dirigées vers le centre de Jupiter.

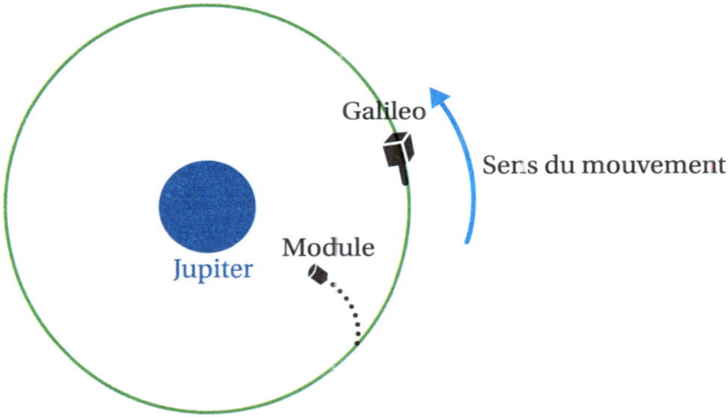

Représenter sur le schéma précédent la force exercée par Jupiter sur Galileo et celle exercée par Jupiter sur le module.

CONSEIL
Souviens-toi qu'une force est représentée par un segment fléché.

SOLUTION

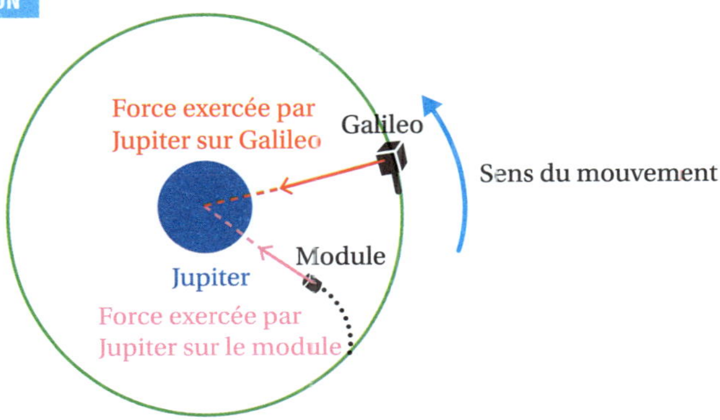

20 Connaître la force de gravitation et le poids

EN BREF ▸ *La force de gravitation est celle qu'exerce tout corps céleste sur les objets qui l'entoure. Le poids est la force à laquelle est soumise tout objet à la surface et aux environs de la surface terrestre.*

I La force gravitationnelle exercée par la Terre

■ La Terre peut être assimilée à une sphère dont le rayon est égal à $R_T = 6\ 400$ km et la masse à $M_T = 5{,}98 \times 10^{24}$ kg. Tout objet de masse m situé à une distance d du centre de la Terre est soumis à une action de la Terre modélisée par la **force gravitationnelle**. Cette force peut se représenter de la façon suivante :

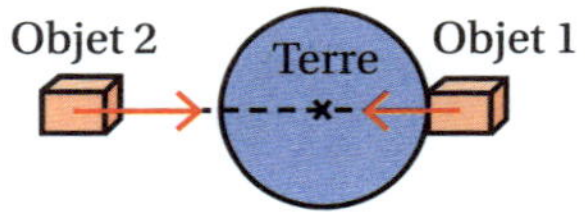

■ La force gravitationnelle a pour droite d'action la droite passant par les centres de l'objet et de la Terre, et son sens est dirigé vers le centre de la Terre.

■ La **loi de la gravitation** nous donne l'expression littérale de la force gravitationnelle :

$$F = G \times \frac{M_T \times m}{d^2}$$

m et M_T en kilogrammes (kg) ;
d en mètres (m) ;
F_G en newtons (N) ;
$G = 6{,}67 \times 10^{-11}\ N \cdot m^2/kg^2$;

m est la masse de l'objet et M_T, la masse de la Terre ;
G est la constante de gravitation.

II La force de pesanteur

■ La **force de pesanteur** (souvent appelée poids), notée **P**, est une force qui s'exerce sur chaque objet de masse m à la surface de la Terre. Son expression est la suivante :

$$P = m \times g$$

m en kilogrammes (kg) ;
$g = 9{,}8$ N/kg ;
P en newtons (N) ;

la **constante g** est appelée **intensité de la pesanteur**.

Le poids P est une fonction croissante de la masse m.

Méthode

Calculer la force gravitationnelle

Saturne est une planète gazeuse, c'est-à-dire ne possédant pas de croûte solide, faite principalement d'hydrogène et d'hélium. Sa masse est égale à $M_{Sat} = 5{,}69 \times 10^{26}$ kg. Sa trajectoire autour du Soleil, de masse égale à $M_{Sol} = 3{,}00 \times 10^{30}$ kg, n'est pas parfaitement circulaire mais elliptique, ce qui fait que sa distance au Soleil varie au cours de son mouvement.

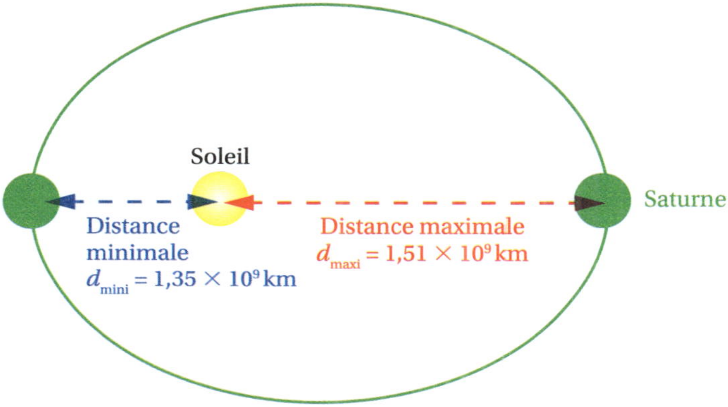

Calculer la plus grande valeur de la force gravitationnelle exercée par le Soleil sur Saturne.

On rappelle l'expression de la force gravitationnelle :

$$F = G \times \frac{M_1 \times M_2}{d^2} \text{ avec } G = 6{,}67 \times 10^{-11}\ \text{N}\cdot\text{kg}^2/\text{m}^2.$$

CONSEILS

- Pense à exprimer toutes les grandeurs dans la bonne unité : la distance en mètres et les masses en kilogrammes.
- Souviens-toi que la force gravitationnelle augmente avec les masses et diminue avec la distance et qu'elle s'exprime en newtons.

SOLUTION

- La plus grande des valeurs de la force gravitationnelle est obtenue pour la **plus petite des distances**, c'est-à-dire d_{mini}.
- On convertit d_{mini} en mètres : $d_{mini} = 1{,}35 \times 10^9$ km $= 1{,}35 \times 10^{12}$ m.
- $F_{maxi} = G \times \frac{M_{Sol} \times M_{Sat}}{d^2_{mini}} = 6{,}67 \times 10^{-11} \times \frac{3{,}00 \times 10^{30} \times 5{,}69 \times 10^{26}}{(1{,}35 \times 10^{12})^2}$

  $F_{maxi} = $ **$6{,}25 \times 10^{22}$ N**.

21 Connaître les effets d'une force sur le mouvement

EN BREF ▸ *Tous les mouvements ont en commun de voir le système en mouvement soumis à des actions, donc des forces. Ces forces, en général, peuvent soit faire varier la valeur de la vitesse soit sa direction.*

I Effet d'une force sur la valeur de la vitesse

Une force appliquée à un système en mouvement et dont la droite d'action est parallèle à la trajectoire fera varier la valeur de la vitesse :
– si le sens de la force et le sens du mouvement sont les mêmes, alors la valeur de la vitesse augmentera ;
– si le sens de la force et le sens du mouvement sont opposés, alors la valeur de la vitesse diminuera.

Exemple : il existe une force parallèle et de même sens que le mouvement rectiligne accéléré.

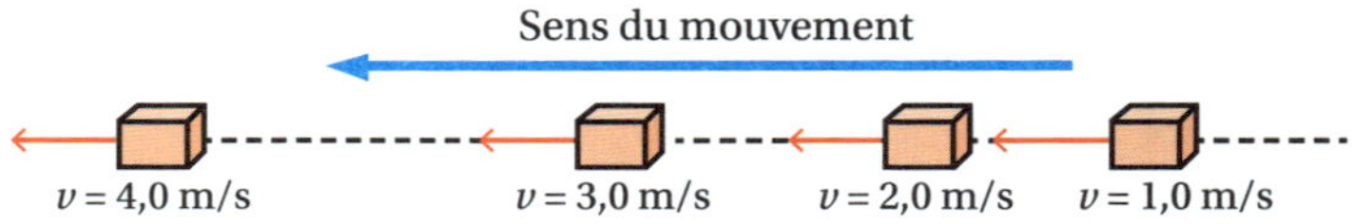

II Effet d'une force sur la direction de la vitesse

Une force appliquée à un système en mouvement et dont la droite d'action est perpendiculaire à la trajectoire fera varier la direction de la vitesse sans modifier sa valeur. La conséquence de ce changement de direction se traduira par une modification de la trajectoire.

Exemple : il existe une force perpendiculaire à la trajectoire du mouvement circulaire.

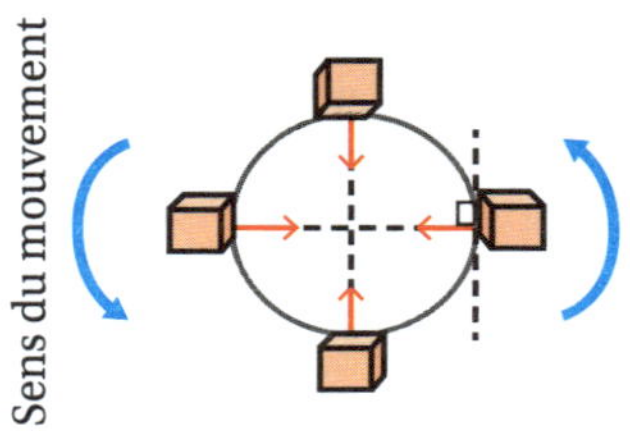

III Le cas du mouvement rectiligne et uniforme

Dans ce cas, la valeur de la vitesse et sa direction restent les mêmes. On en déduit deux possibilités : aucune force ne s'applique au système ; toutes les forces appliquées se compensent.

Méthode

Identifier l'effet d'une force appliquée sur un objet

Les trois schémas ci-dessous représentent trois moments d'une course de formule 1. La flèche rouge représente la direction et le sens du mouvement. Pour chaque situation, on précise l'évolution de la vitesse du bolide.

Situation 1	Situation 2	Situation 3

La vitesse est constante	La vitesse augmente	La vitesse diminue

Indiquer, pour chacune des situations, le sens et la direction de la force appliquée à la formule 1.

CONSEILS

- Identifie l'effet de la force sur la valeur de la vitesse.
- Identifie l'effet de la force sur la direction de la vitesse.

SOLUTION

■ Dans la situation 1, la direction du bolide varie et sa vitesse est constante : ce qui signifie que le mouvement est circulaire et uniforme.

On en déduit que la force est **perpendiculaire à la trajectoire** du mouvement circulaire et dirigée **vers l'intérieur du virage**.

■ Dans la situation 2, la direction du bolide reste la même et sa vitesse augmente : ce qui signifie que le mouvement est rectiligne et accéléré.

On en déduit que la force est **parallèle à la trajectoire** du mouvement et possède le **même sens**.

■ Dans la situation 3, la direction du bolide reste la même et sa vitesse diminue : ce qui signifie que le mouvement est rectiligne et décéléré.

On en déduit que la force est **parallèle à la trajectoire** du mouvement et possède le **sens opposé**.

FORCES ET MOUVEMENTS

Effets d'une force sur le mouvement

Effet d'une force sur la valeur de la vitesse

Une **force parallèle** à la direction de la trajectoire modifie la valeur de la vitesse.

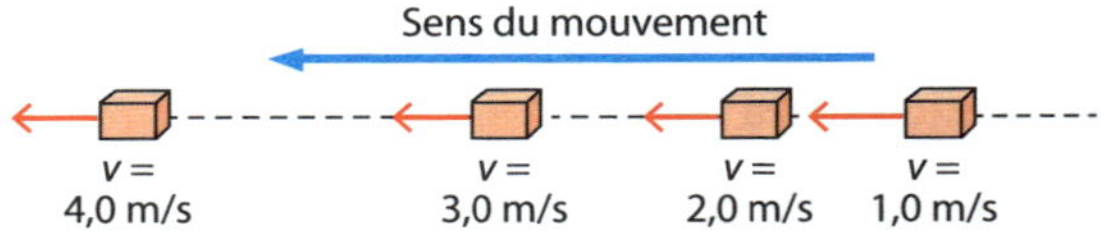

Cas du mouvement rectiligne et uniforme

- Un objet soumis à **aucune force** est animé d'un mouvement rectiligne et uniforme.
- Un objet soumis à **des forces qui se compensent** est animé d'un mouvement rectiligne et uniforme.

Effet d'une force sur la direction de la vitesse

Une **force perpendiculaire** à la direction de la trajectoire modifie la direction de la vitesse.

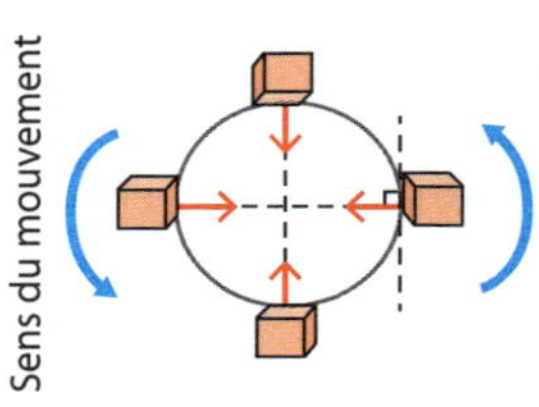

Action modélisée par une force

- Force représentée par **un segment fléché**
- Force définie par **3 caractéristiques** :
  - direction ;
  - sens ;
  - valeur.

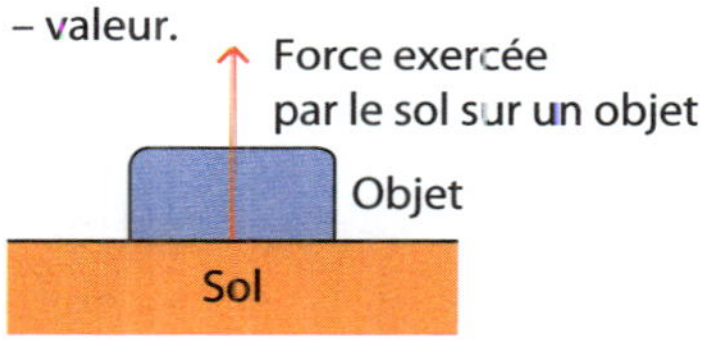

Force gravitationnelle et poids

Poids d'un objet de masse *m*

$$\underset{\text{N}}{P} = \underset{\text{kg}}{m} \times \underset{\text{N/kg}}{g}$$

(P en N ; m en kg ; g en N/kg)

Intensité de la pesanteur : $g = 9{,}8$ N/kg à la surface de la Terre

Force gravitationnelle exercée par la Terre de masse M_T sur un objet de masse *m*

$$F = G \times \frac{M_T \times m}{d^2}$$

(F en N ; M_T en kg ; m en kg ; d en m)

- *d* : distance de l'objet au centre de la Terre
- Constante de gravitation universelle : $G = 6{,}67 \times 10^{-11}$ N·m²/kg²

SE TESTER QUIZ

Vérifie que tu as compris les points clés

1 Savoir ce qu'est une action

→ FICHE 19

1) Une action est :

☐ **a.** une contrainte chimique qui fait évoluer un système

☐ **b.** une contrainte physique qui s'applique à un système

2) Une action est forcément une action de contact.

☐ **a.** vrai ☐ **b.** faux

3) Le sol exerce sur les systèmes posés à sa surface une action à distance.

☐ **a.** vrai ☐ **b.** faux

.../3

2 Modéliser une action par une force

→ FICHE 19

1) Une force est définie par trois caractéristiques.

☐ **a.** vrai ☐ **b.** faux

2) Une force est représentée par un segment.

☐ **a.** vrai ☐ **b.** faux

3) La force gravitationnelle exercée par la Terre sur la Lune est modélisée par :

☐ **a.** une flèche qui part du centre de la Terre et est dirigée vers le centre de la Lune

☐ **b.** une flèche qui part du centre de la Lune et est dirigée vers le centre de la Terre

.../3

3 Connaître la force de gravitation

→ FICHE 20

La force gravitationnelle a pour expression :

☐ **a.** $F = G \times \dfrac{M_T \times m}{d}$

☐ **b.** $F = \dfrac{M_T \times m}{d^2}$

☐ **c.** $F = G \times \dfrac{M_T \times m}{d^2}$

.../1

4 Connaître la force de pesanteur

→ FICHE 20

1) La force de pesanteur a pour expression $P = \frac{m}{g}$.

☐ **a.** vrai ☐ **b.** faux

2) Le poids d'un objet de masse m a pour unité :

☐ **a.** le kilogramme ☐ **b.** le newton ☐ **c.** le gramme

3) Le poids d'un objet de masse m égale à 10 kg, avec $g = 9{,}8$ N/kg, est égal à :

☐ **a.** 0,98 N ☐ **b.** 9,8 N ☐ **c.** 98 N

4) Si le poids P_1 d'un objet de masse m_1 est inférieur au poids P_2 d'un objet de masse m_2, on a alors :

☐ **a.** $m_1 < m_2$ ☐ **b.** $m_1 > m_2$ ☐ **c.** $m_1 = m_2$

.../4

5 Connaître les effets d'une force sur le mouvement

→ FICHE 21

1) Pour un mouvement rectiligne et uniforme, aucune force n'est appliquée au système (ou toutes les forces appliquées se compensent).

☐ **a.** vrai ☐ **b.** faux

2) Une force parallèle à la trajectoire a pour effet de :

☐ **a.** modifier la valeur de la vitesse

☐ **b.** modifier la direction de la vitesse

3) Pour un système animé d'un mouvement circulaire et uniforme, la force appliquée est parallèle à la trajectoire.

☐ **a.** vrai ☐ **b.** faux

4) Une force perpendiculaire à la trajectoire a pour effet d'avoir un mouvement rectiligne.

☐ **a.** vrai ☐ **b.** faux

.../4

ON FAIT LE BILAN !

score total .../15

- Des erreurs ? Entraîne-toi ! → **LES EXOS** P. 138
- Zéro faute ? Bravo ! → **OBJECTIF BREVET** P. 140

LES EXOS

Entraîne-toi !

6 Forces appliquées sur un motard

→ FICHE 19

En accélération sur la ligne droite d'une course de moto-cross, un pilote et sa moto sont soumis à quatre forces :

– une force appelée poids qui est exercée par la Terre : sa droite d'action est verticale et son sens est dirigé vers le bas ;

– deux forces appelées réactions verticales qui sont exercées par le sol : leur droite d'action est verticale et leur sens est dirigé vers le haut ;

– une force appelée réaction horizontale qui est exercée par le sol : la droite d'action est horizontale et le sens est dirigé dans celui de la marche du bolide.

Représenter ces forces sur le schéma ci-dessous. On mettra l'origine du segment fléché représentant le poids au centre de l'ensemble [pilote-moto], celles des segments fléchés représentant les réactions verticales aux points de contact entre chacune des roues et le sol et celle du segment fléché représentant la réaction horizontale au point de contact entre la roue arrière et le sol.

7 De la musique et des images par satellite

→ FICHE 20

Le satellite Sirius XM est un satellite de télécommunication permettant d'accéder à près de 125 chaînes musicales, 13 chaînes d'information et 20 chaînes locales aux États-Unis. Il se déplace sur une orbite elliptique élevée autour du centre de la Terre.

La masse du satellite est égale à $M_{sat} = 4\,200$ kg et celle de la Terre est égale à $M_{Terre} = 5{,}98 \times 10^{24}$ kg.

L'expression de la force gravitationnelle est la suivante :

$F = G \times \dfrac{M_1 \times M_2}{d^2}$ avec $G = 6{,}67 \times 10^{-11}$ N·kg²/m².

Les masses sont en kilogrammes et la distance en mètres.

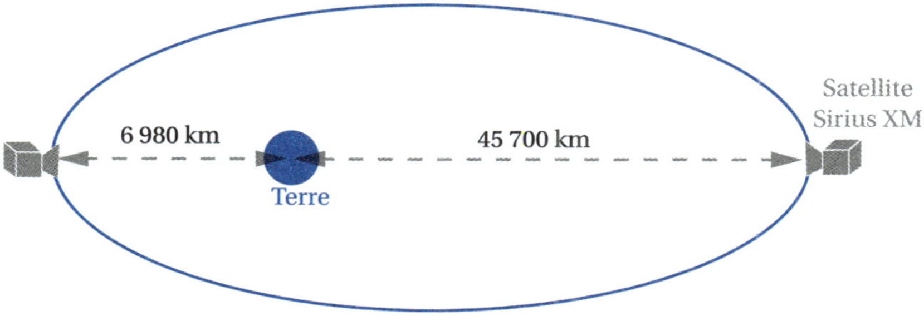

1 Calculer la force gravitationnelle exercée par la Terre sur le satellite au point le plus éloigné.

2 Calculer la force gravitationnelle exercée par la Terre sur le satellite au point le plus proche.

3 Comparer les valeurs des deux forces. Est-ce que le résultat était prévisible ?

> **CONSEIL**
> **1** Rappelle-toi que 1 km = 10^3 m.

8 Des hommes sur la Lune

→ FICHE 21

Le 20 juillet 1969, le premier homme de toute l'histoire de l'humanité, Neil Armstrong, a posé les pieds sur la Lune. Cet exploit a été réalisé dans le cadre de la mission Apollo 11 dont voici quelques étapes marquantes :

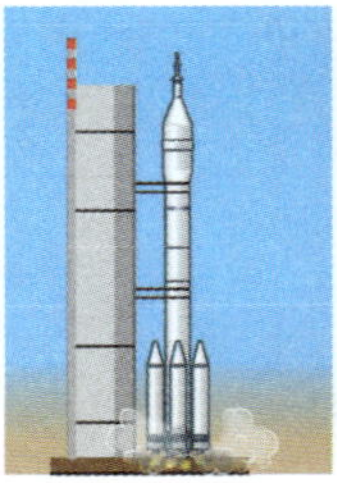
Étape 1

Étape 2

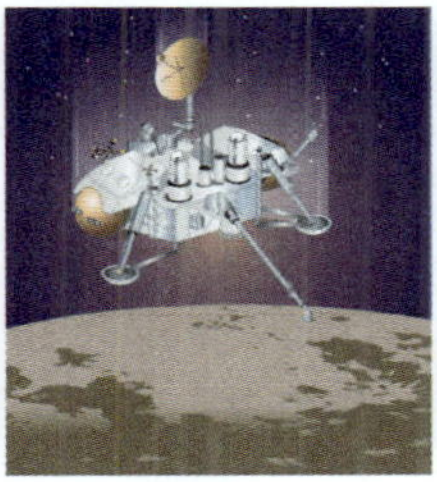
Étape 3

Étape 4

1 Dans l'étape 1, la fusée Viking V, qui emporte avec elle l'ensemble de la mission, a un mouvement rectiligne vertical et accéléré. Quelles sont la direction et le sens de la force appliquée à cette fusée ?

2 Le module de commande, au cours de l'étape 2, qui doit récupérer les astronautes débarqués sur la Lune, effectue autour de la Lune un mouvement circulaire et uniforme. Quelles sont la direction et le sens de la force appliquée à ce module de commande ?

3 Dans l'étape 3, la descente du module lunaire est rectiligne verticale et décélérée. Quelles sont la direction et le sens de la force appliquée à ce module lunaire ?

4 Le rover lunaire, dans l'étape 4, est animé d'un mouvement rectiligne et uniforme. Que peut-on en déduire quant aux forces appliquées sur celui-ci ?

OBJECTIF BREVET

Lance-toi dans des sujets !

9 Étude du mouvement de la Lune autour de la Terre

20 min

→ FICHES 19 à 21

La Lune est le seul satellite naturel de la Terre. Elle est animée d'un mouvement circulaire et uniforme autour de la Terre. Sa distance à la Terre est égale à $3{,}8 \times 10^5$ km et sa masse est égale à $7{,}35 \times 10^{22}$ kg. La force gravitationnelle exercée par la Terre sur la Lune est perpendiculaire à la direction de la vitesse de la Lune et on suppose qu'il s'agit de l'unique force appliquée à la Lune.

1) Quelle est la forme de la trajectoire de la Lune ?

2) Est-ce cohérent avec la force exercée sur la Lune ?

3) Expliquer pourquoi le mouvement de la Lune est uniforme.

4) Calculer la valeur de la force gravitationnelle exercée sur la Lune sachant que la masse de la Terre est égale à $5{,}98 \times 10^{24}$ kg.

DÉMARRONS ENSEMBLE

1) La force exercée par la Terre sur la Lune est perpendiculaire à la trajectoire de la Lune.

2) Pour le calcul, exprime les distances en mètres et les masses en kilogrammes. N'oublie pas le carré au dénominateur dans le calcul de la force gravitationnelle.

10 Un spationaute sur la Lune

20 min

→ FICHE 20

Un spationaute est envoyé en mission sur la Lune. Sa masse m lorsqu'il est totalement équipé est égale à 160 kg.

Données :
- intensité de la pesanteur terrestre : $g_T = 9{,}800$ N/kg ;
- intensité de la pesanteur lunaire : $g_L = 1{,}622$ N/kg ;
- masse de la Lune : $M_L = 7{,}35 \times 10^{22}$ kg.

1) Quel est le poids du spationaute sur la Terre ?

2) Quel est le poids du spationaute sur la Lune ?

3) Le poids est-il une force de contact ou à distance ?

4 Le spationaute est désormais sur la Lune. Sa distance au centre de la Lune est alors égale au rayon lunaire, soit $R_L = 1\ 737$ km.

a. Calculer la force gravitationnelle exercée par la Lune sur le spationaute.

b. Comparer le poids lunaire du spationaute à la force gravitationnelle calculée.

c. Que peut-on en déduire ?

DÉMARRONS ENSEMBLE

1 Le poids d'un objet est donné par la formule $P = m \times g$, où g est l'intensité de la pesanteur et dépend du lieu.

4 **a.** Pour le calcul, pense à convertir les kilomètres en mètres. N'oublie pas le carré au dénominateur dans le calcul de la force gravitationnelle.

11 Alerte météorites !

20 min

→ FICHES 19 à 21

Les météorites sont des fragments d'astéroïde ou de comète qui circulent dans l'espace de notre Système solaire et qui, pour certains, finissent par tomber sur la Terre.

Document 1 À la recherche des météorites

Chaque année, près de 200 000 t de matière météoritique tombe sur Terre. Seulement 1/100e de cette masse atteint le sol. Les premières météorites identifiées comme telles, c'est-à-dire comme étant tombées du ciel, l'ont été en 1803 en France. Trois mille fragments pierreux ont alors frappé le sol, les plus gros ayant une masse égale à 10 kg. Depuis, on a répertorié plus de quatre mille météorites.

Le tableau répertorie les météorites les plus grosses retrouvées.

Lieu de découverte	Année	Masse (t)
Hoba (Afrique du Sud)	1920	60
Cape York (Groenland)	1894	31
Bacubirito (Mexique)	1863	27

Document 2 **Le météore de Tcheliabinsk**

Le 15 février 2013, un bloc rocheux de près de 10 000 t est entré dans l'atmosphère terrestre au-dessus de la Sibérie, se fragmentant entre 20 km et 40 km d'altitude en des milliers de morceaux.

L'onde de choc résultant de la fragmentation a développé une énergie équivalente à 30 fois la bombe atomique d'Hiroshima et a été la cause de milliers de blessés ainsi que de gros dégâts matériels.

On a repéré sur le schéma, les positions successives du météore entre 0 et 10 min avant l'impact.

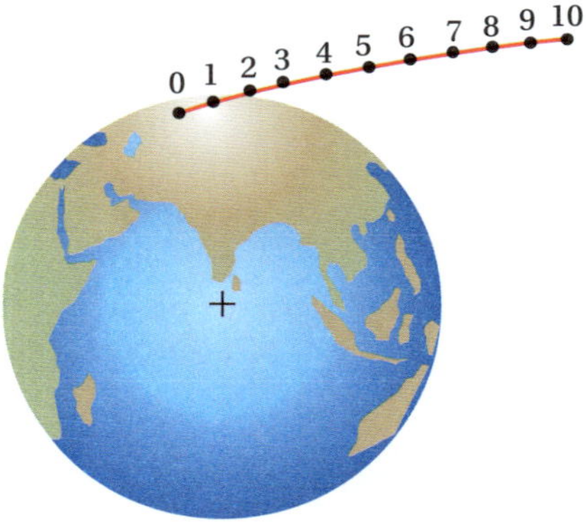

Document 3 **Force gravitationnelle et poids**

- Force gravitationnelle : $F = G \times \frac{M_1 \times M_2}{d^2}$ avec $G = 6{,}67 \times 10^{-11}$ N·kg²/m².

Les masses sont en kilogrammes et la distance en mètres, la force est en newtons (N).

- Masse de la Terre : $M_{Terre} = 5{,}98 \times 10^{24}$ kg.
- Rayon de la Terre : $R_{Terre} = 6\ 375$ km.
- Poids terrestre : $P = m \times g$ avec $g = 9{,}81$ N/kg. Le poids est en newtons (N).

1 Quelle masse de matière météoritique atteint le sol terrestre chaque année ?

2 Calculer le poids de la plus grosse météorite découverte sur Terre.

3 Calculer la force gravitationnelle exercée par la Terre sur le plus gros des fragments découvert en 1803 puis son poids. Que peut-on observer ?

4 Sur le schéma du document 2, représenter la force gravitationnelle exercée par la Terre sur le météore dans les positions 10 et 5. On sait que la droite d'action de la force est celle qui passe par le centre de la Terre et celui du météore et que la flèche de la force est celle qui a pour origine le centre du météore et qui pointe vers celui de la Terre.

5 Est-ce que la force gravitationnelle garde la même direction et le même sens au cours du mouvement du météore ?

6 Comment évolue la valeur de la force gravitationnelle au cours du mouvement du météore ? Justifier.

7 Calculer la force gravitationnelle exercée par la Terre sur le météore lorsque celui-ci se trouve à une distance d = 20 000 km du centre de la Terre.

DÉMARRONS ENSEMBLE

1 Utilise le document 1.

2 Utilise les documents 1 et 3 et pense à convertir les tonnes en kilogrammes : $1\ \text{t} = 1 \times 10^3\ \text{kg}$.

3 Pour un objet posé à la surface de la Terre, la distance à prendre en compte pour le calcul de la force gravitationnelle est égale au rayon de la Terre, à convertir en mètres.

6 Souviens-toi que la distance est au dénominateur et donc que, plus la distance augmente, plus la force gravitationnelle diminue.

12 À la poursuite de *Voyager 1*

20 min

→ FICHES 19 à 21

Le programme américain *Voyager* est un programme de sondes spatiales automatiques destinées à étudier et à photographier de façon rapprochée les plus grosses planètes de notre Système solaire : Jupiter, Saturne, Uranus et Neptune. Deux sondes ont été lancées dans le cadre de ce programme : *Voyager 1* le 5 septembre 1977 et *Voyager 2* le 20 août 1977.

Document 1 Présentation de la mission *Voyager 1*

La sonde *Voyager 1*, d'une masse égale à 815 kg, a été spécialement conçue pour fonctionner à grande distance du Soleil grâce à des générateurs nucléaires produisant l'énergie électrique nécessaire à l'alimentation des instruments de pilotage et d'observation embarqués.

La sonde a survolé la planète Jupiter le 4 mars 1979, à une distance minimale égale à 278 000 km, puis s'est approchée de la planète Saturne le 12 novembre 1980 à une distance de 124 000 km. Après ces deux survols, *Voyager 1* s'est enfoncée dans l'espace.

Document 2 Où est *Voyager 1* aujourd'hui ?

Voyager 1 est actuellement dans le milieu interstellaire à $2{,}0 \times 10^{10}$ km du Soleil. La sonde se déplace en ligne droite avec une vitesse constante et égale à 17 km/s.

Document 3 Force gravitationnelle et poids

- Force gravitationnelle :

$$F = G \times \frac{M_1 \times M_2}{d^2} \text{ avec } G = 6{,}67 \times 10^{-11} \text{ N·kg}^2/\text{m}^2.$$

Les masses sont en kilogrammes et la distance en mètres, la force est en newtons (N).

- Masse de Jupiter : $M_{\text{Jupiter}} = 1{,}90 \times 10^{27}$ kg.
- Masse de Saturne : $M_{\text{Saturne}} = 5{,}69 \times 10^{26}$ kg.
- Masse du Soleil : $M_{\text{Soleil}} = 2{,}00 \times 10^{30}$ kg.
- Poids terrestre : $P = m \times g$ avec $g = 9{,}81$ N/kg.

Le poids est en newtons (N).

1) Calculer le poids terrestre de *Voyager 1*.

2) Calculer la force gravitationnelle exercée par Saturne sur *Voyager 1* lorsque celle-ci s'est rapprochée de la planète.

3) Lorsque *Voyager 1* s'éloigne de Saturne, la force gravitationnelle exercée par Saturne sur la sonde diminue-t-elle ou augmente-t-elle ?

4) Lorsque *Voyager 1* s'est retrouvée à 278 000 km de Jupiter, la force gravitationnelle exercée par Jupiter sur la sonde est-elle minimale ou maximale ?

5) À distance égale, quelle est la force gravitationnelle exercée sur *Voyager 1* qui est la plus grande : celle de Jupiter ou celle de Saturne ?

6) Calculer la force gravitationnelle exercée par le Soleil sur *Voyager 1* actuellement. Peut-on considérer que cette force est faible ?

7) D'après le mouvement de *Voyager 1*, que peut-on déduire quant aux forces appliquées sur la sonde ?

DÉMARRONS ENSEMBLE

1) Utilise les documents 1 et 3.

2) Pense à convertir les kilomètres en mètres : 1 km = 1×10^3 m.

3) Souviens-toi que la distance est au dénominateur.

6) Souviens-toi que la masse est au numérateur.

CORRIGÉS

SE TESTER QUIZ

1 Savoir ce qu'est une action

1) Réponse b. Une action est une contrainte, une force, appliquée sur un système matériel.

2) Réponse b. Si la source de l'action est au contact du système, alors on a une action de contact tandis que si la source est éloignée du système, l'action est à distance.

3) Réponse b. Faux, car le sol qui est la source de l'action est au contact des systèmes : l'action est de contact.

2 Modéliser une action par une force

1) Réponse a. Une force est caractérisée par sa droite d'action, son sens et sa valeur.

2) Réponse b. Faux, car une force est représentée par un segment fléché.

3) Réponse b. La force gravitationnelle exercée par la Terre sur la Lune a comme source la Terre et s'applique sur la Lune.

3 Connaître la force de gravitation

Réponse c. La force est proportionnelle à chacune des masses et inversement proportionnelle au carré de la distance entre les deux systèmes.

4 Connaître la force de pesanteur

1) Réponse b. Faux, car la force de pesanteur a pour expression : $P = m \times g$.

2) Réponse b. Le gramme et le kilogramme sont des unités de la masse m.

3) Réponse c. La force de pesanteur a pour expression : $P = m \times g = 10 \times 9{,}8 = 98$ N.

4) Réponse a. Le poids a pour expression : $P = m \times g$.
Si P augmente, g étant constante, cela signifie alors que m augmente.

5 Connaître les effets d'une force sur le mouvement

1) Réponse a. Vrai, car dans ce cas la valeur de la vitesse et sa direction restent les mêmes, et la trajectoire est une droite.

2) Réponse a. Si la force est parallèle à la trajectoire, la valeur de la vitesse est modifiée.

3) Réponse b. Faux, car dans ce cas la direction de la trajectoire est modifiée, ce qui ne se peut que si la force est perpendiculaire à la trajectoire.

4) Réponse b. Si la force est perpendiculaire à la trajectoire alors la direction de la trajectoire est modifiée, ce qui ne se peut pas si le mouvement est rectiligne.

LES EXOS

6 Forces appliquées sur un motard

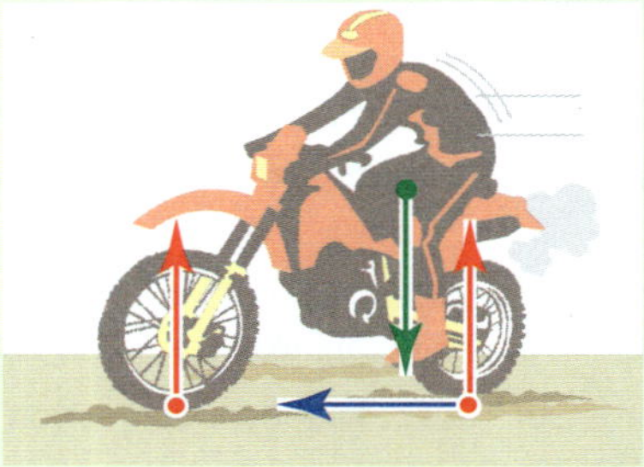

7 De la musique et des images par satellite

1) On convertit la distance en mètres :
$d = 45\ 700 \text{ km} = 4{,}57 \times 10^4 \text{ km} = 4{,}57 \times 10^7 \text{ m}$.
On calcule la force gravitationnelle :

$$F = G \times \frac{M_{\text{Terre}} \times M_{\text{Sat}}}{d^2} = 6{,}67 \times 10^{-11} \times \frac{5{,}98 \times 10^{24} \times 4\ 200}{(4{,}57 \times 10^7)^2} = \mathbf{802\ N}.$$

2) On convertit la distance en mètres :
$d = 6\ 980 \text{ km} = 6{,}98 \times 10^3 \text{ km} = 6{,}98 \times 10^6 \text{ m}$.
On calcule la force gravitationnelle :

$$F = G \times \frac{M_{\text{Terre}} \times M_{\text{Sat}}}{d^2} = 6{,}67 \times 10^{-11} \times \frac{5{,}98 \times 10^{24} \times 4\ 200}{(6{,}98 \times 10^6)^2} = \mathbf{3{,}44 \times 10^4\ N}.$$

3) La force gravitationnelle exercée par la Terre sur le satellite est plus **grande au point le plus proche de la trajectoire**. Ceci était prévisible car la distance étant, dans la formule, au dénominateur, la force est d'autant plus grande que la distance est petite.

8 Des hommes sur la Lune

1) Pour un mouvement rectiligne et accéléré, la force appliquée à la fusée possède les mêmes direction et sens que le mouvement de la fusée. Elle est donc **verticale** et **dirigée vers le haut**.

2) Pour un mouvement circulaire et uniforme, la force appliquée au module possède une direction perpendiculaire à celle du mouvement et le même sens que le mouvement du module de commande. Elle est donc **radiale** (c'est-à-dire dirigée selon le rayon de la Lune) et **pointée vers le centre de la Lune**.

3) Pour un mouvement rectiligne et décéléré, la force appliquée au module lunaire possède la même direction et le sens opposé au mouvement du module lunaire. Elle est donc **verticale et dirigée vers le haut**.

4) Si le rover lunaire est animé d'un mouvement rectiligne et uniforme, alors les forces appliquées sur celui-ci **se compensent**.

OBJECTIF BREVET

9 Étude du mouvement de la Lune autour de la Terre

1 La trajectoire de la Lune est un cercle.

2 Oui, c'est cohérent car la force exercée sur la Lune est perpendiculaire à la direction de la vitesse, ce qui a pour effet de modifier à chaque instant la trajectoire qui ne peut donc pas être rectiligne.

3 Le mouvement de la Lune est uniforme car il n'existe pas de force parallèle à la direction de la vitesse, donc la valeur de la vitesse ne sera pas modifiée : elle reste constante.

4 $F = G \times \frac{M_T \times M_L}{d^2} = 6{,}67 \times 10^{-11} \times \frac{5{,}98 \times 10^{24} \times 7{,}35 \times 10^{22}}{(3{,}8 \times 10^8)^2} = 2{,}0 \times 10^{20}$ N.

10 Un spationaute sur la Lune

1 $P = m \times g_T = 160 \times 9{,}800 = 1\,568$ N.

2 $P = m \times g_L = 160 \times 1{,}622 = 260$ N.

3 Le poids est une force à distance.

4 **a.** $F = G \times \frac{m \times M_L}{d^2} = 6{,}67 \times 10^{-11} \times \frac{160 \times 7{,}35 \times 10^{22}}{(1\,737 \times 10^3)^2} = 260$ N.

b. Le poids lunaire du spationaute et la force gravitationnelle calculée ont la même valeur.

c. On peut en déduire que les deux forces représentent une seule et même force.

> **CONSEIL**
> **4 a.** N'oublie pas les parenthèses ni le carré au dénominateur.

11 Alerte météorites !

1 La masse de matière météoritique qui atteint le sol terrestre chaque année représente 1/100e de la masse totale de matière météoritique tombant sur Terre qui est de 200 000 t. Elle est donc égale à 2 000 t.

2 D'après le tableau du document 1, la plus grosse météorite est Hoba d'une masse de 60 t.
Convertissons la masse en kilogrammes : $60 \text{ t} = 6{,}0 \times 10^4$ kg.
Calculons le poids : $P = m \times g = 6{,}0 \times 10^4 \times 9{,}81 = 5{,}9 \times 10^5$ N.

3 Le plus gros des fragments découvert en 1803 a une masse égale à 10 kg.
On convertit la distance en mètres :
$d = 6\,375 \text{ km} = 6{,}375 \times 10^3 \text{ km} = 6{,}375 \times 10^6$ m.
Calculons la force gravitationnelle :
$F = G \times \frac{M_{Terre} \times m}{d^2} = 6{,}67 \times 10^{-11} \times \frac{5{,}98 \times 10^{24} \times 10}{(6{,}375 \times 10^6)^2}$
$F = 98{,}1$ N.
Calculons le poids : $P = m \times g = 10 \times 9{,}81 = 98{,}1$ N.
On observe que les deux forces sont égales.

> **À NOTER**
> **3** Pour un objet posé à la surface de la Terre, la distance à prendre en compte dans le calcul de la force gravitationnelle est le rayon terrestre qui correspond à la distance au centre de la Terre. Ne pas oublier de le convertir en mètres.

4) Représentation des forces ci-contre.

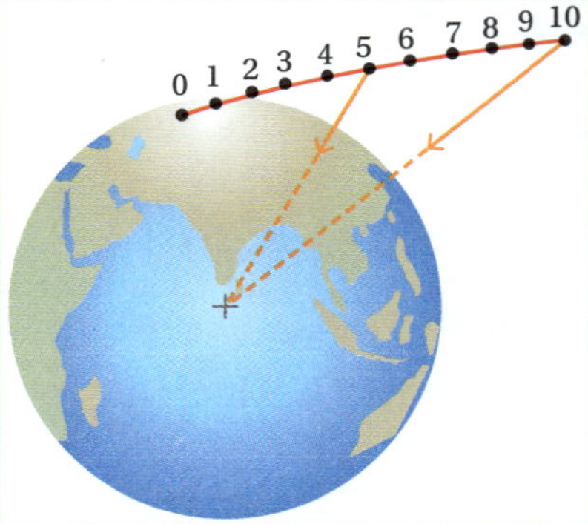

5) **Non**, la force gravitationnelle ne garde ni la même direction et ni le même sens au cours du mouvement du météore.

6) La valeur de la force gravitationnelle au cours du mouvement du météore **augmente** car la distance au centre de la Terre diminue et cette distance intervient au dénominateur de l'expression de la force gravitationnelle : plus la distance est petite et plus la force est grande.

7) On convertit la distance en mètres : $d = 20\,000$ km $= 2{,}0 \times 10^4$ km $= 2{,}0 \times 10^7$ m.
On convertit la masse en kilogrammes : $10\,000$ t $= 1{,}0 \times 10^7$ kg.
Calculons la force gravitationnelle :

$$F = G \times \frac{M_{Terre} \times m}{d^2} = 6{,}67 \times 10^{-11} \times \frac{5{,}98 \times 10^{24} \times 1{,}0 \times 10^7}{(2{,}0 \times 10^7)^2} = \mathbf{9{,}97 \times 10^6\ N}.$$

12 À la poursuite de *Voyager 1*

1) Calculons le poids : $P = m \times g = 815 \times 9{,}81 =$ **$7{,}99 \times 10^3$ N**.

2) On convertit la distance en mètres : $d = 124\,000$ km $= 1{,}24 \times 10^5$ km $= 1{,}24 \times 10^8$ m.
Calculons la force gravitationnelle :

$$F = G \times \frac{M_{Saturne} \times m}{d^2} = 6{,}67 \times 10^{-11} \times \frac{5{,}69 \times 10^{26} \times 815}{(1{,}24 \times 10^8)^2} = \mathbf{2{,}01 \times 10^3\ N}.$$

3) Lorsque *Voyager 1* s'éloigne de Saturne, la force gravitationnelle exercée par Saturne sur la sonde **diminue** car la distance étant au dénominateur de l'expression de la force, plus la distance est grande et plus la force est petite.

4) Lorsque la sonde *Voyager 1* s'est retrouvée à 278 000 km de Jupiter, la force gravitationnelle exercée par Jupiter sur la sonde est **maximale** car la distance est minimale. En effet, la distance étant au dénominateur de l'expression de la force, plus la distance est petite et plus la force est grande.

CONSEIL
4) Rappelle-toi que la valeur d'une expression mathématique du type X/Y augmente si X augmente ou si Y diminue.

5) À distance égale, la force gravitationnelle exercée sur *Voyager 1* qui est la plus grande est celle de **Jupiter** car la masse de Jupiter est plus grande que celle de Saturne.

6) On convertit la distance en mètres : $d = 2{,}0 \times 10^{10}$ km $= 2{,}0 \times 10^{13}$ m.
Calculons la force gravitationnelle :

$$F = G \times \frac{M_{Soleil} \times m}{d^2} = 6{,}67 \times 10^{-11} \times \frac{2{,}00 \times 10^{30} \times 815}{(2{,}0 \times 10^{13})^2} = \mathbf{2{,}72 \times 10^{-4}\ N}.$$

On peut considérer que la valeur de cette force est **faible** car bien inférieure à 1 N.

7) Si la sonde *Voyager 1* est animée d'un mouvement rectiligne et uniforme, alors on peut considérer qu'il n'y a **plus de forces appliquées** sur celle-ci.

L'énergie, ses transferts et ses conversions

7 Stockage et échange d'énergie

22 Connaître les différentes formes d'énergie

EN BREF ▸ *L'énergie est une grandeur physique qui représente la capacité d'un système à fournir du travail ou de la chaleur, c'est également la capacité à produire des changements. Il existe deux sortes de sources d'énergie.*

I Les caractéristiques de l'énergie

■ Tous les systèmes possèdent de l'énergie. L'énergie prend principalement une des formes suivantes :
- énergie cinétique (liée à la vitesse $E_C = \frac{1}{2} \times m \times v^2$ avec m en kg et v en m/s) ;
- énergie potentielle (liée à l'altitude) ;
- énergie chimique (liée aux transformations chimiques) ;
- énergie lumineuse (liée aux **rayonnements électromagnétiques** visibles) ;
- énergie électrique (liée à la circulation d'un courant électrique) ;
- énergie thermique (liée à la température) ;
- énergie nucléaire (liée aux transformations mettant un jeu les noyaux atomiques).

MOT CLÉ
Un **rayonnement électromagnétique** est caractérisé par sa longueur d'onde notée λ. En fonction de celle-ci, le rayonnement peut être, entre autres, ultra-violet (400 nm $< \lambda <$ 100 nm, visible (400 nm $< \lambda <$ 750 mm), infrarouge (750 nm $< \lambda <$ 1 mm) ou micro-onde (1 mm $< \lambda <$ 30 cm).

Exemples : la lumière, les ondes utilisées dans les fours à micro-ondes sont des rayonnements électromagnétiques.

■ Cette énergie peut être stockée et transportée. Elle peut également être convertie d'une forme à une autre ou transférée à un autre système.

II Les sources d'énergie

■ Tous les systèmes ou phénomènes à partir desquels il est possible de retirer de l'énergie sont appelés sources d'énergie.

Exemple : la bouilloire augmente la température de l'eau : elle lui fournit de l'énergie thermique.

■ Il existe deux sortes de sources d'énergie :
- sources renouvelables (Soleil, chute d'eau...) : elles se renouvellent rapidement par rapport à la durée d'une vie humaine ou sont inépuisables ;
- sources non renouvelables (pétrole, gaz, charbon...) : leurs stocks s'épuisent et ils ont besoin de plusieurs millions d'années pour se renouveler.

Méthode

Identifier les différentes formes d'énergie

Dans une centrale thermique, du dioxyde de carbone et de la chaleur sont produits par combustion ①. La chaleur transforme de l'eau liquide en vapeur d'eau ②. La vapeur d'eau en se déplaçant fait tourner une turbine reliée à un alternateur ③ qui produit l'électricité. La vapeur d'eau est refroidie ④ et l'eau liquide obtenue recommence le cycle.

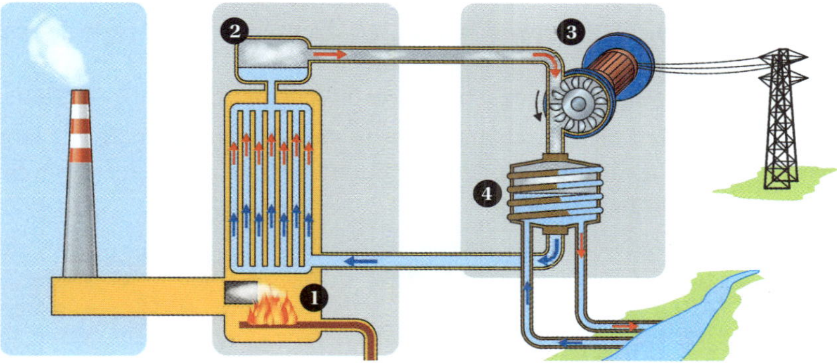

Représentation d'une centrale thermique

1) Sous quelles formes trouve-t-on l'énergie dans une centrale thermique ?

2) Quelle est la source d'énergie de ce type de centrale thermique ? Est-elle renouvelable ? Pourquoi ?

CONSEILS

1) Identifie à quoi est liée l'énergie mise en jeu à chaque étape.

2) La source d'énergie est le premier élément qui permet la production de l'énergie.

SOLUTION

1) Dans une centrale thermique, on trouve trois formes d'énergie.
- De l'énergie thermique est produite par combustion pour chauffer l'eau en ①.
- La vapeur d'eau possède une énergie cinétique, puisqu'elle est en mouvement ② et ③.
- Cette énergie cinétique est transformée en énergie électrique par l'alternateur ③.

2) La source d'énergie de ce type de centrale est le combustible : en brûlant il produit de l'énergie thermique. Le combustible est une source d'énergie non renouvelable, car lors de la combustion il est consommé.

23 Établir un bilan d'énergie

EN BREF ▸ *Les éoliennes produisent de l'énergie électrique à partir de l'énergie cinétique de l'air. L'énergie reçue par l'éolienne n'est pas intégralement utilisée pour la production d'électricité : une partie est perdue sous forme de chaleur dans les différentes parties de l'éolienne.*

I Transfert et conversion d'énergie

- Lorsque l'énergie d'un corps est transmise à d'autres corps, on parle de transfert d'énergie.

Exemple : de l'énergie thermique est transférée du four aux aliments qu'il contient.

- Lorsque l'énergie d'un corps change de forme, on parle de conversion d'énergie.

Exemple : un ventilateur convertit l'énergie électrique qu'il reçoit en énergie cinétique pour faire tourner ses pales.

II Conservation de l'énergie

Lors de toute transformation, l'énergie est conservée. Pour un corps donné, tout changement de forme d'énergie correspond soit à un transfert d'énergie entre deux corps, soit à une conversion d'énergie : la quantité totale d'énergie du système reste constante.

Exemple : une lampe reçoit une quantité d'énergie électrique qu'elle convertit en partie en énergie lumineuse et en partie en énergie thermique ; toute l'énergie reçue par la lampe est convertie.

III Bilan énergétique

- L'énergie reçue par un système est convertie en énergie utile (énergie qui sert à atteindre l'objectif recherché) et en énergie perdue (souvent sous forme d'énergie thermique).
- Le bilan énergétique du système est :

$$E_{\text{reçue}} = E_{\text{utile}} + E_{\text{perdue}}$$

Exemple : un robot de cuisine convertit l'énergie électrique reçue en énergie mécanique (mouvement des fouets) et en énergie thermique (moteur qui chauffe).

Bilan énergétique :

$E_{\text{électrique reçue}} = E_{\text{cinétique}} + E_{\text{thermique}}$

Diagramme énergétique ci-contre :

Méthode

Savoir faire un diagramme d'énergie

La plupart des centrales électriques thermiques contiennent une turbine reliée à un alternateur. Un alternateur est constitué d'un aimant et d'une bobine de fils de cuivre.

La turbine ① tourne grâce à la vapeur d'eau en mouvement et entraîne l'aimant de l'alternateur ② qui est alors en mouvement au voisinage de la bobine ③. L'interaction entre le rotor (aimant mobile) et le stator (bobine de fils de cuivre fixe) de l'alternateur, crée un courant électrique.

De par la rotation entre ses deux parties, l'alternateur chauffe légèrement.

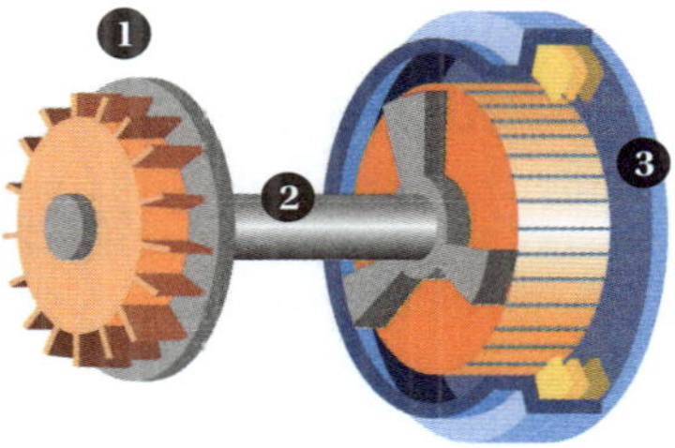

Représentation d'un alternateur

1) Établir le bilan d'énergie de l'alternateur.

2) Donner le diagramme d'énergie de l'alternateur.

CONSEILS

- Identifie les différentes formes d'énergie mises en jeu dans l'alternateur.
- Dresse d'abord le bilan des énergies qui sont reçues, puis le bilan de celles qui sont fournies par l'alternateur.

SOLUTION

1) ■ Un alternateur reçoit de l'énergie **cinétique** (mouvement de l'aimant par rapport à la bobine).

■ Il en convertit une grande partie en énergie **électrique** (courant électrique aux bornes de la bobine).

■ Le reste de l'énergie cinétique est perdu sous forme de chaleur : l'alternateur libère de l'énergie **thermique**.

Le bilan énergétique de l'alternateur est :

$$E_{\text{cinétique reçue}} = E_{\text{électrique}} + E_{\text{thermique}}$$

2) Diagramme énergétique de l'alternateur :

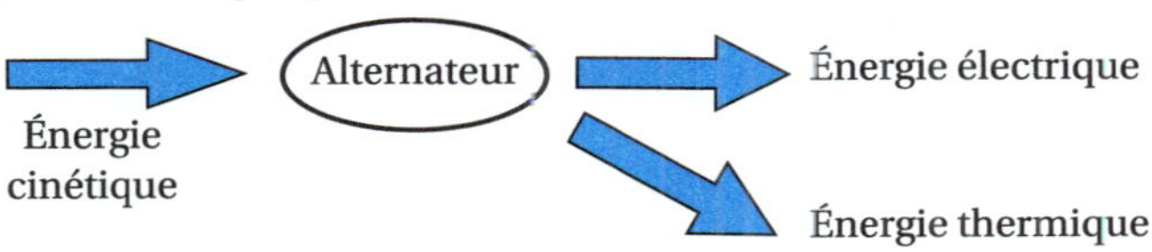

24 Calculer une consommation d'énergie

EN BREF ▸ *Dans le système international d'unités, l'énergie s'exprime en joules. Elle ne se mesure pas directement mais peut être déterminée à partir de mesures d'autres grandeurs dont la puissance électrique.*

I La puissance

- La **puissance** d'un système correspond à l'énergie qu'il reçoit en une seconde.
- La **puissance nominale** est la puissance délivrée par le système lorsqu'il est utilisé dans des conditions idéales. Elle est généralement indiquée sur l'appareil. Plus un dipôle a une puissance nominale élevée, plus son action est efficace.

Exemple : entre deux aspirateurs, c'est celui qui a la puissance nominale la plus grande qui aspire le plus fort.

- L'unité légale de la puissance est le **watt (W)** ; mais on utilise également le kilowatt (kW), le mégawatt (MW) et le gigawatt (GW).

Exemple : $P_{\text{aspirateur}} = 1\,200 \text{ W} = 1{,}200 \text{ kW}$.

II Relation liant puissance, énergie et temps

- L'**énergie électrique E** consommée par un appareil est égale au produit de sa puissance nominale P par sa durée de fonctionnement Δt :

$$E = P \times \Delta t$$

E, l'énergie électrique en joules (J) ;
P, la puissance nominale en watts (W) ;
Δt, la durée de fonctionnement de l'appareil en secondes (s).

- L'unité légale de l'énergie est le **joule** (J) ; mais on utilise également le kilojoule (kJ), le wattheure (Wh) et le kilowattheure (kWh).

À NOTER
Pour calculer une énergie exprimée en wattheures (Wh), il faut exprimer la puissance en watts (W) et la durée de fonctionnement en heures (h).
Relation utile : 1 h = 3 600 s.

Exemple : l'aspirateur de puissance nominale 1 200 W utilisé pendant 30 min consomme une énergie : $E = P \times \Delta t$.

Calcul pour obtenir l'énergie en joules (on exprime le temps en secondes) :

$E = 1\,200 \times (30 \times 60) = 2{,}2 \times 10^6$ J.

Calcul pour obtenir l'énergie en wattheures (on exprime le temps en heures) :

$E = 1\,200 \times 0{,}5 = 600$ Wh.

Méthode

Calculer une consommation d'énergie

L'étiquette énergétique est une fiche destinée aux consommateurs qui résume les caractéristiques d'un appareil électrique (notamment la consommation d'énergie), afin de faciliter le choix entre différents modèles.

Pour les télévisions, ces étiquettes fournissent les renseignements suivants.

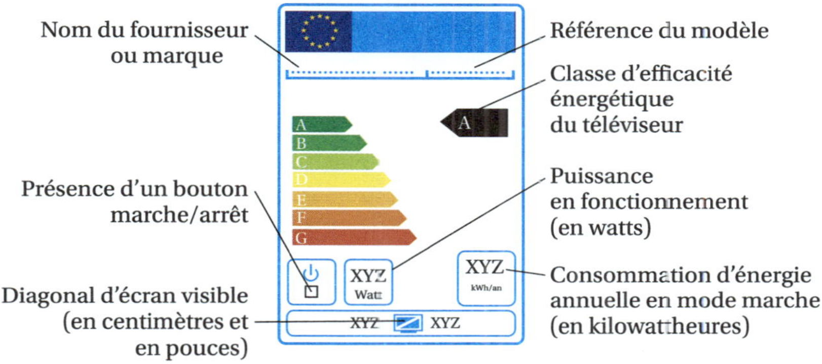

Un constructeur de téléviseur vient de créer un nouveau modèle qui, en mode marche et avec les réglages d'usine, a une puissance de 30 watts.

Aider le constructeur à compléter la fiche en déterminant la « consommation d'énergie annuelle en mode marche » qui correspond à la consommation annuelle d'énergie du téléviseur pour une utilisation standard de 4 heures par jour avec les réglages d'usine du constructeur.

CONSEILS

- Pour calculer une énergie en kilowattheures (kWh) la puissance doit être exprimée en kilowatts (kW) et le temps en heures (h).
- Entre les années qui sont bissextiles et celles qui ne le sont pas, il y a en moyenne 365,25 jours par an.

SOLUTION

- Calcul du temps de fonctionnement du téléviseur sur une année :

$t = 365{,}25 \times 4 = 1\ 461$ h.

- Calcul de l'énergie consommée par le téléviseur en une année :

$E = P \times \Delta t = 30 \times 10^{-3} \times 1\ 461 =$ **43,8 kWh**.

- Le constructeur doit indiquer **44 kWh** sur la fiche.

25 Comprendre l'origine du changement climatique

EN BREF ▸ *Tout corps émet et reçoit de l'énergie sous forme de rayonnements électromagnétiques. L'absorption de ces rayonnements se fait à l'échelle microscopique mais ses effets sont visibles à l'échelle macroscopique : l'augmentation de l'effet de serre en est un exemple.*

I Transfert d'énergie par rayonnement

■ Tout objet présent dans l'Univers (Soleil, Terre, êtres vivants, neige, métaux...) émet des **rayonnements électromagnétiques** et perd ainsi de l'énergie. Plus la température de l'objet est élevée, plus il **perd de l'énergie**.

■ Un objet ne peut émettre que les rayonnements qu'il est capable **d'absorber**. Lorsqu'un corps absorbe un rayonnement électromagnétique, son **énergie augmente.**

■ L'énergie passe de l'objet qui émet des rayonnements électromagnétiques à un objet qui les absorbe : c'est un **transfert d'énergie par rayonnement**.

II Absorption du rayonnement terrestre par les gaz à effet de serre

■ L'atmosphère terrestre contient des gaz dits à « effet de serre » (eau, dioxyde de carbone, protoxyde d'azote, ozone, méthane). Ces gaz laissent passer les rayonnements solaires (visibles), et absorbent puis renvoient vers la Terre, les rayonnements infrarouges qu'elle émet, la chaleur est alors piégée dans l'atmosphère : c'est **l'effet de serre.**

■ L'effet de serre est **indispensable** à la vie sur Terre : sans gaz à effet de serre dans l'atmosphère terrestre, les rayonnements solaires seraient intégralement réfléchis par le sol vers l'espace, la température moyenne de la Terre serait alors de −18 °C. Avec les gaz à effet de serre dans l'atmosphère, elle est de 15 °C.

■ Certaines activités humaines rejettent beaucoup de gaz à effet de serre, ce qui déséquilibre l'effet de serre naturel et augmente la température moyenne de la Terre. Il est indispensable et urgent que les êtres humains mettent tout en œuvre pour stopper le **réchauffement climatique**.

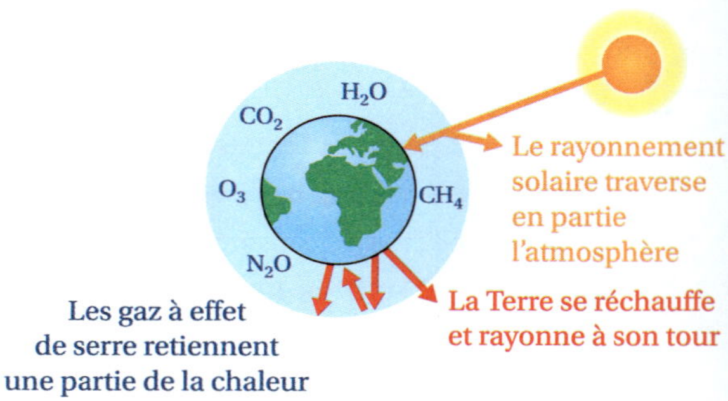

Méthode

Comparer des grandeurs

Les graphiques suivants indiquent la puissance par unité de surface des rayonnements émis par la Terre et par le Soleil en fonction de la longueur d'onde λ du rayonnement.

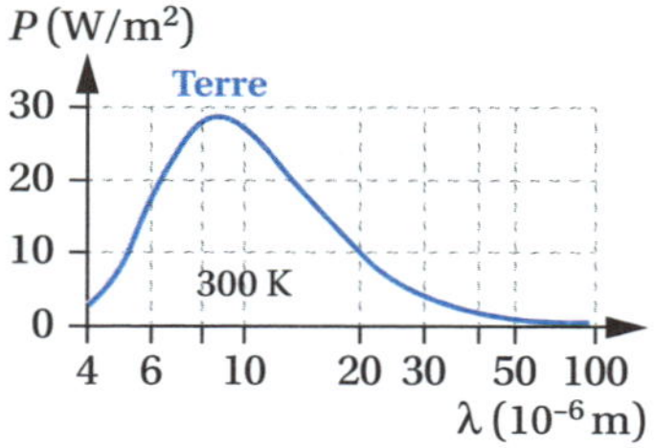

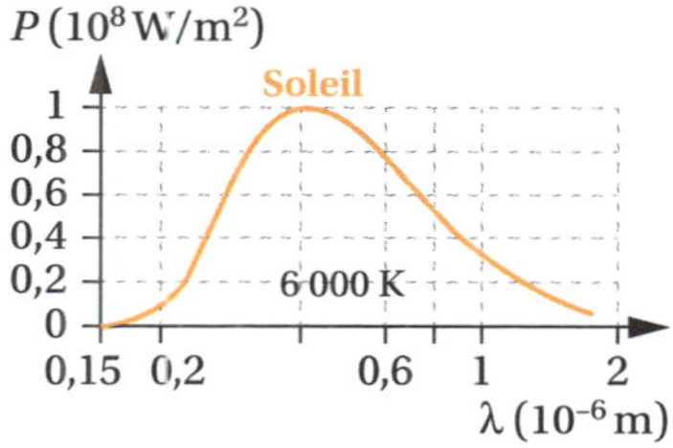

1 Quelle est la puissance maximale par mètre carré des rayonnements émis par la Terre et le Soleil ?

2 Comparer les puissances maximales par mètre carré des rayonnements émis par la Terre et par le Soleil.

> **CONSEILS**
>
> **1** Lis bien les unités sur les axes du graphique.
>
> **2** Pour comparer des grandeurs, fais le rapport des deux grandeurs exprimées dans la même unité. Il est plus simple de mettre la plus grande valeur au numérateur, le résultat nous indique combien de fois la valeur du numérateur est supérieure à la valeur du dénominateur.

SOLUTION

1 Graphiquement, nous obtenons :
$P_{\text{max Terre}} = 2{,}9 \times 10^1$ W/m² et $P_{\text{max Soleil}} = 1{,}0 \times 10^8$ W/m².

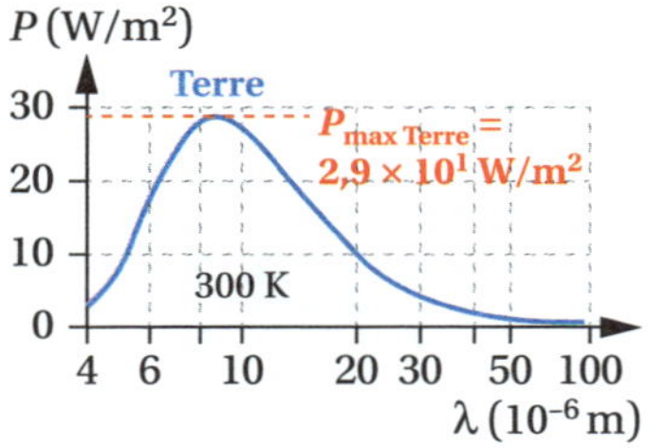

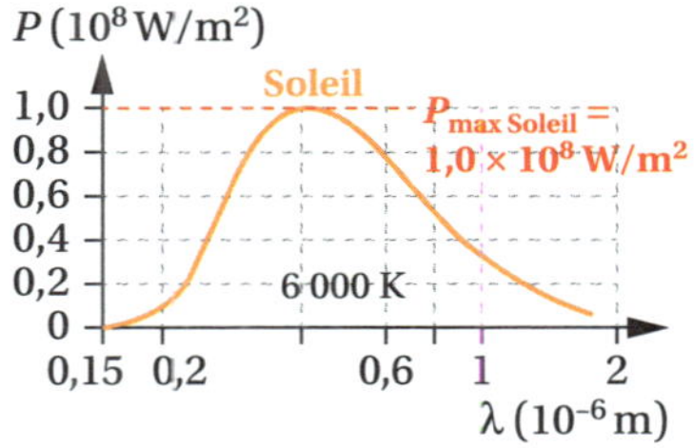

2 Rapport des puissances :

$$\frac{P_{\text{max Soleil}}}{P_{\text{max Terre}}} = \frac{1{,}0 \times 10^8}{2{,}9 \times 10^1} = 3{,}4 \times 10^6$$

Donc les rayonnements maximum émis par le Soleil sont plus de **1 000 000 fois** plus puissants que ceux émis par la Terre.

STOCKAGE ET ÉCHANGE D'ÉNERGIE

Comprendre le réchauffement climatique

Transfert d'énergie par rayonnement

- Tout corps **émet** des rayonnements : il **perd** de l'énergie.
- Un corps qui **reçoit** des rayonnements **gagne** de l'énergie.
- Les rayonnements passent d'un objet à un autre : il y a **transfert d'énergie** par rayonnement.

Absorption des rayonnements par les gaz à effet de serre

- Sans **l'effet de serre naturel**, la température moyenne de la Terre serait de –18 °C ; avec, elle est de 15 °C. Il est nécessaire.
- Certaines activités humaines rejettent beaucoup de gaz à effet de serre : leur augmentation cause le **réchauffement climatique**.

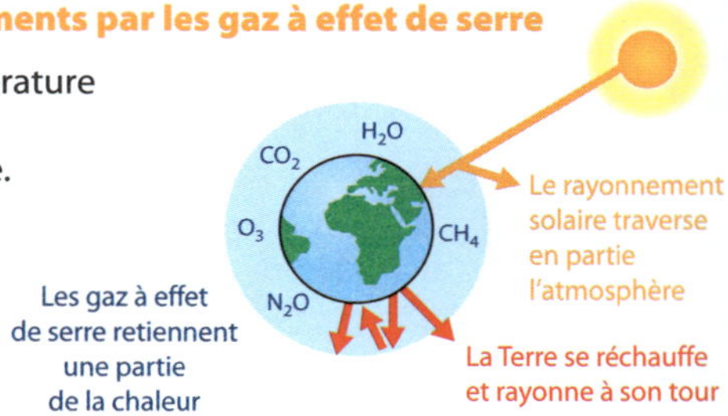

Sources et formes d'énergie

Les deux sortes de source d'énergie

- **Sources renouvelables :** se renouvellent rapidement par rapport à la durée d'une vie humaine ou sont inépuisables.
- **Sources non renouvelables :** leurs stocks s'épuisent et sont très lents à se renouveler.

Les principales formes d'énergie

Forme d'énergie	Liée ...
cinétique	à la vitesse ($E_C = \frac{1}{2} \times m \times v^2$ avec E_C en J, m en kg et v en m/s)
de position	à l'altitude
chimique	aux transformations chimiques
lumineuse	aux rayonnements électromagnétiques visibles
électrique	au courant électrique
thermique	à la température
nucléaire	à la modification des noyaux atomiques

Bilan d'énergie et puissance

Conservation de l'énergie

- L'énergie peut être **convertie** ou **transférée**.
- L'énergie totale du système est **conservée**.

$$E_{reçue} = E_{utile} + E_{perdue}$$

- Diagramme énergétique

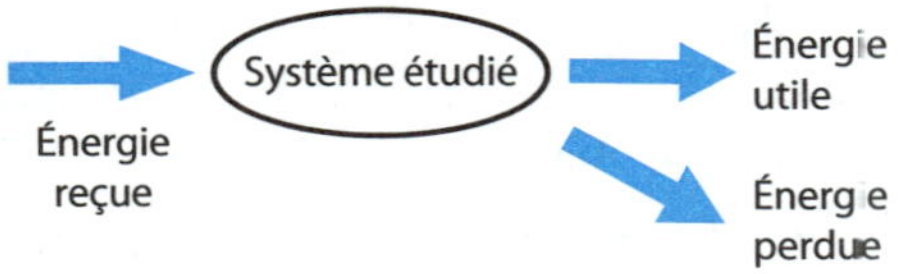

La puissance électrique

L'énergie consommée dépend de la **puissance** de l'appareil et de la durée d'utilisation :

$$E = P \times \Delta t$$

(J → E ; W → P ; s → Δt)

Si P en W et Δt en h, E est en Wh.

SE TESTER QUIZ

Vérifie que tu as compris
les points clés

1 Connaître les formes d'énergie et leurs sources

→ FICHE 22

1 Une source d'énergie renouvelable :

☐ **a.** a un stock qui se renouvelle ou qui est inépuisable

☐ **b.** a un stock limité qui a besoin de plusieurs millions d'années pour se renouveler

2 L'énergie cinétique est liée :

☐ **a.** aux variations de température ☐ **b.** aux mouvements

☐ **c.** à la pollution

3 L'énergie mettant en jeu les noyaux des atomes est :

☐ **a.** l'énergie chimique ☐ **b.** l'énergie nucléaire

4 L'énergie cinétique a pour formule

☐ **a.** $E_C = \frac{1}{2} \times m \times v^2$ ☐ **b.** $E_C = \frac{1}{2} \times m \times v$ ☐ **c.** $E_C = 2 \times m \times v^2$

.../4

2 Savoir faire un bilan énergétique

→ FICHE 23

1 On parle de transfert d'énergie :

☐ **a.** quand l'énergie change de forme

☐ **b.** quand l'énergie est transmise d'un corps à un autre

2 Lors d'une transformation, la quantité totale d'énergie du système :

☐ **a.** diminue ☐ **b.** augmente ☐ **c.** reste constante

3 Lors d'une conversion d'énergie, on a :

☐ **a.** $E_{\text{reçue}} = E_{\text{utile}} + E_{\text{perdue}}$

☐ **b.** $E_{\text{utile}} = E_{\text{reçue}} + E_{\text{perdue}}$

☐ **c.** $E_{\text{utile}} = E_{\text{reçue}} - E_{\text{perdue}}$

4 La dynamo d'un vélo est mise en rotation grâce à la roue, elle produit alors de l'énergie électrique qui allume une lampe. En touchant la dynamo, on remarque qu'elle est chaude.

☐ **a.** L'énergie électrique est l'énergie utile

☐ **b.** L'énergie électrique est l'énergie perdue

☐ **c.** L'énergie électrique est l'énergie totale

☐ **d.** La dynamo est chaude à cause de l'énergie utile

☐ **e.** La dynamo est chaude à cause de l'énergie perdue

.../4

3 Connaître la relation entre puissance et énergie

→ FICHE 24

1 Deux lampes ont des puissances différentes dans les mêmes conditions d'utilisation :

☐ **a.** elles brilleront toutes les deux de la même façon

☐ **b.** celle qui a la plus grande puissance brillera plus

☐ **c.** celle qui a la plus grande puissance brillera moins

2 L'énergie est reliée à la puissance par la relation :

☐ **a.** $E = \dfrac{P}{\Delta t}$ ☐ **b.** $E = P \times \Delta t$ ☐ **c.** $E = \dfrac{\Delta t}{P}$

3 La puissance d'un appareil électrique est proportionnelle :

☐ **a.** à sa durée de fonctionnement

☐ **b.** à l'inverse de sa durée de fonctionnement

☐ **c.** à l'énergie consommée

☐ **d.** à l'inverse de l'énergie consommée

4 En quelle unité peut-on exprimer l'énergie ?

☐ **a.** le watt ☐ **b.** le wattheure ☐ **c.** le joule

.../4

4 Comprendre l'origine du changement climatique

→ FICHE 25

Coche les affirmations correctes.

☐ **a.** Seuls les corps chauds peuvent émettre des rayonnements électromagnétiques

☐ **b.** Les gaz à effet de serre doivent être complètement supprimés de l'atmosphère pour stopper le réchauffement climatique

☐ **c.** Le dioxyde de carbone est naturellement produit par les êtres vivants lors de leur respiration, il ne peut donc pas être nocif

☐ **d.** Plus un corps est chaud, plus il perd de l'énergie

☐ **e.** L'atmosphère terrestre garde autant de rayonnements électromagnétiques que ce qu'il laisse partir dans l'espace

.../1

ON FAIT LE BILAN !

score total .../13

▸ Des erreurs ? Entraîne-toi ! → **LES EXOS** P. 164

▸ Zéro faute ? Bravo ! → **OBJECTIF BREVET** P. 168

LES EXOS

Entraîne-toi !

5 Calculer une énergie cinétique

→ FICHE 22

La station spatiale internationale (ISS) a une masse de 420×10^3 kg et tourne autour de la Terre sur une orbite circulaire à une altitude $h = 400$ km. Elle effectue un tour complet en 1 h 30.

Données :
- Masse de la station ISS = 420×10^3 kg.
- Rayon de la terre $R_T = 6\ 300$ km.
- Périmètre d'un cercle : $P = 2 \times \pi \times R$.

1) Calculer la vitesse moyenne de la station ISS en km/h, puis en m/s.

2) Calculer l'énergie cinétique de la station ISS.

CONSEILS

1) • La trajectoire de la station est un cercle dont le rayon est égal à la distance centre de la Terre-station ISS. La distance parcourue en un tour est égale au périmètre de ce cercle.
• Pour passer des km/h au m/s, il faut diviser la vitesse par 3,6.

2) N'oublie pas de mettre la vitesse au carré.

6 Éoliennes en Guadeloupe

→ FICHES 22 et 23

La Désirade est une petite île dépendant de l'archipel Guadeloupéen située dans la mer des Caraïbes. De par sa situation géographique, elle est balayée en permanence par les alizés, des vents réguliers qui soufflent pratiquement toute l'année.

La Désirade a été la première île de Guadeloupe à installer des fermes à éoliennes. Le parc éolien actuel de l'île est constitué de six éoliennes capables de produire par vent faible une puissance nominale de 275 kW chacune et de 35 éoliennes pouvant produire 60 kW chacune.

1) Quelle est la forme d'énergie captée par les éoliennes ? S'agit-il d'une ressource renouvelable ?

2) Déterminer la puissance totale P restituée par ce parc éolien en kW.

3) Déterminer, en kWh, l'énergie totale E restituée en un an par ce parc si les éoliennes fonctionnent 4 000 h par an.

7 Dépenser et produire de l'énergie en même temps

→ FICHE 23

Dans une publicité pour une eau minérale, on voit des femmes pédaler sur des vélos d'appartement. Lorsqu'elles pédalent toutes suffisamment longtemps et fort, elles permettent l'éclairage de la façade d'un immeuble.

Compléter le diagramme énergétique suivant.

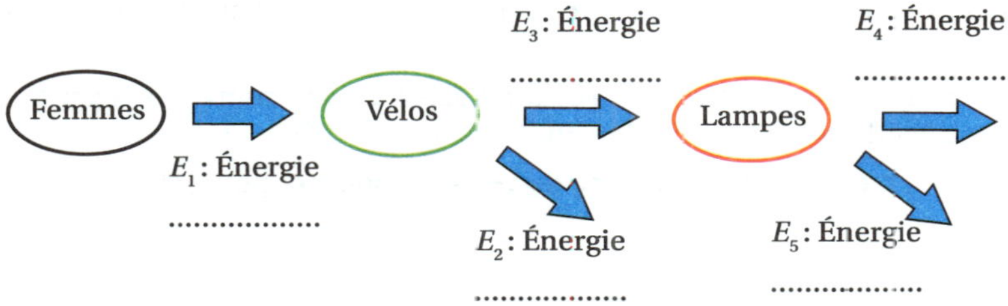

Donner la relation mathématique entre les différentes formes d'énergie du système précédent.

8 Ménage et argent de poche

→ FICHE 24

Pour gagner de l'argent de poche, Elliès propose à ses parents de passer l'aspirateur dans l'appartement. Ils conviennent qu'il sera payé 5 € tous les 4 000 kJ consommés par l'aspirateur.

Sachant que l'aspirateur a une puissance de 1 300 W, déterminer combien de temps Elliès devra-t-il passer l'aspirateur pour obtenir 5 €. Exprimer le résultat en secondes, puis en minutes.

9 Bien choisir ses nouvelles lampes

→ FICHES 22 à 24

Les parents d'Anna souhaitent remplacer une lampe de leur salon et ils hésitent entre une lampe fluocompacte et une lampe à LED.

Les lampes fluocompactes convertissent 75 % de l'énergie qu'elles reçoivent en énergie lumineuse.

1) Sous quelle forme les lampes reçoivent-elles de l'énergie ?

2) Sous quelle forme les 25 % restants d'énergie reçus par la lampe sont-ils transformés ?

3) Faire le diagramme énergétique d'une lampe fluocompacte.

4) Pour ne pas se tromper sur leur choix, les parents d'Anna ont recueilli les informations suivantes.

Lampe	Fluocompacte	LED
Puissance consommée (watts)	9	4
Quantité de lumière restituée (lumens)	430	450
Durée de vie (heures)	10 000	25 000
Coût (euros)	10,99	12,49

À NOTER
4) En moyenne les années contiennent 365,25 j par an (moyenne entre années bissextiles et les autres).

Les parents d'Anna utilisent en moyenne la lampe de leur salon 4 h par jour.

Calculer l'énergie consommée par chacune des lampes sur un an.

5) Calculer le coût de l'énergie électrique consommée par chacune des deux lampes sur cinq ans, sachant que le fournisseur d'énergie électrique facture 0,1263 € le kWh.

6) Déterminer le prix de revient (coût à l'achat + consommation électrique) de chacune des deux lampes sur cinq ans.

7) Quelle lampe les parents d'Anna doivent-ils choisir et pourquoi ?

10 Bilan radiatif de la Terre

→ FICHE 25

Le dessin ci-dessous montre la puissance par unité de surface des différents flux de rayonnements électromagnétiques au niveau de l'atmosphère terrestre.

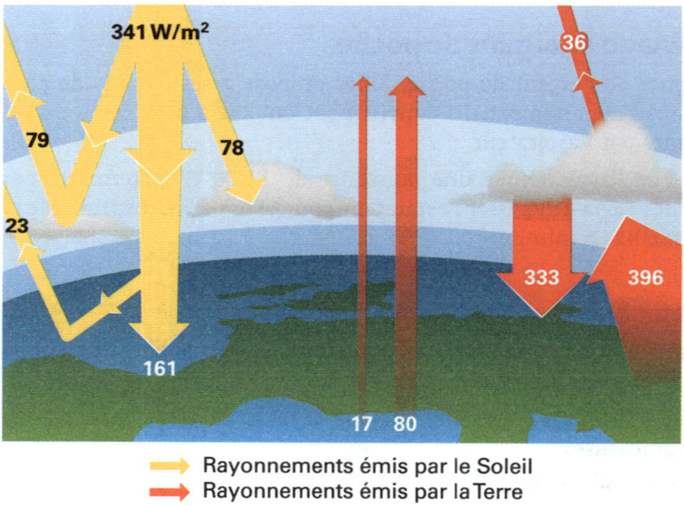

1) Calculer la puissance totale par unité de surface des rayonnements présents dans l'atmosphère terrestre (les puissances seront comptées positivement pour les rayonnements dirigés vers la Terre).

2) Comment ce résultat peut-il expliquer le réchauffement climatique ?

CONSEIL

1) Les rayonnements électromagnétiques présents dans l'atmosphère terrestre sont les rayonnements :
- solaires qui pénètrent dans l'atmosphère ;
- émis par la Terre qui ne sortent pas de l'atmosphère terrestre.

Additionne les rayonnements qui entrent dans l'atmosphère et soustrait ceux qui en sortent.

11 Isolation d'une habitation

→ FICHE 25

Document 1 Principe de la thermographie infrarouge

La thermographie infrarouge permet de contrôler l'isolation thermique d'un bâtiment et de visualiser les déperditions énergétiques.

À partir de cette information, chaque citoyen a la possibilité d'agir pour une meilleure isolation de son habitat, de réduire sa facture d'énergie et, du même coup, de limiter ses émissions de gaz à effet de serre. Sur les images obtenues, les surfaces les plus chaudes apparaissent en rouge et les plus froides en violet.

Document 2 Thermographie infrarouge d'une maison

1 Quelle catégorie d'ondes la caméra thermique détecte-t-elle ?

2 Les zones en rouge sont-elles celles qui perdent ou celles qui gagnent le plus d'énergie ?

3 À partir des deux documents, indiquer quelle partie de la maison, son propriétaire doit isoler en priorité.

OBJECTIF BREVET

Lance-toi dans des sujets !

12 Réaliser un bilan de puissance

10 min

→ FICHES 22 et 24

Mathieu a acheté un ventilateur solaire : il s'agit d'un panneau solaire qui, à partir de l'énergie reçue du Soleil, va produire de l'énergie électrique qui alimente un moteur faisant tourner les pales du ventilateur.

1) Quelle est la source d'énergie du ventilateur ? Cette source est-elle renouvelable ?

2) Sous quelle forme l'énergie est-elle libérée par le ventilateur ?

3) Il n'y a pas de perte d'énergie au niveau du panneau solaire, par contre le moteur qui permet le mouvement des pales chauffe lorsqu'il fonctionne.

Sous quelle forme l'énergie perdue est-elle libérée dans l'air ?

4) Faire le diagramme énergétique du ventilateur solaire acheté par Mathieu.

DÉMARRONS ENSEMBLE

4) Pour le diagramme énergétique, fais apparaître les réservoirs d'énergie, les convertisseurs d'énergie, ainsi que les différentes formes d'énergie.

13 Calculer une consommation électrique

20 min

→ FICHE 24

La télévision, la box et les consoles de jeu, même en mode veille, consomment de l'énergie électrique. Pour un téléviseur, la puissance en veille est $P_{TV} = 2$ W, pour une box $P_{box} = 3$ W et pour une console de jeu $P_{console} = 4$ W.

1) Calculer l'énergie E consommée par cet équipement s'il est en veille 20 heures par jour.

2) Exprimer le résultat en wattheures (Wh).

3) Calculer l'énergie électrique totale E' perdue en France chaque jour, en admettant qu'il y a 40 millions de foyers disposant de cet équipement et qui le laissent en veille 20 heures par jour.

4) Quel geste simple peut-on faire pour économiser de l'énergie ?

DÉMARRONS ENSEMBLE

1) Exprime les durées en secondes. Souviens-toi que 1 h = 3 600 s.

2) Utilise la relation 1 Wh = 3 600 J.

14 Une voiture électrique

30 min

→ FICHES 22 à 24

Une voiture solaire est une voiture électrique qui recharge ses batteries en partie ou totalement grâce au rayonnement solaire. Quand les modules photovoltaïques installés sur le véhicule ne permettent pas d'assurer l'autonomie complète du véhicule, d'autres sources d'énergie sont utilisées pour recharger les batteries de ces véhicules.

Document 1 L'Éclectic : une voiture pour un monde plus propre

L'Éclectic, conçue par le constructeur Venturi, est équipée de batteries qui se rechargent grâce à des sources d'énergie renouvelables ou à l'électricité.

Cette voiture a une autonomie allant jusqu'à 50 km pour une vitesse maximale de 50 km/h. Cela peut paraître peu, mais pour des citadins ne faisant que de très courts trajets c'est largement suffisant.

Les différents dispositifs de production d'énergie de l'Éclectic sont les suivants :
- 2,5 m^2 de cellules photovoltaïques placées sur le toit permettent de produire en une journée d'exposition assez d'énergie pour parcourir 7 km à 50 km/h. Ces cellules ont un rendement de 14 %, ce qui veut dire qu'elles convertissent 14 % de l'énergie que leur donne le Soleil en une énergie utilisable pour la propulsion ;
- une éolienne fixée au toit de la voiture pendant le stationnement apporte, dans les régions ventées, une quantité d'énergie suffisante pour parcourir 15 km à la vitesse maximale ;
- une prise électrique permet de recharger la voiture si les autres modes ne sont pas utilisables. La recharge intégrale du véhicule sur le secteur prend 5 heures.

Document 2 Principe des cellules photovoltaïques

Les cellules photovoltaïques convertissent le rayonnement du Soleil en électricité. Cette opération repose sur un phénomène physique appelé « effet photovoltaïque ». Ce mécanisme a été découvert en 1839 par Antoine Becquerel mais il n'a été expliqué que près d'un siècle plus tard par Albert Einstein, ce qui lui a valu le prix Nobel de physique en 1921.

De façon très schématique, l'effet photovoltaïque permet à certains matériaux d'émettre des électrons lorsqu'ils sont exposés à la lumière. Une cellule photovoltaïque est constituée d'un de ces matériaux, généralement du silicium, et conçue de telle façon que les électrons émis soient récupérés pour former un courant électrique.

L'impact environnemental et énergétique de la fabrication des panneaux de silicium n'est pas nul. Une cellule photovoltaïque doit fonctionner entre un an et demi et cinq ans pour compenser l'énergie utilisée pour la fabriquer.

Les cellules photovoltaïques perdent une partie de l'énergie reçue car elles chauffent et elles renvoient une partie de la lumière reçue.

1) Compléter le diagramme énergétique ci-dessous en :
- indiquant les différentes formes d'énergies mises en jeu ;
- coloriant en vert les dispositifs qui convertissent l'énergie ;
- coloriant en orange les dispositifs qui transfèrent l'énergie.

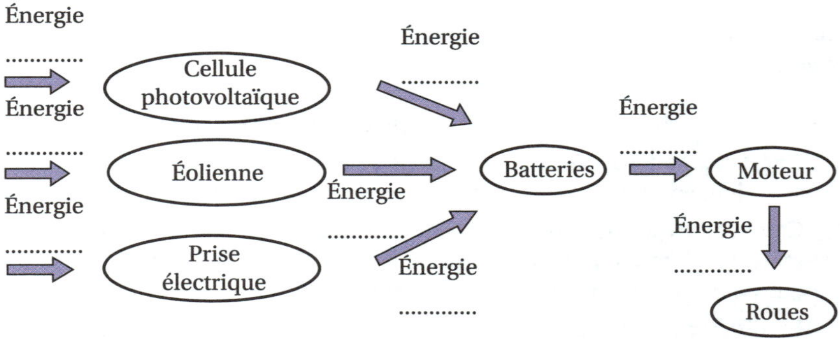

2) Sachant que la batterie peut stocker 7 kWh et que les cellules photovoltaïques ont une puissance de 300 W, déterminer le temps qu'il faut aux cellules photovoltaïques (si elles sont exposées dans les conditions optimales) pour charger totalement la batterie.

3) Quel est le pourcentage de perte d'énergie pour les cellules photovoltaïques ?

4) Sous quelle(s) forme(s) cette énergie est-elle perdue ?

5) Déterminer l'énergie totale que doivent recevoir les cellules photovoltaïques pour charger totalement la batterie.

6) Le diagramme énergétique ci-dessus est incomplet. Que faudrait-il ajouter pour qu'il représente réellement les transferts et conversions d'énergie mis en jeu dans cette voiture ?

7) Refaire le diagramme énergétique de la voiture et le compléter.

DÉMARRONS ENSEMBLE

1) Relève dans le document 1 les différentes formes d'énergie reçues par les trois dispositifs de production d'énergie de la voiture.
Souviens-toi que lorsque l'énergie d'un corps est transmise à d'autres corps, on parle de transfert d'énergie, et que lorsque l'énergie d'un corps change de forme on parle de conversion d'énergie.

2) Déduis de la relation $E = P \times \Delta t$, la formule à appliquer pour déterminer Δt.

3) et 4) Sers-toi des documents 1 et 2 pour répondre à ces questions.

5) Dresse un tableau de proportionnalité dans lequel la quantité d'énergie produite par les cellules photovoltaïques correspond à 14 % de l'énergie reçue par celle-ci.

6) Pense qu'il n'y a pas de système idéal : tous les dispositifs perdent de l'énergie. Il faut trouver sous quelle forme pour chacun.

CORRIGÉS

SE TESTER QUIZ

1 Connaître les formes d'énergie et leurs sources

1 Réponse a. Une source d'énergie est renouvelable si son stock se renouvelle rapidement à l'échelle d'une vie humaine ou s'il est inépuisable.

2 Réponse b. L'énergie cinétique d'un système est liée à son mouvement, et plus précisément à sa vitesse : $E_C = \frac{1}{2} \times m \times v^2$.

3 Réponse b. L'énergie mettant en jeu les noyaux des atomes est l'énergie nucléaire : « nucléaire » provient du latin *nucleus* qui signifie noyau.

4 Réponse a. L'énergie cinétique est proportionnelle à la masse et au carré de la vitesse du système.

2 Savoir faire un bilan énergétique

1 Réponse b. Un transfert d'énergie est le passage d'une énergie d'un corps à un autre sans modification de forme.

2 Réponse c. Lors d'une transformation, il y a conservation de l'énergie totale du système étudié donc la quantité totale d'énergie du système reste constante.

3 Réponses a. et c. Lors d'une conversion d'énergie, on a $E_{\text{reçue}} = E_{\text{utile}} + E_{\text{perdue}}$.

4 Réponses a. et e. L'énergie électrique est l'énergie utile, car elle sert à faire fonctionner la lampe. La dynamo est chaude à cause de l'énergie thermique qu'elle perd lors de son fonctionnement.

3 Connaître la relation entre puissance et énergie

1 Réponse b. Entre deux lampes aux puissances différentes dans les mêmes conditions d'utilisation, c'est la plus puissante qui brillera le plus.

2 Réponse b. L'énergie consommée est proportionnelle à la puissance de l'appareil et au temps d'utilisation.

3 Réponses b. et c. La formule de la puissance d'un appareil électrique est $P = \frac{E}{\Delta t}$.

4 Réponses b. et c. L'énergie est généralement exprimée en joules, mais si, dans le calcul de l'énergie, la durée d'utilisation est exprimée en heures, l'énergie sera exprimée en wattheures.

4 Comprendre l'origine du changement climatique

Réponse d.

- La réponse a est fausse, car tous les corps émettent des rayonnements électromagnétiques, pas seulement les corps chauds.
- La réponse b est fausse, car les gaz à effet de serre naturels sont indispensables à la vie sur Terre.

■ La réponse c est fausse, car bien que produit naturellement par les êtres vivants, le dioxyde de carbone peut être nocif : sa production participe à l'accentuation de l'effet de serre. Tout ce qui est naturel, n'est pas forcément bon ou mauvais, c'est l'utilisation qu'on en fait et les proportions dans lequel on l'utilise qui sont importantes.

■ La réponse e est fausse, car sous l'effet des gaz à effet de serre produits par les êtres humains, l'atmosphère garde plus de rayonnements électromagnétiques qu'elle n'en laisse partir dans l'espace : c'est la cause du réchauffement climatique.

LES EXOS

5 Calculer une énergie cinétique

1) Détermination de la distance parcourue par la station ISS en un tour :
$D = 2 \times \pi \times R_{traj}$
On calcule le rayon de la trajectoire de la station ISS :
$R_{traj} = R_T + h = 6\,300 + 400 = 6{,}7 \times 10^3$ km d'où
$D = 2 \times \pi \times 6{,}7 \times 10^3 = 4{,}2 \times 10^4$ km.
Calcul de la vitesse moyenne de la station ISS :

$$v(\text{station ISS}) = \frac{\text{distance}}{\text{temps}}$$

1 h 30 = 1,5 h

$$v(\text{station ISS}) = \frac{\text{distance } D}{\text{temps}} = \frac{4{,}2 \times 10^4}{1{,}5} = 2{,}8 \times 10^4 \text{ km/h.}$$

$$\text{Soit } v(\text{station ISS}) = \frac{2{,}8 \times 10^4}{3{,}6} \text{ m/s} = 7{,}8 \times 10^3 \text{ m/s.}$$

La station ISS se déplace à **$2{,}8 \times 10^4$ km/h** soit **$7{,}8 \times 10^3$ m/s.**

2) Calcul de l'énergie cinétique de la station ISS :

$$E_C = \frac{1}{2} \times m \times v^2 = \frac{1}{2} \times 4{,}2 \times 10^5 \times (7{,}8 \times 10^3)^2$$

$E_C = 1{,}3 \times 10^{13}$ J.
L'énergie cinétique de la station ISS est de **$1{,}3 \times 10^{13}$ joules.**

6 Éoliennes en Guadeloupe

1) L'énergie captée par les éoliennes est de l'**énergie cinétique** (mouvement de l'air grâce au vent). Le vent est une **source** d'énergie **renouvelable**, car il n'est pas consommé par les éoliennes.

2) Calcul de la puissance totale P restituée par ce parc :
$P = 6 \times P_{\text{éolienne 275 kW}} + 35 \times P_{\text{éolienne 60 kW}} = 6 \times 275 + 35 \times 60 =$ **3 750 kW.**

3) Calcul, en kWh, de l'énergie totale E restituée par ce parc si les éoliennes fonctionnent 4 000 h par an :
$E = P \times \Delta t = 3\,750 \times 4\,000 =$ **$1{,}5 \times 10^7$ kWh** ou **15 GWh.**

> **À NOTER**
> **3)** Pour calculer une énergie en kWh, il faut exprimer la puissance en kW et le temps en h.

7 Dépenser et produire de l'énergie en même temps

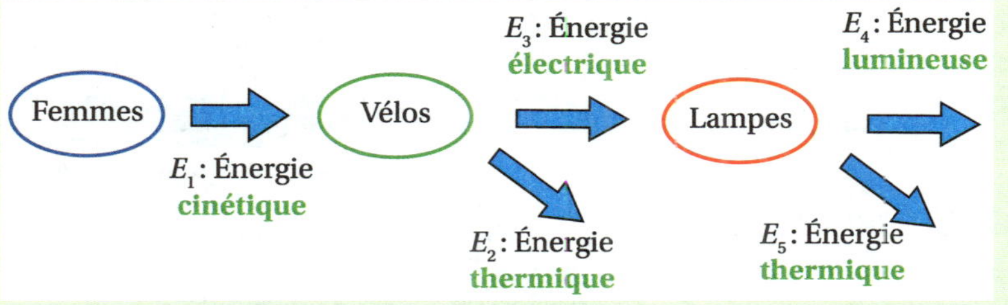

Considérons que lors de ces transformations, il y a conservation de l'énergie, nous avons donc $E_1 = E_2 + E_3 = E_2 + E_4 + E_5$.

> **À NOTER**
> Comme il n'y a pas d'indication contraire, on suppose qu'il y a conservation de l'énergie.

8 Ménage et argent de poche

■ Calcul de la durée d'utilisation de l'aspirateur :

$$\Delta t = \frac{E}{P} = \frac{4\ 000 \times 10^3}{1\ 300} = 3\ 077 \text{ s.}$$

■ Conversion de la durée en minutes :

$$\Delta t = \frac{3\ 077}{60} = 51{,}28 \text{ min.}$$

> **À NOTER**
> Il y a 60 secondes dans une minute.

Pour gagner 5 €, Elliès doit passer l'aspirateur pendant **51 minutes.**

9 Bien choisir ses nouvelles lampes

1) Les lampes reçoivent de l'**énergie électrique**.

2) Les 25 % restants d'énergie reçue par la lampe sont transformés en **énergie thermique**.

3) Diagramme énergétique d'une lampe fluocompacte :

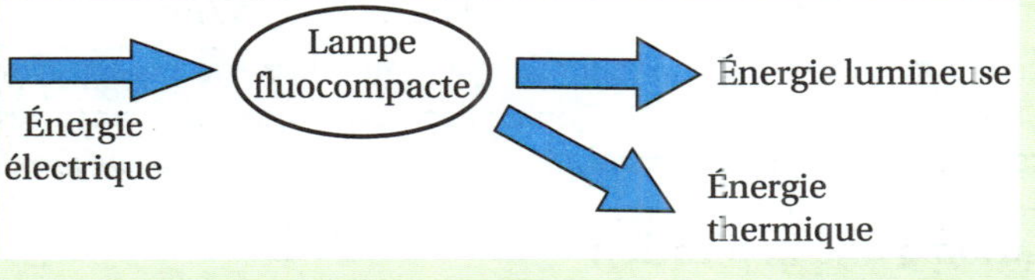

4) Calcul de l'énergie consommée par chacune des lampes en un an.

Lampe fluocompacte	Lampe à LED
$E_F = P \times \Delta t$ $E_F = 9 \times 4 \times 365{,}25$ $E_F = 13\ 149$ Wh	$E_{LED} = P \times \Delta t$ $E_{LED} = 4 \times 4 \times 365{,}25$ $E_{LED} = 5\ 844$ Wh

5) Calcul du coût de l'énergie électrique consommée par chacune des deux lampes sur cinq ans, sachant que le fournisseur d'énergie électrique facture 0,1263 € par kWh :

CONSEIL
5) Le prix de l'énergie électrique étant en euros par kilowattheure, il faut convertir l'énergie en kilowattheures.

Lampe fluocompacte	Lampe à LED
$\text{Coût}_{\text{élec F}} = 5 \times E_F \times \text{prix 1 kWh}$ $\text{Coût}_{\text{élec F}} = 5 \times 13{,}149 \times 0{,}1263$ $\text{Coût}_{\text{élec F}} = 8{,}30$ €	$\text{Coût}_{\text{élec LED}} = 5 \times E_{LED} \times \text{prix 1 kWh}$ $\text{Coût}_{\text{élec LED}} = 5 \times 5{,}844 \times 0{,}1263$ $\text{Coût}_{\text{élec LED}} = 3{,}69$ €

6) Détermination du prix de revient de chacune des deux lampes sur cinq ans.

Lampe fluocompacte	Lampe à LED
$\text{Coût}_{\text{total F}} = \text{Prix achat}_F + \text{Coût}_{\text{élec F}}$ $\text{Coût}_{\text{total F}} = 10{,}99 + 8{,}30$ $\text{Coût}_{\text{total F}} = 19{,}29$ €	$\text{Coût}_{\text{total LED}} = \text{Prix achat}_{LED} + \text{Coût}_{\text{élec LED}}$ $\text{Coût}_{\text{total LED}} = 12{,}49 + 3{,}69$ $\text{Coût}_{\text{total LED}} = 16{,}18$ €

7) Les parents d'Anna doivent choisir la **lampe à LED**, car même si elle est plus chère à l'achat, elle consomme moins d'énergie électrique et coûtera donc moins cher à l'utilisation. De plus, la lampe à LED a une durée de vie beaucoup plus longue que la lampe fluocompacte, donc elle devra être changée moins souvent ce qui augmente l'écart entre les prix de revient de chacune des lampes pour une utilisation supérieure à 10 000 h.

10 Bilan radiatif de la Terre

1) Puissance des rayonnements électromagnétiques produits par le Soleil et absorbés par l'atmosphère : $P_1 = 161$ W/m²

Puissance des rayonnements électromagnétiques émis par la Terre :

$$P_2 = -17 - 80 - 396 = -493 \text{ W/m}^2$$

Puissance des rayonnements électromagnétiques renvoyés par les gaz à effet de serre vers la Terre : $P_3 = 333$ W/m²

Calcul de la puissance totale par unité de surface des rayonnements reçus et émis par la Terre : $P = P_1 + P_2 + P_3 = 161 - 493 + 333 =$ **1 W/m²**.

2) On remarque que la puissance totale par unité de surface des rayonnements reçus et émis par la Terre est positive, on en déduit que l'atmosphère terrestre **gagne de l'énergie** : ceci explique l'augmentation de la température à la surface de la Terre.

11 Isolation d'une habitation

1) La caméra thermique détecte les **rayonnements infrarouges**.

2) Les zones en rouge sont les surfaces les plus chaudes, ce sont donc celles qui libèrent le plus d'énergie, donc **qui perdent de l'énergie**.

3) Les parties de la maison qui doivent être isolées en priorité sont les parties qui perdent le plus d'énergie. Nous avons vu dans la question précédente que les parties qui perdent le plus d'énergie sont les parties rouges. Le propriétaire va donc devoir **isoler son toit** en priorité.

OBJECTIF BREVET

12 Réaliser un bilan de puissance

1 La source d'énergie est le Soleil. Le Soleil est une source d'énergie renouvelable, car il brillera encore pendant 4,5 milliards d'années : le stock est donc inépuisable à l'échelle humaine.

2 Le ventilateur libère l'énergie sous forme d'énergie cinétique (les pales sont mises en mouvement).

3 L'énergie perdue est libérée dans l'air sous forme d'énergie thermique.

4 Diagramme énergétique du ventilateur

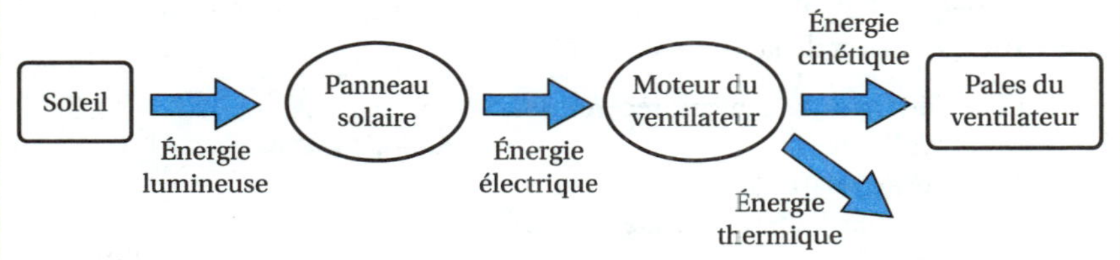

13 Calculer une consommation électrique

1 Calcul de l'énergie consommée par l'ensemble des équipements en 20 heures de veille : $E = P_{totale} \times \Delta t = (P_{TV} + P_{box} + P_{console}) \times \Delta t = (2 + 3 + 4) \times 20 \times 3\,600 = 648\,000$ J.

2 Conversion en wattheures : $E = \frac{648\,000}{3\,600} = 180$ Wh. L'énergie consommée par cet équipement lorsqu'il est en veille 20 heures par jour est de 648 000 J ou 180 Wh.

3 Calcul de l'énergie électrique totale perdue en France chaque jour :
$E' = E \times 40\,000\,000 = 180 \times 40\,000\,000 = 7{,}2 \times 10^9$ Wh $= 7{,}2$ GWh.

4 Pour économiser de l'énergie, il suffit d'éteindre les appareils électriques au lieu de les mettre en veille.

14 Une voiture électrique

1

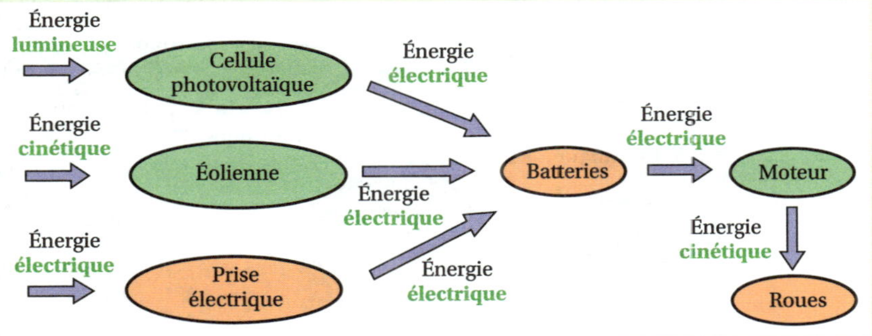

2 Calcul du temps nécessaire aux cellules photovoltaïques pour recharger totalement les batteries :

$\Delta t = \dfrac{E}{P} = \dfrac{7 \times 10^3}{300} = 23{,}3$ h.

Les cellules rechargeront totalement les batteries de la voiture en **23,3 h**.

3 D'après le document 1, les cellules photovoltaïques convertissent 14 % de l'énergie que leur donne le Soleil, il y a donc 100 – 14 = **86 %** de l'énergie fournie par le Soleil qui est perdue.

À NOTER

2 Si la puissance est exprimée en watts, l'énergie doit l'être en wattheures et le temps sera alors exprimé en heures.

3 Toute l'énergie reçue par les cellules photovoltaïques doit être restituée sous une forme d'énergie ou une autre : c'est la conservation de l'énergie.

4 D'après le document 2, les cellules photovoltaïques perdent de l'énergie sous forme d'énergie **thermique** (échauffement des cellules) et sous forme d'énergie **lumineuse** (réflexion de la lumière reçue).

5 Calcul de l'énergie que doivent recevoir les cellules photovoltaïques :

Les 7 kWh stockés dans la batterie correspondent à 14 % de l'énergie reçue par les cellules photovoltaïques.

Énergie (kWh)	%
7	14
E	100

(÷ 2)

On a donc : $E = \dfrac{100}{2} = 50$ kWh.

Pour produire 7 kWh, les cellules photovoltaïques doivent recevoir **50 kWh**.

6 Le diagramme énergétique est incomplet, car les **pertes d'énergie** des différentes parties de la chaîne énergétique n'apparaissent pas. Il manque donc sur le diagramme l'énergie lumineuse perdue par les cellules photovoltaïques (réflexion de la lumière), l'énergie thermique perdue par les cellules photovoltaïques, l'éolienne, la prise électrique, les batteries et le moteur.

7

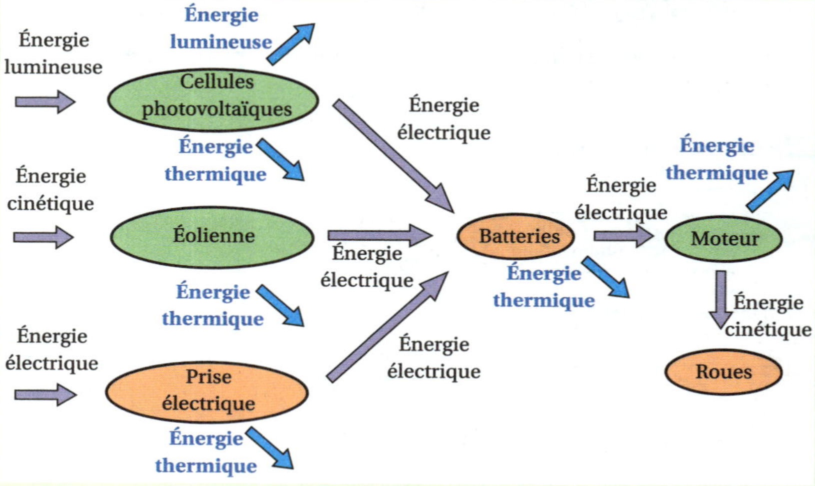

8 Un transport d'énergie : l'électricité

26 Connaître les circuits électriques

EN BREF ▸ *Les maisons, les voitures, les appareils domestiques que l'on utilise au quotidien contiennent tous des circuits électriques. Tous les circuits électriques répondent à des normes, aussi bien dans leur constitution que dans leur représentation. Un vocabulaire spécifique permet de bien comprendre les circuits électriques.*

I Les éléments d'un circuit électrique

- Un circuit électrique est constitué :
– d'un **générateur** (pile, batterie), qui fournit l'énergie électrique au circuit ;
– de **récepteurs** (lampe, moteur), qui convertissent l'énergie électrique en d'autres formes d'énergie ;
– de **fils de connexion** qui transportent l'énergie électrique.
- Un composant électrique constitué de deux bornes est appelé **dipôle** (lampe, générateur, résistance, etc.).
- Un **nœud** est un point de connexion d'au moins 3 fils.
- Une **branche** est une portion de circuit comprise entre deux nœuds consécutifs.
- Une **maille** est un ensemble de branches formant une boucle fermée.

Exemple :

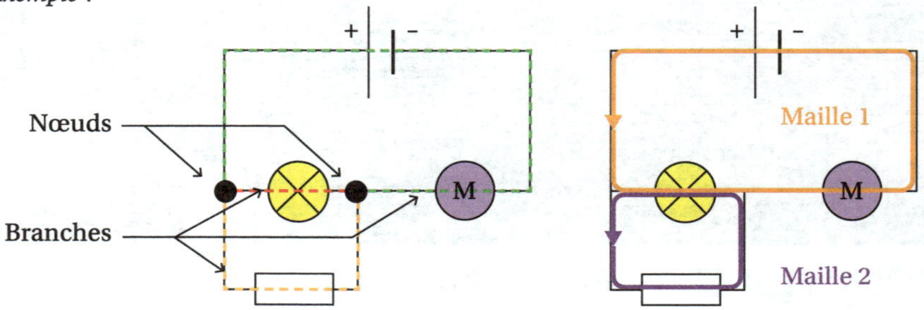

II Connaître les différentes associations de dipôles

- Des dipôles connectés les uns à la suite des autres sont branchés **en série**.
- Des dipôles dont les bornes sont reliées directement à celles d'autres dipôles sont branchés **en dérivation**.

Exemple : sur les schémas précédents :
– la lampe et le moteur sont associés en série ;
– la lampe et la résistance sont associées en dérivation.

- Dans un circuit en dérivation, la branche qui contient le générateur est la branche **principale**, les autres sont les branches **secondaires**.

Méthodes

1 Schématiser un circuit électrique

Lors d'une évaluation des compétences expérimentales, Clara doit réaliser un circuit électrique comportant plusieurs mailles, dont :
- la branche principale contient un générateur et une lampe (L_1) ;
- une des branches secondaires contient un conducteur ohmique et un moteur, l'autre contient seulement une lampe (L_2) ;
- toutes les branches sont reliées aux deux mêmes nœuds.

Schématiser le circuit électrique que doit réaliser Clara.

CONSEILS

- Repère, dans la description, les mots clés qui donnent des informations :
  - sur la structure du circuit (branche, nœud, etc.) ;
  - sur les composants du circuit (lampe, moteur, etc.).
- Comme il n'y a pas d'indication sur le sens de branchement du générateur, tu peux placer les bornes positive et négative comme tu le désires.
- Trace le schéma au crayon et à la règle.

SOLUTION

Le schéma du montage que doit réaliser Clara est le suivant.

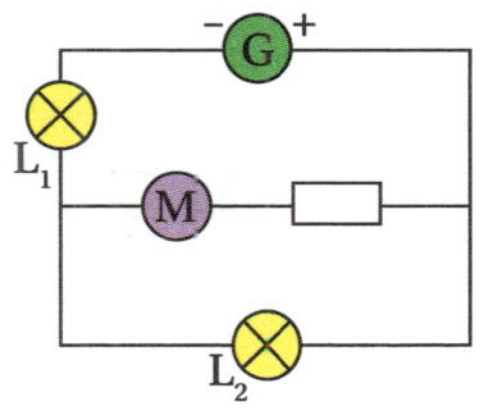

2 Connaître les différentes associations de dipôles

Dans le circuit ci-contre, quels dipôles sont branchés en dérivation ? Quels dipôles sont branchés en série ?

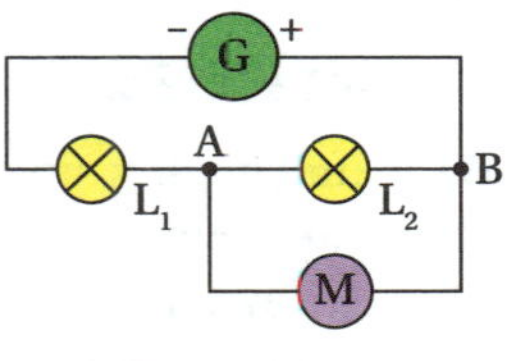

CONSEIL

Les dipôles en dérivation ont deux nœuds en commun.

SOLUTION

Les **deux lampes** sont branchées en série (leurs bornes ne sont pas reliées deux à deux).

La **lampe L_2** et le **moteur** sont branchés en dérivation (les bornes du moteur et celles de la lampe sont reliées aux nœuds A et B).

27 Connaître et exploiter les lois de l'électricité

EN BREF ▸ *La tension électrique et l'intensité d'un courant sont des caractéristiques de chaque point d'un circuit électrique. Selon le type d'association des dipôles du circuit (en dérivation ou en série), intensités et tensions n'obéissent pas aux mêmes lois.*

I Représentation de la tension et de l'intensité

■ Dans un circuit électrique, le courant circule **de la borne positive vers la borne négative** du générateur.

■ Par convention, le courant électrique est représenté par une flèche placée sur les fils ; une tension est modélisée par une flèche placée à côté du dipôle. On oriente la flèche de la tension dans le sens opposé de celui du courant électrique pour les récepteurs et dans le même sens pour les générateurs.

Exemples :

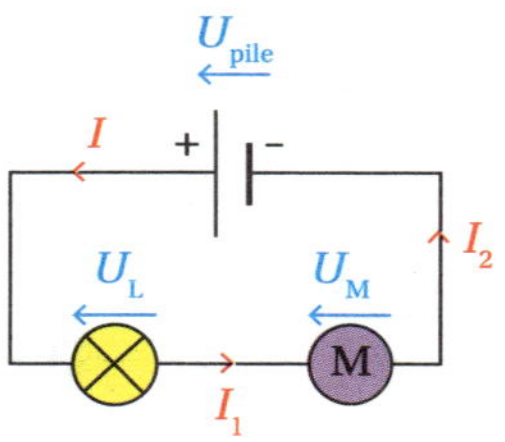

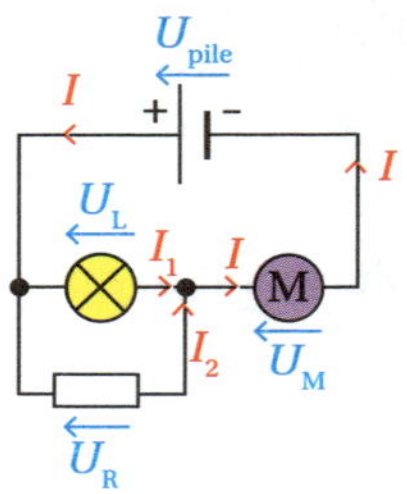

II Calcul des tensions et intensités

1 | Circuit à une seule maille (circuit en série)

■ Dans un circuit à une seule maille, l'**intensité** du courant électrique est la même en tout point : $I = I_1 = I_2$.

■ Dans un circuit à une seule maille, la **tension aux bornes du générateur** est égale à la somme des tensions aux bornes de tous les récepteurs : $U_{\text{pile}} = U_L + U_M$.

2 | Circuit à plusieurs mailles (circuit en dérivation)

■ Dans un circuit à plusieurs mailles, la **somme des intensités** du courant qui arrivent à un nœud est égale à la somme de celles qui en partent : $I = I_1 + I_2$.

■ Dans un circuit à plusieurs mailles, la **tension aux bornes des dipôles** branchés en dérivation est la même : $U_L = U_R$.

■ Dans un circuit à plusieurs mailles, la **tension aux bornes du générateur** est égale à la somme des tensions aux bornes des récepteurs de chaque maille qui contient le générateur : $U_{\text{pile}} = U_M + U_L = U_M + U_R$.

Méthode

Calculer une tension électrique

Lors d'une séance de travaux pratiques, Clément doit mesurer les tensions aux bornes de tous les dipôles du circuit schématisé ci-dessous.

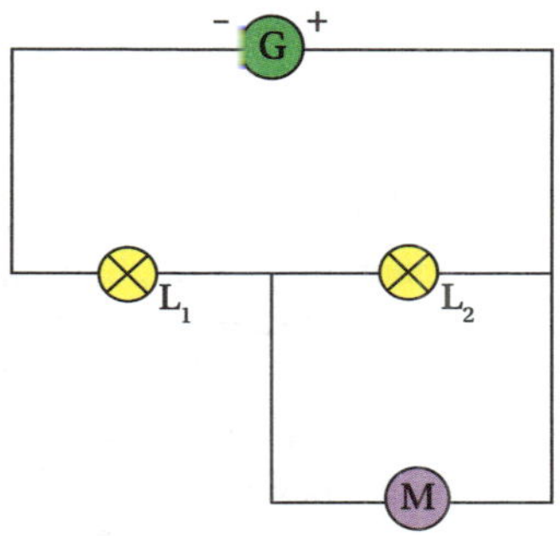

Malheureusement, par manque de temps, il n'a pu mesurer que :
– la tension aux bornes du générateur : U_G ;
– la tension aux bornes de la lampe L_2 : U_2.

Il a trouvé $U_G = 6{,}0$ V et $U_2 = 2{,}6$ V.

Déterminer les valeurs des tensions manquantes.

CONSEILS
- Représente les flèches des tensions aux bornes de tous les dipôles du circuit, en faisant attention à leurs sens.
- Travaille « par maille » : applique les relations entre les tensions maille par maille.

SOLUTION

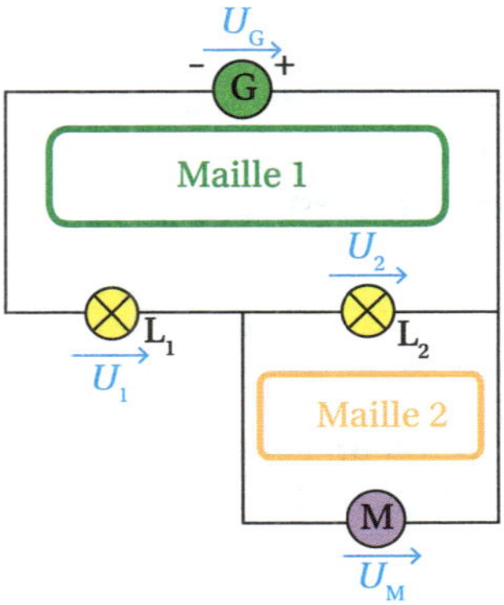

■ Calcul de la tension aux bornes de la lampe 1 (U_1) :
dans la maille 1, la tension aux bornes du générateur est égale à la somme des tensions aux bornes de tous les récepteurs, on a donc $U_G = U_1 + U_2$.
On en déduit que $U_1 = U_G - U_2 = 6{,}0 - 2{,}6$ soit $\mathbf{U_1 = 3{,}4}$ **V**.

■ Calcul de la tension aux bornes du moteur (U_M) :
dans la maille 2, la tension aux bornes de dipôles branchés en dérivation est la même, on a donc : $\mathbf{U_M = U_2 = 2{,}6}$ **V**.

28 Connaître et exploiter la loi d'Ohm

EN BREF ▸ *Plus on augmente la tension aux bornes d'un conducteur ohmique, plus le courant électrique qui le traverse est important : dans un conducteur ohmique, la tension et l'intensité du courant électrique sont proportionnelles. La relation mathématique qui relie ces grandeurs est la loi d'Ohm.*

I Étude expérimentale

- On réalise un circuit contenant un **conducteur ohmique** et un générateur dont on peut faire varier la tension (montage ci-contre).

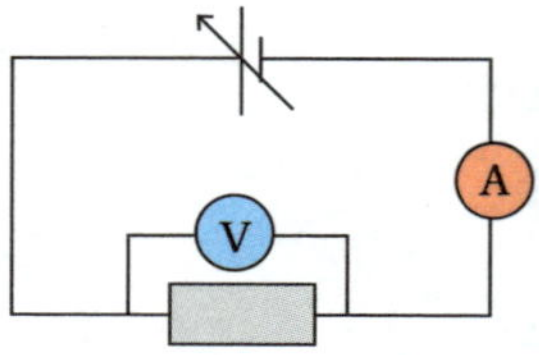

- En faisant varier la tension aux bornes du générateur, on fait varier la tension aux bornes du conducteur ohmique.
- Pour chaque valeur de la tension U aux bornes du conducteur ohmique, on relève l'intensité I du courant électrique qui le traverse.
- On trace la **caractéristique** du conducteur ohmique, c'est-à-dire la représentation de la tension U aux bornes du conducteur ohmique en fonction de l'intensité I qui le traverse : les intensités sont portées en abscisse (axe horizontal) et les tensions en ordonnée (axe vertical).

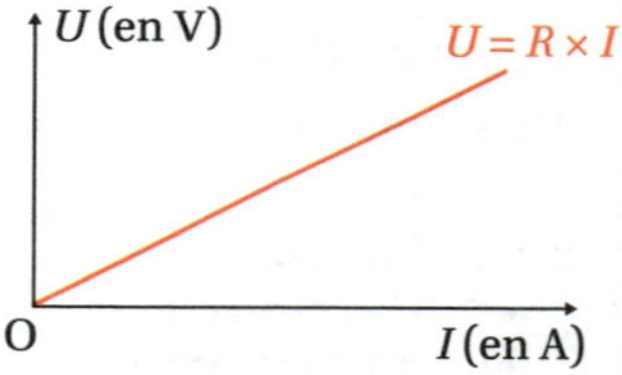

La caractéristique $U = f(I)$ d'un conducteur ohmique est une **droite linéaire** : il y a **proportionnalité** entre la tension et l'intensité du conducteur ohmique.

II Connaître la loi d'Ohm

- D'après la **loi d'Ohm**, la tension aux bornes d'un conducteur ohmique est proportionnelle à l'intensité du courant qui le traverse. Le coefficient de proportionnalité R est la valeur de la résistance du conducteur ohmique.

$$U = R \times I$$

U, la tension en volts (V) ;
I, l'intensité en ampères (A) ;
R, la résistance du conducteur ohmique en ohms (Ω).

- Lorsqu'un courant électrique traverse un conducteur ohmique, celui-ci libère de la chaleur. Ce phénomène s'appelle l'**effet Joule**.

Exemples : radiateur électrique ou fer à lisser.

Méthode

Appliquer une loi et rédiger un calcul

On trouve dans les moteurs électriques de nombreux conducteurs ohmiques, composants essentiels permettant de moduler l'intensité du courant. Ceci est notamment vrai dans l'industrie du jouet, que ce soit pour les avions, les trains ou les voitures téléguidés, sonores ou lumineux.

Un des conducteurs ohmiques du moteur électrique d'un jouet, de résistance de 245 Ω, est traversé par un courant de 20 mA.

1 Calculer la valeur de la tension aux bornes du dipôle.

2 Quelle valeur de la résistance du conducteur ohmique serait nécessaire pour que l'intensité du courant électrique reste de 20 mA si on utilisait une pile de 6 V ?

CONSEILS

1 • Lorsque tu fais un calcul, rédige-le en respectant les étapes suivantes :
- indique ce que tu calcules ;
- cite la loi éventuellement utilisée ;
- écris l'expression littérale du calcul (la formule) ;
- écris l'application numérique (avec les valeurs) ;
- écris le résultat sans oublier l'unité ; tu peux aussi ajouter une phrase de conclusion pour répondre à la question posée.

• Convertis les valeurs dans les unités du système international : en ohms (Ω) pour R, en ampères (A) pour I et en volts (V) pour U.

2 Lorsqu'au dénominateur il y a une multiplication, mets-la entre parenthèses sur la calculatrice pour éviter une erreur de calcul.

SOLUTION

1 Calcul de la tension aux bornes du conducteur ohmique :

d'après la loi d'Ohm, $U_{\text{conducteur ohmique}} = R \times I$

avec $I = 20$ mA $= 0{,}020$ A ou 20×10^{-3} A ;

$U_{\text{conducteur ohmique}} = 245 \times 0{,}020 = 4{,}9$ V.

La tension aux bornes du conducteur ohmique est égale à **4,9 V**.

2 Calcul de la résistance du conducteur ohmique :

d'après la loi d'Ohm, $U_{\text{conducteur ohmique}} = R \times I$.

On en déduit $R = \dfrac{U_{\text{conducteur ohmique}}}{I} = \dfrac{6{,}0}{20 \times 10^{-3}} = 3{,}0 \times 10^{2}\ \Omega$.

Pour avoir une intensité de 20 mA avec une tension de 6,0 V, il faut utiliser un conducteur ohmique de **300 Ω**.

29 Comprendre comment avoir une installation électrique sûre

EN BREF ▸ *Dans les habitations, la tension aux bornes des prises est de 230 V. En fonction des appareils branchés et de leur puissance, l'intensité du courant ne va pas toujours avoir la même valeur dans tout le circuit électrique. Si l'intensité du courant est trop importante, il y a risque d'incendie.*

I La puissance électrique d'un appareil

■ En régime continu, la puissance P consommée par un appareil est égale au produit de la tension U entre ses bornes par l'intensité du courant I qui le traverse :

$$P = U \times I$$

P en watts (W) ;
U en volts (V) ;
I en ampères (A).

■ Dans une installation domestique, la tension nominale délivrée est :

$$U_{\text{secteur}} = 230 \text{ V.}$$

■ Lorsque plusieurs appareils sont branchés dans une même pièce, ils sont en dérivation les uns par rapport aux autres : la puissance reçue par le circuit électrique de la pièce est égale à la somme des puissances consommées par les appareils fonctionnants simultanément.

Exemple : si un lave-vaisselle, une cafetière et deux lampes fonctionnent en même temps dans une cuisine, on a : $P_{\text{cuisine}} = P_{\text{LV}} + P_{\text{café}} + P_{\text{lampe1}} + P_{\text{lampe2}}$.

■ En fonction du nombre et de la puissance des appareils branchés dans un circuit électrique, la valeur de l'intensité du courant électrique va varier.

II La sécurité des installations domestiques

■ Le passage du courant électrique dans un conducteur provoque un échauffement de celui-ci. Si l'intensité du courant est trop élevée par rapport à la valeur de l'intensité maximale conseillée par le constructeur, il y a surintensité et risque d'incendie.

■ Il existe deux causes principales de surintensité :
- un trop grand nombre d'appareils branchés à une multiprise ;
- un **court-circuit**.

■ Les coupe-circuits (fusibles ou disjoncteurs) protègent l'installation électrique et le matériel en ouvrant le circuit quand l'intensité dépasse la valeur maximale admissible par l'installation.

MOT CLÉ
Un **court-circuit** est la mise en contact anormale de deux conducteurs d'un circuit électrique : le courant électrique passe alors directement d'un conducteur à l'autre au lieu de parcourir le circuit électrique prévu.

Méthode

Calculer une puissance

Sur une multiprise, on lit l'indication suivante :

Puissance maximale : 3 680 W

Sur cette multiprise, Audrey branche son ordinateur, de puissance 450 W, son écran de puissance 50 W et sa lampe de bureau qui est traversée par un courant de 174 mA.

1 Calculer la puissance de la lampe de bureau, sachant qu'elle est branchée au secteur de tension 230 V (arrondir à l'unité).

2 Calculer la puissance totale fournie aux trois appareils branchés sur la multiprise.

3 Peut-on faire fonctionner sans danger ces trois appareils simultanément ?

CONSEILS

1 Applique la formule $P = U \times I$ en exprimant la tension en volts et l'intensité en ampères.

2 Souviens-toi que la puissance reçue par la prise est égale à la somme des puissances de chaque appareil qui y est branché.

3 Pour qu'il n'y ait pas de danger à faire fonctionner plusieurs appareils sur la prise multiple, il faut que la puissance totale fournie soit inférieure à la puissance maximale supportée par la prise.

SOLUTION

1 Calcul de la puissance de la lampe :

$P = U \times I$

$I = 174$ mA $= 0{,}174$ A ou 174×10^{-3} A.

$P = 230 \times 0{,}174 = 40$ W. La puissance de la lampe est de **40 W**.

2 Calcul de la puissance totale fournie aux appareils branchés sur la prise :

$P_{totale} = P_{lampe} + P_{ordi} + P_{écran} = 40 + 450 + 50 = 540$ W.

La puissance totale fournie aux appareils est de **540 W**.

3 $540 < 3\,680$: la puissance totale fournie aux appareils est inférieure à la puissance maximale supportée par la prise multiple donc les appareils **peuvent être utilisés simultanément**.

UN TRANSPORT D'ÉNERGIE : L'ÉLECTRICITÉ

Relations entre tension et intensité

Loi d'Ohm

Aux bornes d'un conducteur ohmique :

Tension en volts (V) → $U = R \times I$ ← Intensité en ampères (A)

↑ Résistance du conducteur ohmique en ohms (Ω)

La puissance électrique

- En régime continu :

Puissance du dipôle en watts (W) → $P = U \times I$ ← Intensité du courant traversant le dipôle en ampères (A)

↑ Tension électrique aux bornes du dipôle en volts (V)

- **L'intensité du courant électrique** dépend du nombre et de la puissance des appareils branchés sur une même prise.
- Si l'intensité du courant électrique est trop élevée dans un fil ou un appareil, il y a **surintensité** et **risque d'incendie.**

Sources et formes d'énergie

Composition d'un circuit électrique

- **Générateur :** fournit l'énergie électrique au circuit.
- **Récepteurs :** convertissent l'énergie électrique en d'autres formes d'énergie.
- **Fils de connexion :** transportent l'énergie électrique.
- **Nœud :** point de connexion d'au moins 3 fils.
- **Branche :** portion de circuit située entre deux noeuds.
- **Maille :** ensemble de branches formant une boucle fermée.

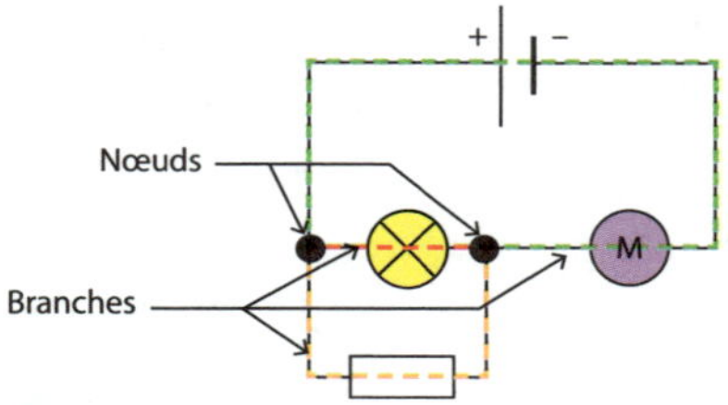

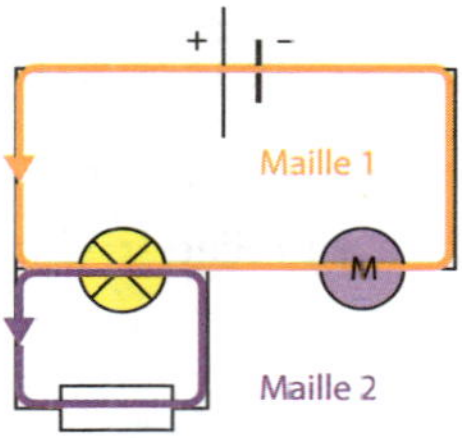

Lois de l'électricité

Circuit à une seule maille (circuit en série)

- $I = I_1 = I_2$
- $U_G = U_L + U_M$

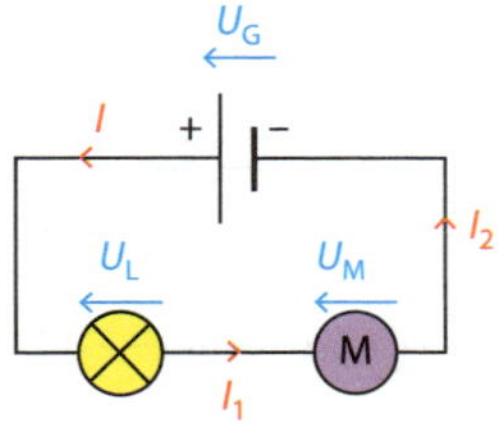

Circuit à plusieurs mailles (circuit avec dérivations)

- $I = I_1 + I_2$
- $U_L = U_R$

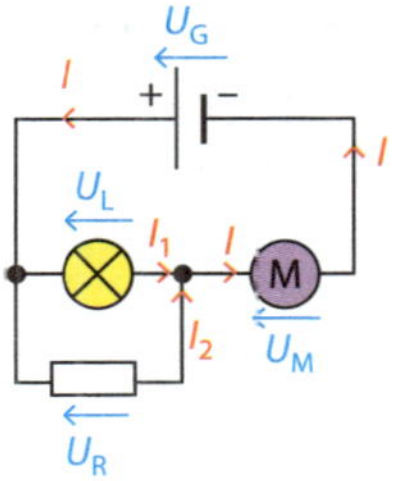

SE TESTER QUIZ

Vérifie que tu as compris les points clés

1 Connaître les circuits électriques

→ FICHE 26

1) Un moteur :

☐ **a.** produit de l'énergie électrique : c'est un générateur

☐ **b.** convertit l'énergie électrique qu'il reçoit : c'est un récepteur

2) Des dipôles situés l'un à la suite de l'autre sont branchés :

☐ **a.** en série

☐ **b.** en dérivation

3) La branche principale est celle :

☐ **a.** qui contient le plus de dipôles

☐ **b.** qui contient le générateur

☐ **c.** qui est reliée au générateur

…/3

2 Connaître les lois de l'électricité

→ FICHE 27

1) On représente la tension aux bornes d'un dipôle par une flèche sur les fils.

☐ **a.** vrai

☐ **b.** faux

2) Dans un circuit a plusieurs mailles :

☐ **a.** l'intensité est la même en tout point du circuit

☐ **b.** la somme des intensités du courant électrique qui arrivent à un nœud est égale à la somme des intensités du courant électrique qui en partent

3) Dans un circuit en série :

☐ **a.** tous les dipôles ont la même tension entre leurs bornes

☐ **b.** la tension du générateur est égale à la somme des tensions aux bornes des récepteurs

4) Pour le circuit ci-contre, on peut écrire :

☐ **a.** $I = I_1 = I_2$

☐ **b.** $I = I_1 + I_2$

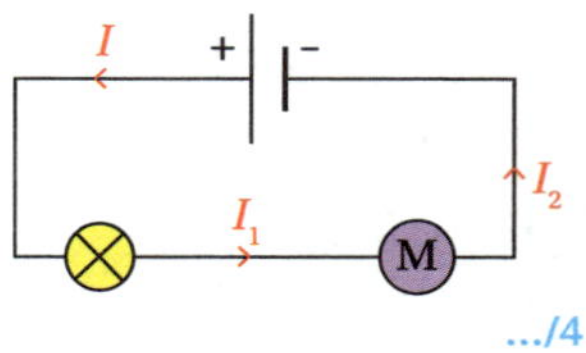

…/4

3 Connaître la loi d'Ohm

→ FICHE 28

1) La loi d'Ohm est valide pour tous les dipôles.

☐ **a.** vrai

☐ **b.** faux

2) D'après la loi d'Ohm, la résistance d'un conducteur ohmique :

☐ **a.** est proportionnelle à l'intensité du courant

☐ **b.** est le coefficient de proportionnalité entre la tension et l'intensité du courant

3) On peut dire qu'il y a proportionnalité entre U et I pour un conducteur ohmique :

☐ **a.** car la caractéristique du conducteur ohmique est une droite

☐ **b.** car les points de la caractéristique du conducteur ohmique sont alignés

☐ **c.** car la caractéristique du conducteur ohmique est une droite qui passe par l'ordonnée à l'origine

4) La relation entre la tension et l'intensité du courant d'après la loi d'Ohm est :

☐ **a.** $U = \frac{I}{R}$ ☐ **b.** $U = R \times I$ ☐ **c.** $U = \frac{R}{I}$

.../4

4 Connaître les propriétés des appareils électriques

→ FICHE 29

1) La relation qui permet de déterminer la puissance électrique d'un appareil est :

☐ **a.** $P = \frac{U}{I}$ ☐ **b.** $P = \frac{I}{U}$ ☐ **c.** $P = U \times I$

2) Une surintensité peut provoquer :

☐ **a.** une explosion

☐ **b.** un incendie

.../2

ON FAIT LE BILAN !

score total .../13

- Des erreurs ? Entraîne-toi ! → **LES EXOS** P. 190
- Zéro faute ? Bravo ! → **OBJECTIF BREVET** P. 192

LES EXOS

5 Schématiser un circuit

→ FICHE 26

Le circuit dessiné ci-dessous a été schématisé.

Dessin du circuit	Schéma du circuit
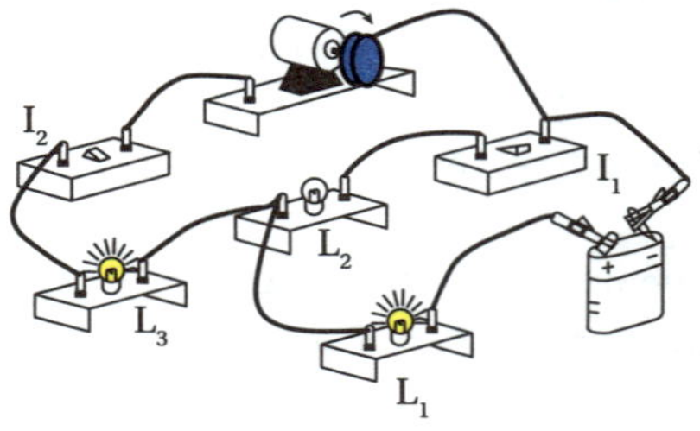	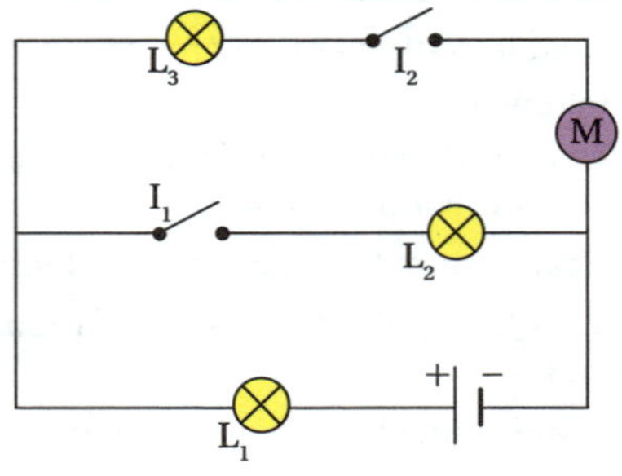

Identifier et corriger les erreurs faites sur le schéma.

6 Connaître les différentes parties d'un circuit

→ FICHE 26

1) Schématiser le circuit représenté ci-dessous.
Repérer les nœuds par des points bleus et surligner chacune des branches du circuit d'une couleur différente.

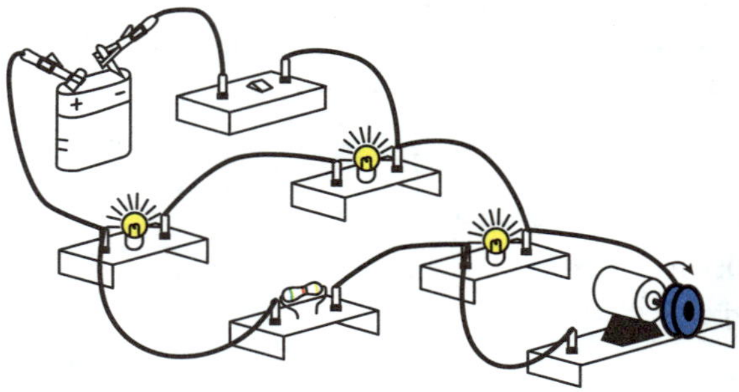

2) Combien de mailles ce circuit contient-il ? Les représenter.

7 Calculer des intensités et des tensions électriques → FICHE 27

1) Reproduire le schéma du circuit ci-dessous et y représenter le trajet du courant électrique et les tensions aux bornes des différents dipôles.

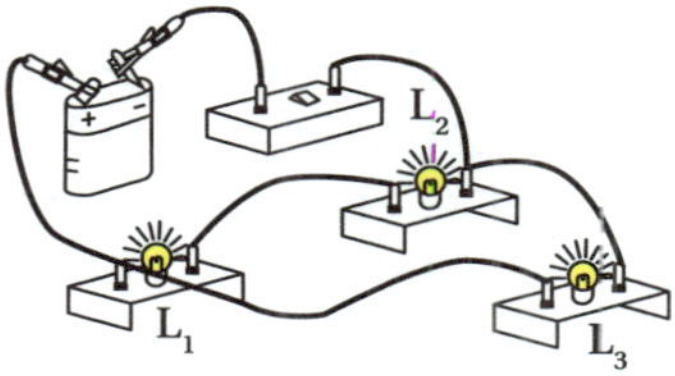

2) La pile délivre une tension de 4,5 V, les lampes L_1 et L_2 ont toutes les deux la même tension entre leurs bornes.
Déterminer la tension aux bornes de chacune des lampes.

3) La branche principale est traversée par un courant de 0,080 A, la branche secondaire contenant une seule lampe est traversée par un courant de 30 mA. Déterminer l'intensité du courant traversant l'autre branche secondaire.

8 Appliquer plusieurs lois des circuits → FICHES 27 et 28

En séance de travaux pratiques, Anaïs réalise un circuit comprenant une DEL (diode électroluminescente), un conducteur ohmique pour la protéger des surtensions et un générateur.

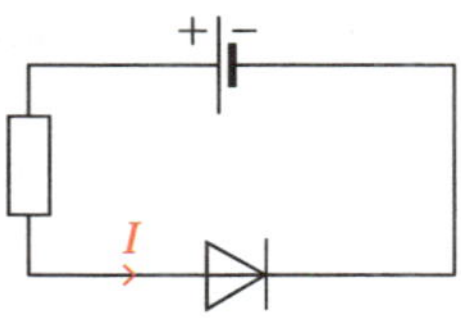

1) Comment les dipôles sont-ils branchés les uns par rapport aux autres ?

2) Le générateur délivre une tension de 4,5 V et la tension mesurée entre les bornes de la DEL est de 0,8 V.
Quelle est la tension aux bornes du conducteur ohmique ?

3) Le courant qui traverse la diode ne doit pas dépasser 60 mA.
Quelle doit être la valeur minimale de la résistance pour protéger la DEL ? (Arrondir à l'unité)

CONSEIL

3) Commence par déterminer l'intensité du courant qui traverse le conducteur ohmique, puis à l'aide de la loi d'Ohm, détermine la valeur de la résistance qui correspond à cette intensité.

9 Comprendre le fonctionnement d'un coupe-circuit

→ FICHE 29

Les fusibles sont des dispositifs de sécurité qui protègent les circuits électriques. Ils sont caractérisés par une valeur de l'intensité ; s'ils sont traversés par un courant supérieur à celui qui les caractérise, ils ouvrent le circuit pour éviter tout échauffement du circuit électrique et donc un éventuel incendie.

Une prise électrique est protégée par un fusible de 10 A.

Pour préparer un brunch, on veut faire fonctionner simultanément sur cette prise un gaufrier de puissance 1,0 kW, une plaque de cuisson de puissance 2 300 W et une cafetière de puissance 800 W.

1) Calculer la puissance totale des appareils branchés sur la prise.

2) Calculer l'intensité du courant que va délivrer la prise (arrondir a l'unité).

3) Peut-on faire fonctionner ces trois appareils en même temps ? Pourquoi ?

4) Si on fait fonctionner ces appareils simultanément, que va-t-il se passer ?

OBJECTIF BREVET

Lance-toi dans des sujets !

10 Étude d'un circuit électrique

20 min

→ FICHES 27 et 28

1) Représenter le sens du courant et les flèches de tension des dipôles du circuit.

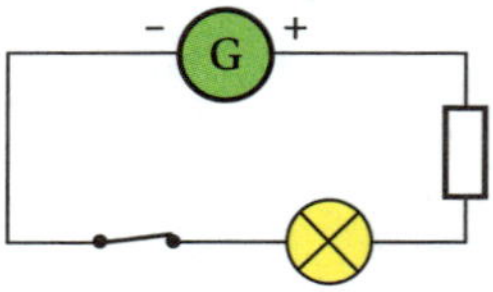

2) L'intensité du courant traversant le conducteur ohmique est $I_R = 0{,}25$ A. A-t-on besoin de plusieurs mesures pour connaître l'intensité du courant traversant les autres dipôles ? Pourquoi ?

3) Les tensions aux bornes de certains dipôles ont été notées dans le tableau ci-dessous :

Dipôle	Générateur	Conducteur ohmique
Tension (V)	9,0	5,0

a. Déterminer la valeur de la tension aux bornes de la lampe.

b. Déterminer la valeur de la résistance du conducteur ohmique.

DÉMARRONS ENSEMBLE

3) a. Dans un circuit à une seule maille, la tension aux bornes du générateur est égale à la somme des tensions aux bornes de tous les récepteurs.

3) b. Applique la loi d'Ohm.

11 Utilisation d'une multiprise

20 min

→ FICHE 29

On veut brancher simultanément sur une multiprise un radiateur électrique de puissance 2 kW et un fer à repasser de puissance 1 500 W.

Le constructeur de la multiprise indique qu'elle supporte au maximum 10 A.

1 Comment les deux appareils électriques sont-ils branchés l'un par rapport à l'autre ?

2 Calculer la puissance totale des appareils branchés sur la multiprise.

3 Calculer l'intensité du courant qui circule dans la multiprise (arrondir à l'unité).

4 Peut-on faire fonctionner ces deux appareils en même temps ? Pourquoi ?

5 Si on fait fonctionner ces deux appareils simultanément, que va-t-il se passer ?

DÉMARRONS ENSEMBLE

2 Exprime toutes les puissances en watts.

3 La tension de la multiprise est celle du secteur sur lequel elle est branchée ($U = 230$ V).

12 Étude d'un robot

45 min

→ FICHES 26 à 29

Nicolas a démonté la tête de son robot afin de remplacer la lampe grillée d'un de ses yeux.

Il note que le circuit de la tête du robot comporte d'une part deux lampes pour les yeux (une par œil), d'autre part un moteur relié à un conducteur ohmique pour faire tourner l'hélice située sur le crâne ; et que tous les dipôles sont reliés à la pile du robot qui délivre une tension de 12 V et une intensité de 350 mA.

Le constructeur a conçu le circuit de telle façon que si une des deux lampes grille, l'hélice tourne encore.

1 Proposer un schéma possible pour le circuit.

2 Son père indique à Nicolas qu'à partir des anneaux de couleur tracés sur le conducteur ohmique, il peut déterminer la valeur de sa résistance.

Déterminer grâce aux documents 1 et 2 la valeur de la résistance annoncée par le constructeur $R_{constructeur}$.

Document 1 Le conducteur ohmique trouvé par Nicolas dans son robot

Document 2 Code couleur des conducteurs ohmiques

L'analyse de la couleur des anneaux représentés sur un conducteur ohmique nous permet de déterminer la valeur théorique de sa résistance.

Le conducteur ohmique représenté a une résistance de 25 (anneau 1 rouge et anneau 2 vert) × 1 000 (anneau 3 orange) = 25 000 Ω ± 10 % (anneau 4 argent).

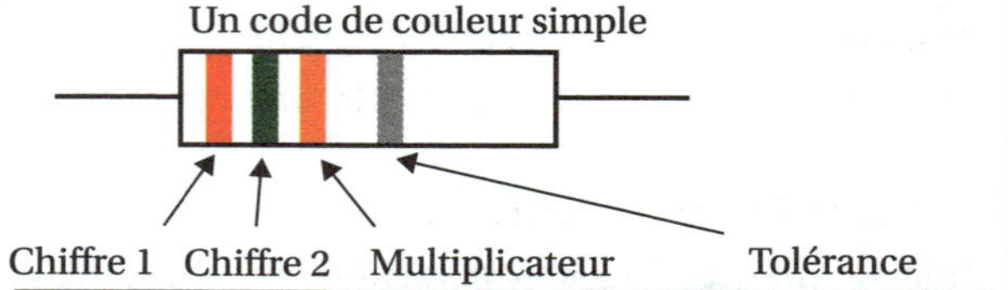

Couleur	Chiffre
noir	0
brun	1
rouge	2
orange	3
jaune	4
vert	5
bleu	6
violet	7
gris	8
blanc	9

Couleur	Multiplicateur
argent	× 0,01
or	× 0,1
noir	× 1
brun	× 10
rouge	× 100
orange	× 1000
jaune	× 10K
vert	× 100K
bleu	× 1M
violet	× 10M

Couleur	Tolérance
argent	+/–10%
or	+/–5%

Ce résistor a une résistance de : 25 000 Ω ± 10 % ou 25 kΩ à 10 %

3 Comme Nicolas a appris en classe qu'il peut déterminer une résistance à partir de la tension aux bornes du conducteur ohmique U_R et de I_{RM} l'intensité du courant qui le traverse, il décide de les mesurer dès qu'il retournera en classe de physique-chimie (doc. 3).
Déterminer par le calcul la valeur expérimentale de la résistance $R_{mesurée}$.

Document 3 Mesures de la tension et de l'intensité aux bornes du conducteur ohmique

Expérimentalement, Nicolas a trouvé :

- tension aux bornes du conducteur ohmique $U_R = 3$ V ;
- intensité du courant $I_{RM} = 150$ mA.

4 Comparer la valeur de la résistance annoncée par le constructeur et celle trouvée par Nicolas. Conclure.

5 Déterminer la tension aux bornes du moteur et sa puissance.

6 Déterminer l'intensité du courant traversant les lampes.

DÉMARRONS ENSEMBLE

1 L'indication « si une lampe ne fonctionne plus, le moteur continue de fonctionner » indique qu'il s'agit d'un circuit avec dérivation.
D'après l'énoncé le circuit comporte, en plus de la pile, d'une part deux lampes, d'autre part un moteur et un conducteur ohmique ; on en déduit qu'une branche du circuit contient les deux lampes et que l'autre branche contient le moteur et le conducteur ohmique.

2 Applique à la situation présentée le calcul fait dans l'exemple du document 2.

3 Utilise la loi d'Ohm et déduis de la formule $U = R \times I$, la formule qui permet de calculer R.

4 Calcule à combien correspondent 10 % de $R_{constructeur}$ et vois si tu obtiens :
$R_{constructeur} - 10\ \% < R_{mesurée} < R_{constructeur} + 10\ \%$.

5 Cherche les informations dont tu as besoin dans l'énoncé et dans les documents.

6 Ta réponse doit se faire en deux parties.

13 Bien choisir la puissance de son compteur électrique

15 min

→ FICHE 29

Julie doit partir vivre seule à Strasbourg pour ses études supérieures. Elle loue un studio dans lequel le chauffage fonctionne au fioul et l'eau chaude est obtenue grâce à un chauffe-eau électrique.

Lors de son emménagement, elle doit souscrire un abonnement à un fournisseur d'électricité. Elle apprend que le type d'abonnement dépend de la puissance électrique choisie pour le compteur électrique.

Avant de souscrire un abonnement, elle souhaite déterminer la puissance électrique dont elle a besoin.

Document 1 Puissance électrique des compteurs électriques

La puissance d'un compteur électrique est exprimée en kilowatts (kW). Il existe plusieurs paliers de puissance électrique pour les particuliers, les plus courants sont 3 kW ; 6 kW ; 9 kW et une puissance supérieure ou égale à 12 kW.

Pour connaître la puissance de compteur nécessaire dans une habitation, il faut calculer la puissance cumulée des appareils électriques branchés sur l'installation et susceptibles de fonctionner simultanément. Cette puissance cumulée instantanée doit être inférieure à la puissance électrique du compteur.

Document 2 Appareils électriques contenus dans le studio et leurs caractéristiques

Appareil	Puissance (W)
Réfrigérateur	150
Plaque de cuisson	2 100
Four à micro-ondes	700
Chauffe-eau	1 200
Télévision en veille	5
Télévision en fonctionnement	80
Grille-pain	950
Ordinateur	45
Box internet	5
Lampe	40 chacune
Chauffage soufflant de la salle de bain	1 500
Sèche-cheveux	2 300
Chargeur	5

Document 3 Utilisation des appareils électriques dans la journée par Julie

Le matin, avant d'aller en cours, Julie se fait chauffer de l'eau dans une casserole pour son thé, fait griller ses tartines en mettant des clips sur la télévision ; en même temps, elle se sèche les cheveux. Comme elle est frileuse, elle enclenche le chauffage soufflant dans la salle de bain. Pendant tout ce temps, deux lampes sont allumées.

Le soir, alors qu'elle travaille sur son ordinateur, elle fait cuire des pâtes dans une casserole et un gâteau au four à micro-ondes. Pendant ce temps, deux lampes sont allumées et son téléphone portable se recharge.

Un peu défectueux, le chauffe-eau doit fonctionner en continu pour maintenir l'eau à bonne température, la télévision reste en veille lorsqu'elle n'est pas utilisée, la box est toujours en fonctionnement.

Déterminer la puissance électrique que Julie doit choisir pour son abonnement.

DÉMARRONS ENSEMBLE

Détermine la puissance totale consommée le matin et le soir, puis compare ces valeurs aux différentes puissances électriques possibles pour les compteurs.

CORRIGÉS

SE TESTER QUIZ

1 Connaître les circuits électriques

1) Réponse b. Un moteur est un récepteur : il convertit l'énergie électrique qu'il reçoit en énergie cinétique.

2) Réponse a. Des dipôles situés l'un à la suite de l'autre sont branchés en série. Les dipôles branchés en dérivation sont séparés par deux nœuds communs.

3) Réponse b. La branche principale est celle qui contient le générateur ; les autres branches sont appelées branches secondaires.

2 Connaître les lois de l'électricité

1) Réponse b. On représente la tension aux bornes d'un dipôle par une flèche placée à côté du dipôle. Cette flèche est dans le même sens que la flèche du courant électrique pour les générateurs et dans le sens inverse pour les récepteurs.

2) Réponse b. Dans un circuit à plusieurs mailles, l'intensité varie selon la branche considérée : à chaque nœud, la somme des intensités des courants qui arrivent au nœud est égale à la somme des intensités des courants qui en partent.

3) Réponse b. Dans un circuit en série, la tension du générateur est égale à la somme des tensions aux bornes des récepteurs.

4) Réponse a. Il s'agit d'un circuit à une seule maille, donc l'intensité du courant est la même en tous points. On a : $I = I_1 = I_2$.

3 Connaître la loi d'Ohm

1) Réponse b. La loi d'Ohm est valide pour les conducteurs ohmiques. Elle n'est pas valable pour les dipôles tels que les moteurs ou les lampes.

2) Réponse b. D'après la loi d'Ohm, la résistance d'un conducteur ohmique est le coefficient de proportionnalité entre la tension et l'intensité du courant.

3) Réponse c. On peut dire que la tension U et l'intensité I d'un conducteur ohmique sont proportionnelles, car la caractéristique du conducteur ohmique est une droite qui passe par l'ordonnée à l'origine.

4) Réponse b. D'après la loi d'Ohm, aux bornes d'un conducteur ohmique, on a : $U = R \times I$.

4 Connaître les propriétés des appareils électriques

1) Réponse c. La puissance est proportionnelle à la tension et à l'intensité du courant donc $P = U \times I$.

2) Réponse b. Une surintensité peut provoquer un incendie. En effet, le passage du courant électrique dans un conducteur provoque un échauffement de celui-ci.

LES EXOS

5 Schématiser un circuit

■ D'après le dessin, la lampe L_3 et le moteur fonctionnent, donc l'interrupteur I_2 doit être fermé, ce qui n'est pas le cas sur le schéma.

■ Sur le dessin, la lampe L_2 est reliée à la lampe L_1 alors que sur le schéma c'est l'interrupteur I_1, il faut donc inverser L_2 et I_1 sur cette branche secondaire.

Dessin du circuit	Schéma du circuit
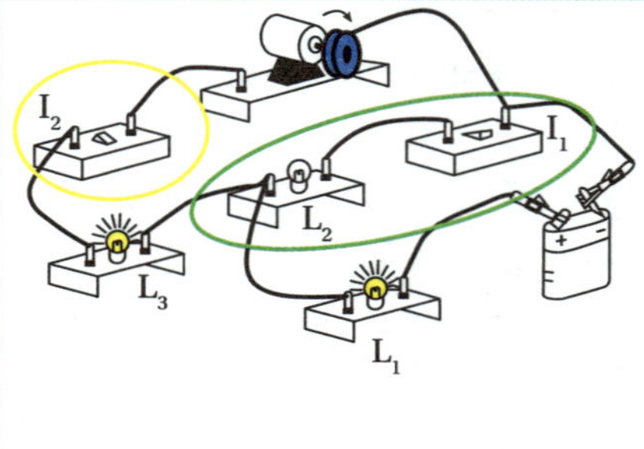	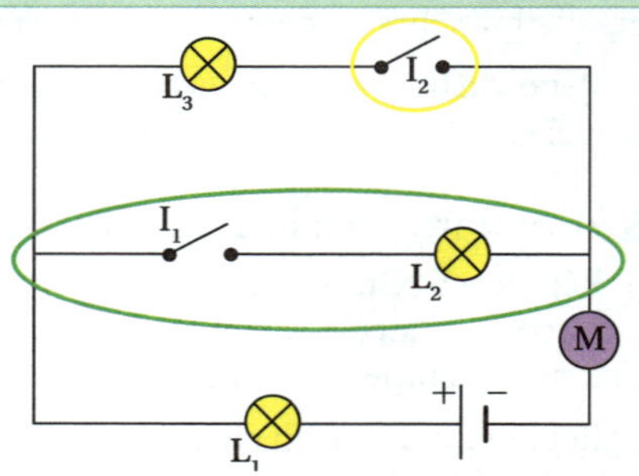

6 Connaître les différentes parties d'un circuit

1)

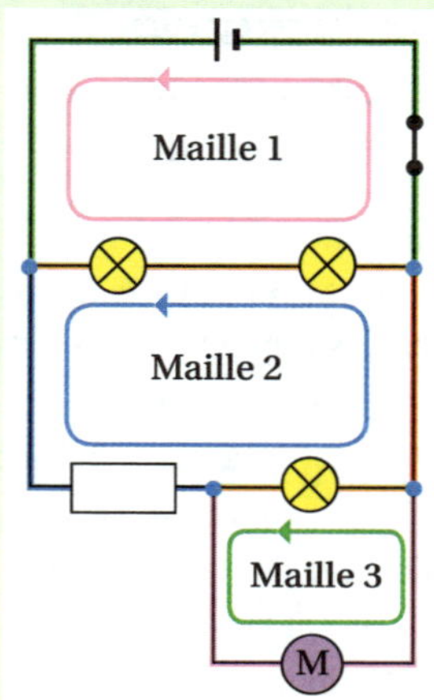

2) Le circuit contient trois mailles.

7 Calculer des intensités et des tensions électriques

1)

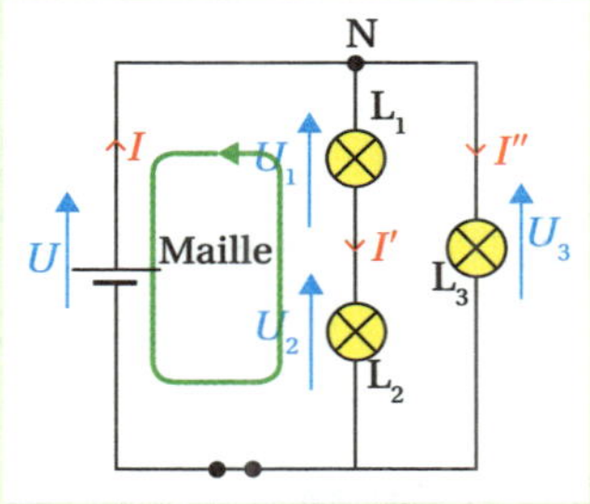

2) Calcul de la tension aux bornes des lampes L_1 et L_2 :
dans la maille 1, nous avons $U = U_1 + U_2$.
Mais comme les lampes L_1 et L_2 ont la même tension entre leurs bornes, nous avons $U_1 = U_2$. On en déduit $U = 2 \times U_1$. On obtient $U_1 = \frac{U}{2} = \frac{4,5}{2} = 2,25$ V.
Les lampes L_1 et L_2 ont une tension de **2,25 V** entre leurs bornes.

3) Calcul de l'intensité du courant traversant la branche secondaire contenant les deux lampes :
dans un circuit à plusieurs mailles, la somme des intensités du courant qui arrive à un nœud est égale à la somme de celles qui en partent : au nœud N, on a $I = I' + I''$.
On en déduit que $I' = I - I'' = 0,080 - 0,030 = 0,050$ A.
L'intensité du courant traversant la branche secondaire contenant les deux lampes est égale à **0,050 A**.

CONSEILS

3) • Il s'agit d'un circuit à plusieurs mailles, tu dois donc trouver le nœud du circuit qui te permettra de calculer I'.
• Tu dois convertir les intensités en ampères.

8 Appliquer plusieurs lois des circuits

1) Dans ce circuit, les dipôles sont branchés **en série** les uns par rapport aux autres.

2) Dans un circuit avec une maille, la tension aux bornes du générateur est égale à la somme des tensions aux bornes de tous les récepteurs. Nous avons donc ici $U_{\text{pile}} = U_{\text{DEL}} + U_{\text{R}}$. On en déduit $U_{\text{R}} = U_{\text{pile}} - U_{\text{DEL}} = 4,5 - 0,8 = 3,7$ V.
La tension aux bornes du conducteur ohmique est égale à **3,7 V**.

3) La DEL et le conducteur ohmique sont branchés en série, ils sont donc traversés par le même courant électrique, donc $I_{\text{R}} = 60$ mA.
Calcul de la valeur de la résistance pour avoir une intensité de 60 mA :
d'après la loi d'Ohm : $U_{\text{R}} = R \times I_{\text{R}}$, on en déduit : $R = \frac{U_{\text{R}}}{I_{\text{R}}} = \frac{3,7}{0,060} = 62\ \Omega$.
Le conducteur ohmique doit avoir une résistance de **62 ohms** au minimum pour protéger correctement la DEL.

9 Comprendre le fonctionnement d'un coupe-circuit

CONSEIL
1) Pense à convertir les puissances en watts.

1) Calcul de la puissance totale des appareils branchés sur la prise :
$P_{totale} = P_{gaufrier} + P_{plaque\ de\ cuisson} + P_{cafetière} = 1\ 000 + 2\ 300 + 800 = 4\ 100$ W.
La puissance totale des appareils est de **4 100 W.**

À NOTER
2) Le secteur délivre une tension de 230 V.

2) Calcul de l'intensité du courant que va délivrer la prise :
On sait que $P = U \times I$, on en déduit : $I = \frac{P}{U} = \frac{4\ 100}{230} = 18$ A.
L'intensité que devrait délivrer la prise est égale à **18 A.**

3) **Nous ne pouvons pas** faire fonctionner ces trois appareils en même temps, car l'intensité délivrée par la prise (18 A) est supérieure à celle indiquée sur le fusible (10 A).

4) Si on fait fonctionner ces appareils simultanément, le fusible va « sauter » et ouvrir le circuit pour éviter toute surintensité qui entraînerait un échauffement des fils et risquerait de provoquer un incendie.

OBJECTIF BREVET

10 Étude d'un circuit électrique

1)

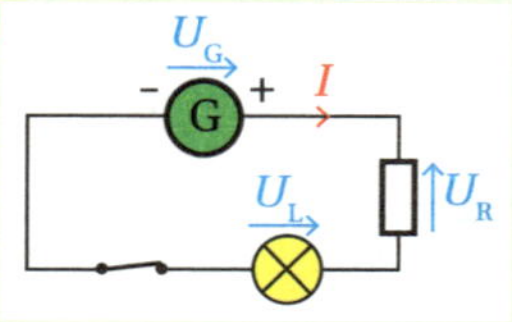

À NOTER
1) Pour les générateurs, la flèche de tension est dans le même sens que celle du courant électrique ; pour les récepteurs, les flèches sont dans le sens opposé.

2) Pour connaître la valeur de l'intensité du courant traversant les dipôles du circuit, il n'est pas nécessaire de faire de mesure car dans un circuit à une maille l'intensité du courant électrique est la même en tous points :
$I_R = I_L = I_G =$ **0,25 A.**

3) **a.** Dans un circuit à une maille, la tension aux bornes du générateur est égale à la somme des tensions aux bornes de tous les récepteurs : $U_G = U_L + U_R$.
On en déduit $U_L = U_G - U_R = 9{,}0 - 5{,}0 =$ **4,0 V.**

b. D'après la loi d'Ohm : $U = R \times I$, d'où : $R = \frac{U}{I} = \frac{5{,}0}{0{,}25} =$ **20 Ω.**

11 Utilisation d'une multiprise

1) Les deux appareils électriques sont branchés en **dérivation.**

2) Calcul de la puissance totale des appareils branchés sur la multiprise : $P_{tot} = P_{radiateur} + P_{fer} = 2\ 000 + 1\ 500 =$ **3 500 W.**

À NOTER
2) Exprime toutes les puissances en watts (W).

3 La multiprise délivre une puissance de 3 500 W.
Elle est branchée sur le secteur et a donc une tension de 230 V.
L'intensité qui traverse la multiprise est :
$I = \frac{P_{tot}}{U} = \frac{3\,500}{230} = $ **15 A**.

4 **On ne peut pas faire fonctionner** ces deux appareils en même temps car l'intensité nécessaire (15 A) est supérieure à celle supportée par la multiprise (10 A).

5 Si on fait fonctionner ces deux appareils simultanément, il y aura une **surintensité** et une surchauffe des fils, ce qui peut provoquer un incendie.

12 Étude d'un robot

1

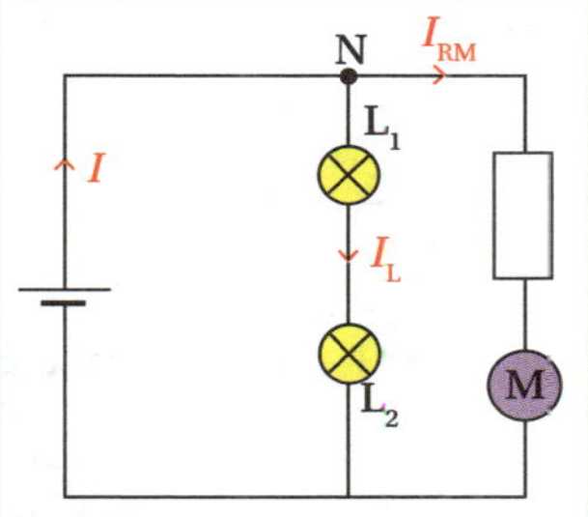

2 Détermination de la valeur de la résistance annoncée par le constructeur $R_{constructeur}$:
– le premier anneau du conducteur ohmique est rouge : 2 ;
– le deuxième anneau du conducteur ohmique est rouge : 2 ;
– le troisième anneau du conducteur ohmique est noir : × 1 ;
– le quatrième anneau du conducteur ohmique est argent : 10 % ;
– la résistance du conducteur ohmique est de 22 × 1 = **22 Ω ± 10 %**.

3 Calcul de valeur expérimentale de la résistance $R_{mesurée}$:
d'après la loi d'Ohm, on sait que $U = R \times I$;
on en déduit $R_{mesurée} = \frac{U_R}{I_{RM}} = \frac{3}{0{,}150} = 20$.
La valeur expérimentale de la résistance est égale à **20 Ω**.

> **À NOTER**
> **3** Tu dois convertir l'intensité en ampères.

4 Calcul de l'intervalle de valeurs possibles annoncé par le constructeur :
$10\ \%$ de $R_{constructeur} = \frac{10 \times R_{constructeur}}{100} = \frac{10 \times 22}{100} = 2{,}2\ \Omega$.
$R_{constructeur} - 2{,}2 = 22 - 2{,}2 = 19{,}8\ \Omega$.
$R_{constructeur} + 2{,}2 = 22 + 2{,}2 = 24{,}2\ \Omega$.
On remarque que $19{,}8\ \Omega < R_{mesurée} < 24{,}2\ \Omega$.
La valeur expérimentale de la résistance se trouve dans l'intervalle annoncé par le constructeur.

5 Calcul de la tension aux bornes du moteur :
le moteur et le conducteur ohmique font partie de la même maille, nous avons donc : $U_{pile} = U_{moteur} + U_R$.
On en déduit : $U_{moteur} = U_{pile} - U_R = 12 - 3 = 9$ V.
La tension aux bornes du moteur est de **9 V**.
Calcul de la puissance du moteur :
nous savons que $P_{moteur} = U_{moteur} \times I_{RM}$;
le moteur et le conducteur ohmique étant sur la même branche, ils sont traversés par le même courant électrique, nous avons donc $I_{RM} = 0{,}150$ A.
$P_{moteur} = U_{moteur} \times I_{RM} = 9 \times 0{,}150 = 1{,}35$ W ;
le moteur a une puissance de **1,35 W**.

6 Détermination de l'intensité du courant traversant les lampes :
les deux lampes sont branchées en série, elles sont donc traversées par la même intensité ;
dans un circuit à plusieurs mailles, la somme des intensités du courant qui arrivent à un nœud est égale à la somme de celles qui en partent : au nœud N, on a $I = I_L + I_{RM}$;
on en déduit $I_L = I - I_{RM} = 350 - 150 = 200$ mA.
L'intensité du courant qui traverse les lampes est égal à **200 mA** soit **0,200 A**.

CONSEIL
6 Ton raisonnement doit se faire en deux temps, le premier pour dire que les deux lampes ont la même intensité, le second pour en calculer la valeur.

13 Bien choisir la puissance de son compteur électrique

Calcul de la puissance électrique nécessaire le matin

D'après le document 3, les appareils utilisés par Julie simultanément le matin sont : la plaque de cuisson, le grille-pain, la télévision, la box, le sèche-cheveux, le chauffage, deux lampes, le chauffe-eau et le réfrigérateur.
La puissance cumulée instantanée le matin est :

$$P_{totale\ matin} = P_{plaque\ cuisson} + P_{grille\text{-}pain} + P_{TV} + P_{box} + P_{sèche\text{-}cheveux} + P_{chauffage} + 2 \times P_{lampe} + P_{chauffe\text{-}eau} + P_{réfrigérateur}$$

$P_{totale\ matin} = 2\ 100 + 950 + 80 + 5 + 2\ 300 + 1\ 500 + 2 \times 40 + 1\ 200 + 150$
$P_{totale\ matin} = 8\ 365$ W.
Le matin Julie consomme simultanément 8 365 W.

CONSEIL
Pense à convertir toutes les puissances en watts.

Calcul de la puissance nécessaire le soir

D'après le document 3, les appareils utilisés par Julie simultanément le soir sont : la plaque de cuisson, le four à micro-ondes, l'ordinateur, la box, la télévision en veille, le chargeur de téléphone, deux lampes, le chauffe-eau et le réfrigérateur.
La puissance cumulée instantanée le soir est :

$$P_{totale\ soir} = P_{plaque\ cuisson} + P_{four} + P_{ordinateur} + P_{box} + P_{chargeur} + P_{TV\ en\ veille} + 2 \times P_{lampe} + P_{chauffe\text{-}eau} + P_{réfrigérateur}$$

$P_{totale\ soir} = 2\ 100 + 700 + 45 + 5 + 5 + 5 + 2 \times 40 + 1\ 200 + 150$
$P_{totale\ soir} = 4\ 290$ W.
Le soir Julie consomme simultanément 4 290 W.
Julie consomme entre 4 290 W et 8 365 W, elle doit donc prendre un abonnement pour une puissance électrique de **9 kW**.

Des signaux pour observer et communiquer

9 Lumière et son : propagation de l'information

30 Connaître et exploiter la propagation de la lumière

EN BREF ▸ *Les étoiles sont les principales sources de lumière dans l'Univers. La lumière se déplace principalement en ligne droite. On peut exploiter cette propriété sur Terre pour évaluer la hauteur inconnue d'un objet.*

I Les sources de lumière

■ Une source primaire de lumière est un objet qui produit la lumière qu'il émet.

Exemple : les étoiles sont des sources primaires de lumière, car la lumière émise résulte de réactions nucléaires ayant lieu au cœur des étoiles.

■ Une source secondaire de lumière renvoie une partie de la lumière qu'elle reçoit. Elle renvoie cette lumière dans toutes les directions : c'est un objet diffusant.

Exemple : la Lune est un objet diffusant la lumière reçue du Soleil.

II La propagation rectiligne de la lumière

La lumière se propage en ligne droite dans un milieu transparent, **homogène** et **isotrope**.

Exemple : dans le vide et dans l'air qui nous entoure, la lumière se propage en ligne droite.

MOT CLÉ

- **Homogène** signifie que les caractéristiques du milieu sont les mêmes en tout point.
- **Isotrope** signifie que toutes les directions dans le milieu sont équivalentes.

III Exploiter la propagation rectiligne de la lumière

Un faisceau de lumière est constitué d'une infinité de rayons lumineux qui sont modélisés par des droites sur lesquelles on indique le sens de propagation par une flèche. Ce modèle permet, par exemple, de calculer la hauteur d'un objet par la mesure de son ombre.

Exemple : on mesure les longueurs L_1 et L_2 de deux ombres, puis on applique la relation de proportionnalité entre hauteur et longueur de l'ombre : $\frac{H}{L_1} = \frac{h}{L_2} \Leftrightarrow H = \frac{L_1 \times h}{L_2}$.

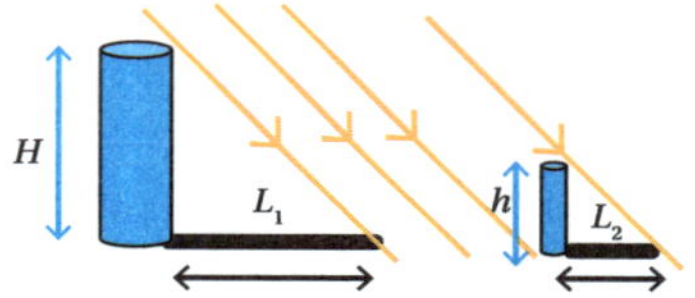

Objet de hauteur inconnue H — Objet de hauteur connue h

Méthode

Calculer une hauteur à l'aide de rayons lumineux

On mesure, dans un jardin, les ombres respectives de deux arbres : celle d'un grand chêne ($L_{\text{chêne}}$) et celle d'un citronnier ($L_{\text{citronnier}}$). On mesure également la hauteur du citronnier : 1,56 m.

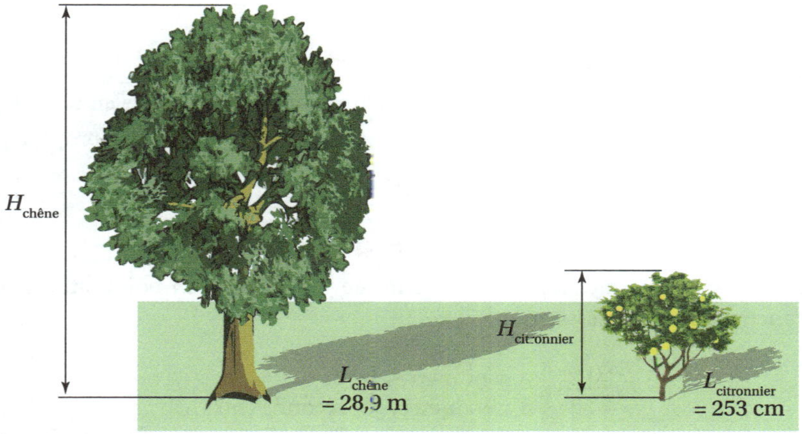

Calculer la hauteur du grand chêne.

CONSEILS

- Souviens-toi que les hauteurs des objets et les longueurs de leurs ombres sont proportionnelles.
- Pense à mettre toutes les longueurs dans la même unité de longueur.

SOLUTION

- On convertit l'ombre du citronnier en mètres :

$L_{\text{citronnier}} = 253 \text{ cm} = 2{,}53 \text{ m}$.

- On applique la relation de proportionnalité entre hauteur et longueur :

$$\frac{H_{\text{chêne}}}{H_{\text{citronnier}}} = \frac{L_{\text{chêne}}}{L_{\text{citronnier}}} \Leftrightarrow H_{\text{chêne}} = \frac{H_{\text{citronnier}} \times L_{\text{chêne}}}{L_{\text{citronnier}}}$$

$$H_{\text{chêne}} = \frac{1{,}56 \times 28{,}9}{2{,}53} = \mathbf{17{,}8\ m}.$$

31 Connaître et exploiter la propagation du son

EN BREF ▸ *Le son se propage dans l'air, l'eau ainsi que dans tous les milieux matériels avec une vitesse de propagation caractéristique de ce milieu. Pour les sons périodiques, on définit une grandeur caractéristique qui est la fréquence en hertz. Les domaines en fréquence délimitent les sons audibles, les infrasons ou les ultrasons.*

I Conditions de propagation d'un son

- Le son est une **vibration de la matière** qui se propage de proche en proche.
- Le son ne peut se propager que dans un **milieu matériel** : il ne se propage **pas dans le vide**.

II Vitesse de propagation d'un son

- La **durée** Δt que met un son pour aller de sa source à un point situé à une distance d a pour expression :

$$\Delta t = \frac{d}{v}$$

Δt en secondes (s) ;
d en mètres (m) ;
v en mètres par seconde (m/s).

Exemple : lorsqu'un orage se rapproche de nous, la durée qui sépare un éclair du coup de tonnerre associé diminue car la distance d qui nous sépare du point d'impact de la foudre diminue.

- La formule précédente peut aussi être utilisée pour exprimer la **vitesse de propagation** du son : $v = \frac{d}{\Delta t}$. Celle-ci dépend de la température de l'air :

Température de l'air (°C)	–10	0	15	30
v (m/s)	325	331	340	349

La valeur communément choisie est **v = 340 m/s**.

III La fréquence d'un son

- Un son est un phénomène périodique auquel est associée une grandeur appelée **fréquence**, exprimée en **hertz (Hz)**. Cette fréquence représente le nombre de périodes temporelles dans une seconde.
- Les **sons audibles** par l'être humain se trouvent dans une gamme de fréquences bien définie (entre 20 et 20 000 Hz).

Fréquence (Hz)	0 à 20	20 à 20 000	Supérieure à 20 000
Catégorie de son	Infrasons	Sons audibles	Ultrasons

Méthode

Calculer la durée de propagation d'un son

Lors d'un meeting aérien, un avion à réaction et un avion à hélice survolent le terrain d'aviation où se trouvent les spectateurs.

La vitesse de l'avion à réaction est égale à 800 km/h et celle de l'avion à hélice est égale à 83 m/s. On donne les distances des avions aux spectateurs sur le schéma suivant.

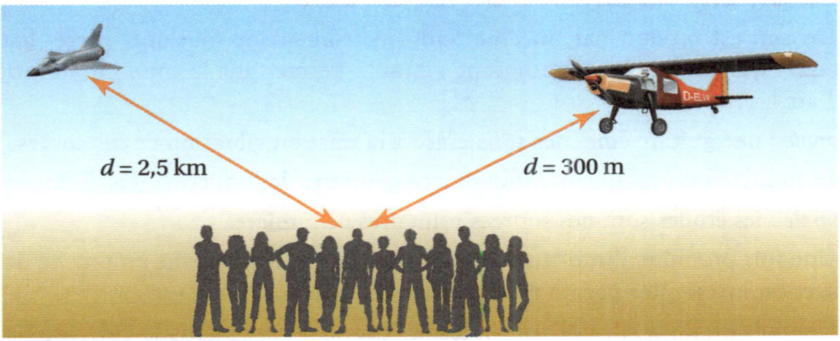

Calculer la durée que met le son pour parvenir jusqu'aux spectateurs depuis chacun des avions. On donne $v_{son} = 340$ m/s.

CONSEILS

- Dans la relation $\Delta t = \frac{d}{v}$, la vitesse qui apparaît dans le calcul est celle du son.
- Pense à convertir la distance dans la même unité de longueur que celle apparaissant dans l'unité de la vitesse.

SOLUTION

Pour l'avion à réaction

On convertit la distance en mètres : $2{,}5 \text{ km} = 2{,}5 \times 10^3$ m ;

on calcule la durée : $\Delta t = \frac{d}{v} = \frac{2{,}5 \times 10^3}{340} = 7{,}4$ s.

Pour l'avion à hélice

On calcule la durée : $\Delta t = \frac{d}{v} = \frac{300}{340} = 0{,}88$ s.

32 Savoir qu'un signal transporte de l'information

EN BREF ▸ *Le son ou la lumière sont produits par des émetteurs, se propagent en transportant une information, puis sont collectés par un récepteur. La lumière parcourant de très grandes distances dans l'Univers, on définit une unité de distance adaptée : l'année-lumière.*

I Émission et transport d'un signal sonore ou lumineux

■ Un son est produit par un **émetteur** (instrument de musique, gorge, haut-parleur) qui possède une membrane vibrante permettant la mise en **vibration de l'air**.

Exemple : une guitare émet des sons grâce à la mise en vibration de ses cordes.

■ La lumière est produite par une **source primaire** de lumière → FICHE 30.

Exemple : les étoiles sont des sources primaires de lumière.

■ Une fois produite, l'information sonore se propage de proche en proche **dans l'air** et est interceptée par un récepteur tel que l'oreille.

■ Une fois produite, l'information lumineuse se propage **dans le vide (ou dans l'air)** et est interceptée par un récepteur tel qu'un télescope.

■ La **distance d parcourue par la lumière dans le vide** se calcule à partir de la durée du trajet Δt et de la vitesse c de la lumière dans le vide :

$$d = c \times \Delta t$$

d en mètres ;
Δt en secondes ;
$c = 3{,}00 \times 10^8$ m/s.

II L'année-lumière

■ Par définition, l'**année-lumière** est égale à la distance parcourue par la lumière dans le vide pendant une durée d'un an. Le symbole de l'année-lumière est **al**.

■ Cette unité est pratique car elle nous permet d'accéder directement à la **durée** mise par la lumière pour nous parvenir.

Exemple : pour une étoile distante de 668 al, la lumière a mis 668 ans pour nous parvenir.

■ Ceci nous montre que plus une étoile est éloignée de nous, plus la lumière qui nous parvient aujourd'hui a été émise il y a longtemps dans le passé : **voir loin, c'est voir dans le passé**.

■ Conversions utiles :

$$1 \text{ al} = 9{,}46 \times 10^{12} \text{ km} = 9{,}46 \times 10^{15} \text{ m}$$

Méthode

Déterminer des distances

Le Soleil et Aldébaran sont deux étoiles de dimensions très différentes. Le rayon d'Aldébaran est 45 fois plus grand que celui du Soleil. On fournit la durée de propagation de la lumière émise par l'étoile pour arriver jusqu'à la Terre :

Étoile	Durée de propagation de la lumière
Soleil	8 min 20 s
Aldébaran	66 ans

Déterminer la distance entre chacune de ces étoiles et la Terre en mètres.

Données :
1 al = $9{,}46 \times 10^{15}$ m ; $c = 3{,}00 \times 10^{8}$ m/s.

CONSEILS
- Si la durée est donnée en années, applique la définition de l'année-lumière (al), puis convertis en mètres la distance trouvée en al.
- Si ce n'est pas le cas, convertis la durée en secondes, puis applique la formule $d = c \times \Delta t$.

SOLUTION

Pour le Soleil

On convertit la durée en secondes :
$\Delta t = 8 \times 60 + 20 = 500$ s.
On calcule la distance en mètres :
$d = c \times \Delta t = 500 \times 3{,}00 \times 10^{8} = 1{,}50 \times 10^{11}$ m.

Pour Aldébaran

On détermine la distance en années-lumière sachant que la lumière parcourt en un an dans le vide une distance égale à 1 al :
$d = 66$ al.
On convertit la distance en mètres :
$d = 66 \times 9{,}46 \times 10^{15} = 6{,}24 \times 10^{17}$ m.

LUMIÈRE ET SON : PROPAGATION DE L'INFORMATION

Vitesse de propagation et distance

Vitesse et durée de propagation du son

$$v = \frac{d}{\Delta t} \quad \text{et} \quad \Delta t = \frac{d}{v}$$

- d : Distance parcourue (en m)
- Δt : Durée de propagation (en s)
- $v = 340$ m/s : vitesse du son dans l'air à 15 °C

Année-lumière

- **Distance** parcourue par la lumière dans le vide pendant un an :

$$1 \text{ al} = 9{,}46 \times 10^{15} \text{ m}$$

- Voir **loin**, c'est voir dans le **passé**.

Distance parcourue par la lumière dans le vide

$$d = c \times \Delta t$$

- d : Distance parcourue (en m)
- Δt : Durée de propagation (en s)
- $c = 3{,}00 \times 10^8$ m/s : vitesse de la lumière dans le vide

Lumière

Sources de lumière

- **Source primaire :** crée sa propre lumière.
- **Source secondaire :** diffuse la lumière reçue.

Propagation rectiligne de la lumière

- Propagation en **ligne droite** dans un milieu homogène, transparent et isotrope.
- **Calculer une hauteur** inconnue :

$$\frac{H_1}{L_1} = \frac{H_2}{L_2}$$

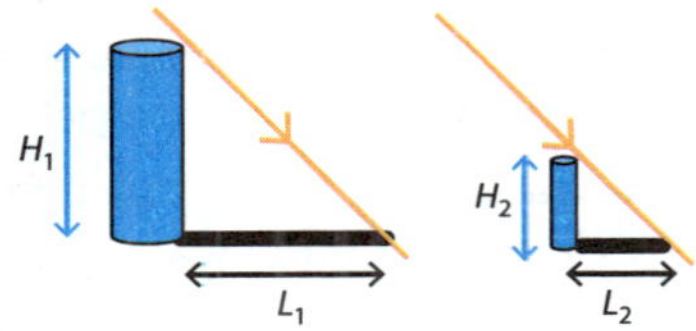

Émission et transport d'un signal par la lumière

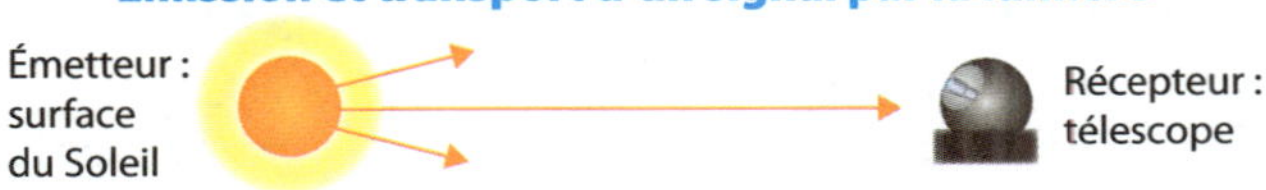

Son

Définition

Son : vibration de la matière se propageant de proche en proche.

Fréquence *f* (en Hz) associée à un son périodique

20 Hz ⩽ *f*(son audible) ⩽ 20 000 Hz

Émission et transport d'un signal par le son

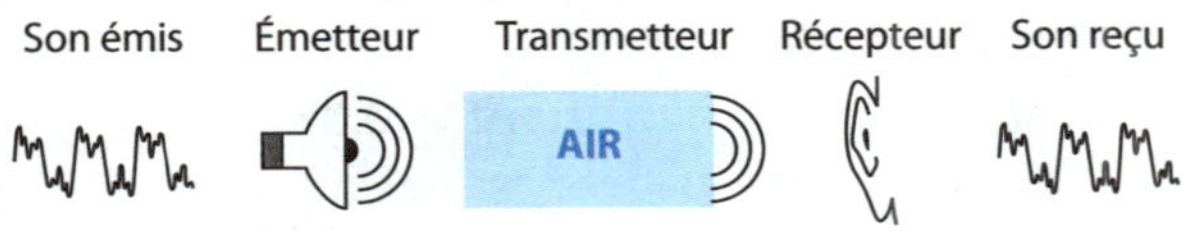

SE TESTER QUIZ

Vérifie que tu as compris les points clés

1 Exploiter la propagation de la lumière

→ FICHE 30

1 La planète Mars :

☐ **a.** est une source primaire de lumière

☐ **b.** est un objet diffusant

☐ **c.** produit sa propre lumière

2 La lumière peut se propager en ligne courbe dans le vide (milieu homogène et isotrope).

☐ **a.** vrai ☐ **b.** faux

3 La lumière peut se propager dans des milieux tels que :

☐ **a.** le verre et l'eau ☐ **b.** le bois et le béton

4 Si la hauteur d'un objet 1 est deux fois plus grande que celle d'un objet 2, alors la longueur de l'ombre de l'objet 1 est deux fois plus petite que celle de l'objet 2.

☐ **a.** vrai ☐ **b.** faux

.../4

2 Exploiter la propagation du son

→ FICHE 31

1 La durée de propagation du son a pour expression :

☐ **a.** $\Delta t = d \times v$ ☐ **b.** $\Delta t = \dfrac{d}{v}$ ☐ **c.** $\Delta t = \dfrac{v}{d}$

2 La vitesse du son ne dépend pas de la température de l'air.

☐ **a.** vrai ☐ **b.** faux

3 Une fréquence de 25 000 Hz correspond à :

☐ **a.** un infrason ☐ **b.** un ultrason ☐ **c.** un son

4 Le son est une vibration qui se propage dans la matière et le vide.

☐ **a.** vrai ☐ **b.** faux

5 Le son d'une fréquence sonore de 500 Hz est audible.

☐ **a.** vrai ☐ **b.** faux

6 La durée de propagation d'un son de vitesse égale à 340 m/s sur une distance égale à 3 400 m est égale à :

☐ **a.** $\Delta t = 0{,}1$ s ☐ **b.** $\Delta t = 1{,}0$ s ☐ **c.** $\Delta t = 10{,}0$ s

.../6

3 Savoir qu'un signal sonore transporte de l'information

→ FICHE 32

1) Un son peut transporter une information dans le vide.

☐ **a.** vrai ☐ **b.** faux

2) Le son peut être produit par un microphone.

☐ **a.** vrai ☐ **b.** faux

3) Le son se propage :

☐ **a.** d'un récepteur vers un émetteur

☐ **b.** d'un microphone vers un haut-parleur

☐ **c.** d'un haut-parleur vers un microphone

.../3

4 Savoir qu'un signal lumineux transporte de l'information

→ FICHE 32

1) La lumière transporte l'information :

☐ **a.** en allant du récepteur vers l'émetteur

☐ **b.** en allant de l'émetteur vers le récepteur

2) La lumière est produite par un émetteur qui est une source secondaire.

☐ **a.** vrai ☐ **b.** faux

3) La lumière émise par une étoile située à 20 al de la Terre met une durée pour atteindre la Terre égale à :

☐ **a.** 20 s

☐ **b.** 20 h

☐ **c.** 20 ans

4) Plus une étoile est éloignée et plus nous l'observons dans le passé.

☐ **a.** vrai ☐ **b.** faux

.../4

ON FAIT LE BILAN !

score total .../17

- Des erreurs ? Entraîne-toi ! → **LES EXOS** P. 216
- Zéro faute ? Bravo ! → **OBJECTIF BREVET** P. 218

LES EXOS

5 Mesurer la hauteur de la tour Eiffel

→ FICHE 30

À midi heure solaire, on mesure la longueur de l'ombre de la tour Eiffel (L_{Eiffel}) et celle d'un kiosque (L_{kiosque}) à journaux dont on connaît la hauteur.

La hauteur du kiosque est égale à 2,50 m.

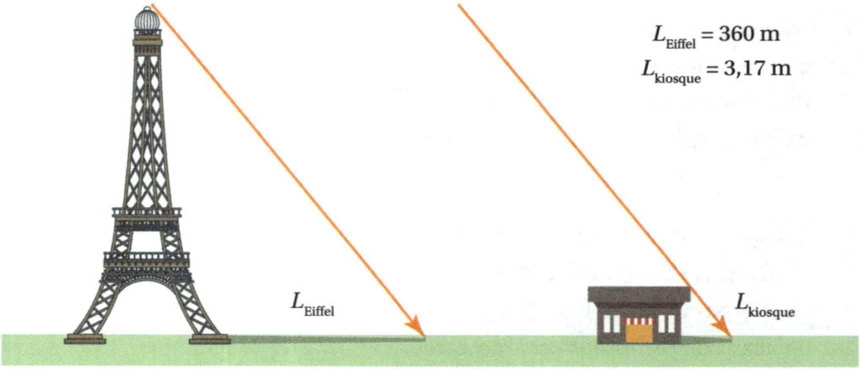

1) Appliquer la relation de proportionnalité entre hauteur et longueur données dans l'énoncé.

2) Calculer la hauteur de la tour Eiffel.

6 Une pièce d'un euro pour trouver le diamètre de la Lune

→ FICHE 30

Une nuit de pleine Lune, plaçons une pièce d'un euro entre notre œil et la Lune de telle sorte que la pièce masque très exactement la Lune.

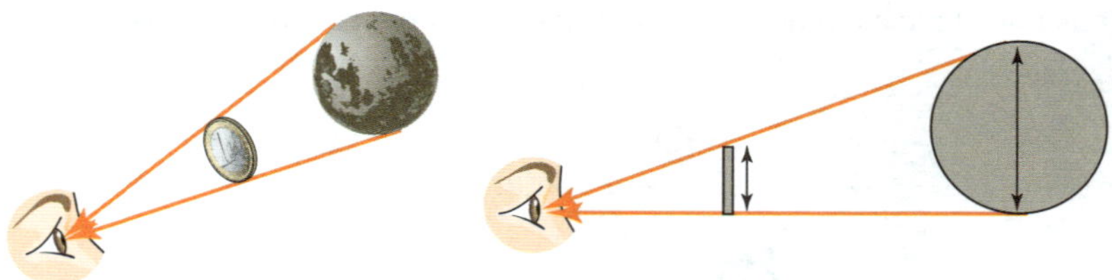

La distance entre notre œil et la Lune est égale à 378 000 km et celle entre notre œil et la pièce d'un euro est égale à 80,4 cm.

Le diamètre de la pièce d'un euro est égal à 23,25 mm.

1) Exprimer toutes les longueurs en mètres.

2) Appliquer la relation de proportionnalité entre hauteur et longueur données dans l'énoncé.

3) Calculer le diamètre de la Lune.

7 Un barrissement dans la savane

→ FICHE 31

Un éléphant seul dans la savane émet un barrissement afin de se faire entendre de son groupe situé à une distance de 5,0 km. La vitesse du son est égale à 340 m/s.

1) Quelle est la durée de propagation du barrissement entre son émission et sa réception ?

2) Comment va évoluer cette durée si l'éléphant se rapproche du groupe ?

3) Quel est le milieu de propagation du son ?

8 Propagation du son dans l'air et dans l'eau

→ FICHE 31

Un émetteur envoie un signal sonore qui pour une partie se déplace dans l'air et pour l'autre partie se déplace dans l'eau. Chacune des parties du signal est recueillie par un récepteur placé dans l'air pour l'un et dans l'eau pour l'autre. Les deux récepteurs sont situés à 150 m de l'émetteur. La vitesse du son dans l'air est égale à 340 m/s et celle dans l'eau est égale à 1,5 km/s.

1) Calculer la durée de propagation du signal sonore dans l'air.

2) Calculer la durée de propagation du signal sonore dans l'eau.

3) Quel est le premier signal qui sera détecté et quel sera le décalage temporel entre les deux détections ?

9 Déterminer des distances dans la Voie lactée

→ FICHE 32

Compléter le tableau suivant où sont mentionnés quelques objets de notre galaxie, la Voie lactée.

Objet	Durée de propagation de la lumière de l'objet à la Terre	Distance en mètres
Satellite Lune	1,28 s	
Planète Mars	12 min 30 s	
Sonde Voyager 1	0,002 3 an	
Étoile Proxima du Centaure	4,2 ans	

Données :
1 al = $9{,}46 \times 10^{15}$ m ; $c = 3{,}00 \times 10^{8}$ m/s.

OBJECTIF BREVET

Lance-toi dans des sujets !

10 Comment mesurer la hauteur d'un donjon ?

15 min

→ FICHE 30

Le roi Chichibellis demande à son astronome royal, le savant Racinekaré, de trouver la hauteur H du donjon de son château fort.

Pour cela, à midi solaire, Racinekaré plante un bâton de hauteur $h = 1{,}5$ m à côté du donjon.

Il demande alors à ses assistants de mesurer la longueur L_1 de l'ombre du donjon et celle L_2 du bâton.

Ils trouvent $L_1 = 30$ m et $L_2 = 0{,}80$ m.

1 Comment se propage la lumière dans l'air autour du château ?

2 Citer deux autres milieux (autre que l'air) dans lequel la lumière peut se propager.

3 Racinekaré écrit sur un parchemin les calculs permettant de trouver la solution.

a. Exprimer littéralement la relation de proportionnalité entre la hauteur d'un objet et la longueur de son ombre.

b. Trouver par le calcul la valeur de la hauteur du donjon, en mètres.

DÉMARRONS ENSEMBLE

3 a. Applique le théorème de Thalès vu en mathématiques.

3 b. Exprime H en fonction de L_1, L_2 et h, puis calcule sa valeur.

11 Un jour d'orage

15 min

→ FICHE 31

Un promeneur est surpris par l'orage en pleine montagne. Pour avoir de plus amples renseignements, il sort son chronomètre et se munit de sa calculatrice. Après avoir vu un éclair, il chronomètre un temps de 20,5 s avant d'entendre le coup de tonnerre.

La vitesse du son est prise égale à $v = 340$ m/s.

1 Calculer la distance qui sépare le promeneur du point d'impact de la foudre en mètres, puis en kilomètres.

2) Le coup de tonnerre suivant a lieu 23,0 s après un nouvel éclair.

a. Calculer la nouvelle distance.

b. Est-ce que l'orage se rapproche ou s'éloigne du promeneur ?

3) Dans quel domaine doivent se trouver les fréquences associées au coup de tonnerre ?

DÉMARRONS ENSEMBLE

1) Utilise la relation entre vitesse, durée et distance : $d = v \times \Delta t$.

3) Les sons sont classés en trois catégories : les infrasons, les sons audibles et les ultrasons, en fonction de leurs fréquences.

12 Les étoiles de la constellation de la Vierge

20 min

→ FICHE 32

La Vierge est l'une des plus anciennes constellations identifiées par les astronomes. Elle comporte un grand nombre d'objets célestes parmi lesquels l'étoile la plus brillante est α Virginis située à 260 al et l'étoile la plus proche est Ross 128 située à 10,9 al de la Terre.

1) Combien de temps met la lumière pour nous parvenir de α Virginis ?

2) Calculer en kilomètres la distance qui nous sépare de Ross 128.

3) En quelle année a été émise la lumière par Ross 128 si elle nous parvient en 2021 ?

DÉMARRONS ENSEMBLE

2) Utilise la relation 1 al $= 9{,}46 \times 10^{12}$ km.

3) Détermine la durée du trajet de la lumière émise par Ross 128 et déduis-en la date d'émission.

13 Ils sont forts ces Grecs !

20 min

→ FICHES 30 et 32

La Grèce antique a regorgé de penseurs qui ont jeté les bases des grands domaines qui occupent encore notre monde actuel : la philosophie, la politique, la physique, la biologie ou les mathématiques. Parmi eux, Thalès de Milet (né en –625 et mort en –547) fut un des plus grands.

Document 1 La mesure de la hauteur de la pyramide de Khéops

La mesure de la hauteur de cette pyramide fut possible car Thalès utilisa le fait que la hauteur et la longueur de l'ombre sont dans les mêmes proportions pour tous les objets en un lieu et à une date donnés. Ceci donna lieu plus tard à la formulation mathématique que nous connaissons sous le nom de théorème de Thalès.

Voici une schématisation de l'expérience de Thalès :

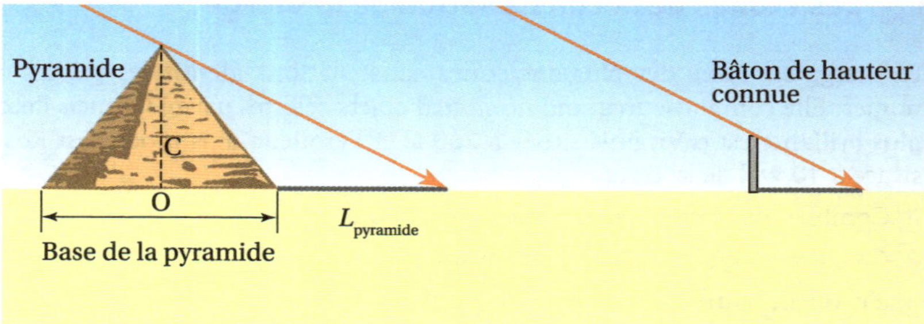

On donne les valeurs suivantes :

- longueur mesurée de l'ombre de la pyramide : $L_{pyramide} = 195$ m ;
- longueur mesurée de l'ombre du bâton : $L_{bâton} = 1{,}5$ m ;
- hauteur du bâton : $H_{bâton} = 0{,}71$ m ;
- base de la pyramide : $B_{pyramide} = 230$ m.

Document 2 Les débuts de l'astronomie

Thalès est un des fondateurs de l'astronomie. Il fut le premier à décrire la Petite ourse et en fit pour les marins un repère utile lors de leur navigation. La Petite ourse est une constellation dont les étoiles principales sont les suivantes.

Étoile	Distance à la Terre (al)
Étoile polaire	431
Kochab	126
θ UMI	832

Document 3 **Passer des années-lumière aux kilomètres**

L'année-lumière est la distance parcourue en un an dans le vide par la lumière.

$1 \text{ al} = 9{,}46 \times 10^{12}$ km

1 Dans le théorème de Thalès, la longueur de l'ombre à appliquer est celle qui commencerait à la verticale du sommet, c'est-à-dire au point O (voir document 1). Calculer cette longueur notée *L*.

2 Calculer la hauteur de la pyramide de Khéops.

3 Trouver à quelle date a été émise la lumière par l'étoile polaire et qui nous parvient aujourd'hui, en 2021.

4 Calculer la distance Terre-étoile polaire en kilomètres, puis en mètres.

5 Quelle serait l'étoile de la Petite ourse dont la lumière nous parviendrait en premier si elles émettaient celle-ci en même temps ?

DÉMARRONS ENSEMBLE

1 Utilise le schéma du document 1.

2 Applique le théorème de Thalès.

3 Utilise le document 3.

5 Utilise le document 2.

14 Des ultrasons pour détecter

20 min

→ FICHES 31 et 32

Dans le monde animal, certaines espèces, telles que les chauves-souris et les dauphins, émettent des ultrasons afin de pouvoir détecter des obstacles situés devant eux. Cette technique, dite du sonar, leur permet en particulier de détecter leurs proies.

Document 1 **Les ultrasons**

Les ultrasons sont des vibrations de la matière, de même nature que le son et se déplaçant à la vitesse du son. Leur fréquence est supérieure à la plus grande des fréquences des sons audibles, c'est-à-dire 20 000 Hz.

On donne les vitesses des ultrasons dans différents milieux de propagation :

$v_{\text{son (air)}} = 340$ m/s ; $v_{\text{son (eau)}} = 1\,500$ m/s ; $v_{\text{son (acier)}} = 5\,600$ m/s.

Document 2 Le principe du sonar

L'animal émet des ultrasons qui se propagent vers l'avant jusqu'à intercepter un obstacle. Ces ultrasons sont alors réfléchis et repartent en sens contraire jusqu'à l'animal qui les réceptionne.

La mesure de la durée de l'aller-retour entre l'émission et la réception des ultrasons permet à l'animal de déterminer à quelle distance se trouve la proie.

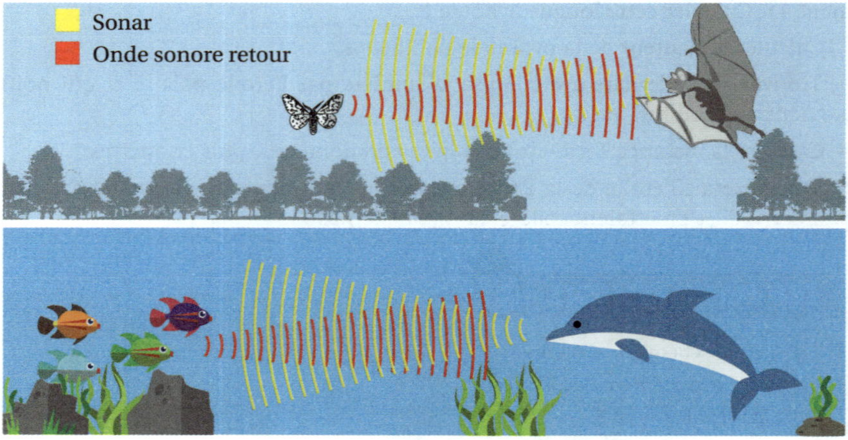

1) Quel est l'intervalle des fréquences des sons audibles ?

2) Une personne affirme que la vitesse du son augmente lorsque l'on passe d'un solide à un liquide puis à un gaz. A-t-elle raison ?

3) Dans le cas de la chauve-souris, quel est le milieu de propagation ? Même question pour le dauphin.

4) Les ultrasons émis par la chauve-souris parcourent 35 m avant de rencontrer le papillon-obstacle. Calculer la durée Δt de parcours.

5) Quelle est la durée de l'aller-retour des ultrasons ?

6) Pour un dauphin à la recherche d'un poisson, la durée de l'aller-retour a été égale à 0,20 s.
Calculer la distance, en mètres, parcourue par les ultrasons sur l'aller-retour.

7) Déduire du résultat de la question précédente, la distance qui sépare le dauphin du poisson.

DÉMARRONS ENSEMBLE

2) Utilise le document 1.

4) Applique la formule $\Delta t = \frac{d}{v}$.

6) Applique la formule $d = v \times \Delta t$.

CORRIGÉS

SE TESTER QUIZ

1 Exploiter la propagation de la lumière

1 Réponse b. Mars ne produit pas sa propre lumière : elle diffuse celle reçue du Soleil.

2 Réponse b. Faux, car la lumière se propage en ligne droite dans de telles conditions.

3 Réponse a. La lumière traverse des matières transparente (verre, eau), mais ne peut pas traverser des matières opaques (bois, béton).

4 Réponse b. Faux, car les deux grandeurs sont proportionnelles : si l'une est multipliée par deux alors l'autre aussi.

2 Exploiter la propagation du son

1 Réponse b. La durée est proportionnelle à la distance d et inversement proportionnelle à la vitesse de propagation.

2 Réponse b. Faux, car la vitesse de propagation du son est égale à 331 m/s à $t = 0$ °C et à 340 m/s à $t = 15$ °C.

3 Réponse b. Les ultrasons correspondent à des fréquences supérieures à 20 000 Hz.

4 Réponse b. Faux, car le son est une vibration de la matière qui se propage uniquement dans la matière et pas dans le vide.

5 Réponse a. Vrai, car les sons audibles sont associés à des fréquences qui sont comprises entre 20 Hz et 20 000 Hz et on a : 20 Hz < 500 Hz < 20 000 Hz.

6 Réponse c. On calcule cette durée :

$$\Delta t = \frac{d}{v} = \frac{3\,400}{340} = 10{,}0 \text{ s}.$$

3 Savoir qu'un signal sonore transporte de l'information

1 Réponse b. Faux, car le son ne peut pas se propager dans le vide.

2 Réponse b. Faux, car le microphone est un récepteur et pas un émetteur.

3 Réponse c. Le son se déplace d'une source (un émetteur) vers un récepteur : un microphone est un récepteur et un haut-parleur est un émetteur.

4 Savoir qu'un signal lumineux transporte de l'information

1 Réponse b. La lumière est émise par une source de lumière qui est un émetteur et est réceptionnée par un récepteur.

2 Réponse b. Faux, car la source de lumière est une source primaire.

3) **Réponse c.** La lumière parcourt une année-lumière (al) pendant une durée égale à un an, et donc parcourt 20 al pendant une durée égale à 20 ans.

4) **Réponse a.** Vrai, car plus une étoile est éloignée et plus la lumière reçue aujourd'hui a été émise il y a longtemps dans le passé.

LES EXOS

5 Mesurer la hauteur de la tour Eiffel

1) On applique la relation de proportionnalité entre hauteur et longueur :

$$\frac{H_{\text{Eiffel}}}{H_{\text{kiosque}}} = \frac{L_{\text{Eiffel}}}{L_{\text{kiosque}}} \Leftrightarrow H_{\text{Eiffel}} = \frac{H_{\text{kiosque}} \times L_{\text{Eiffel}}}{L_{\text{kiosque}}}$$

2) Calcul de la hauteur de la Tour Eiffel :

$$H_{\text{Eiffel}} = \frac{H_{\text{kiosque}} \times L_{\text{Eiffel}}}{L_{\text{kiosque}}} = \frac{2{,}50 \times 360}{3{,}17} = \mathbf{284\ m}.$$

6 Une pièce d'un euro pour trouver le diamètre de la Lune

1) Distance entre notre œil et la Lune :
378 000 km = $\mathbf{3{,}78 \times 10^{8}}$ **m.**
Distance entre notre œil et la pièce d'un euro :
80,4 cm = 0,804 m = $\mathbf{8{,}04 \times 10^{-1}}$ **m.**
Diamètre de la pièce d'un euro :
23,25 mm = 0,02325 m = $\mathbf{2{,}325 \times 10^{-2}}$ **m.**

> **À NOTER**
> **1)** 1 km = 10^{3} m ;
> 1 cm = 10^{-2} m ;
> 1 mm = 10^{-3} m.

2) Appliquons la relation de proportionnalité entre hauteur et longueur :

$$\frac{D_{\text{Lune}}}{D_{\text{pièce}}} = \frac{d_{\text{Lune-œil}}}{d_{\text{pièce-œil}}} \Leftrightarrow D_{\text{Lune}} = \frac{D_{\text{pièce}} \times d_{\text{Lune-œil}}}{d_{\text{pièce-œil}}}.$$

3) Calcul du diamètre de la Lune :

$$D_{\text{Lune}} = \frac{D_{\text{pièce}} \times d_{\text{Lune-œil}}}{d_{\text{pièce-œil}}} = \frac{2{,}325 \times 10^{-2} \times 3{,}78 \times 10^{8}}{8{,}04 \times 10^{-1}} = \mathbf{1{,}09 \times 10^{7}\ m}.$$

7 Un barrissement dans la savane

1) Convertissons la distance en mètres :
$d = 5{,}0\ \text{km} = 5{,}0 \times 10^{3}\ \text{m}$.
Calculons la durée de propagation :

$$\Delta t = \frac{d}{v} = \frac{5{,}0 \times 10^{3}}{340} = \mathbf{14{,}7\ s}.$$

> **CONSEIL**
> **1)** N'oublie pas de convertir la distance dans la même unité que celle qui apparaît dans l'unité de la vitesse.

2) Si l'éléphant se rapproche, la distance d va diminuer, ce qui implique que la durée **Δt diminue** aussi.

3) Le milieu de propagation est **l'air**.

8 Propagation du son dans l'air et dans l'eau

1 Calculons la durée de propagation dans l'air : $\Delta t_1 = \frac{d}{v} = \frac{150}{340} = $ **0,44 s.**

2 Convertissons la distance en kilomètres : $d = 150$ m $= 0{,}150$ km.

Calculons la durée de propagation : $\Delta t_2 = \frac{d}{v} = \frac{0{,}150}{1{,}5} = $ **0,10 s.**

3 Le premier signal détecté sera celui se propageant dans l'eau. Le décalage temporel est égal à $\Delta t = \Delta t_1 - \Delta t_2 = 0{,}44 - 0{,}10 = $ **0,34 s.**

9 Déterminer des distances dans la Voie lactée

■ Pour le satellite Lune

On applique la formule : $d = c \times \Delta t = 3{,}00 \times 10^8 \times 1{,}28 = $ **$3{,}84 \times 10^8$ m.**

■ Pour la planète Mars

On convertit la durée en secondes : $\Delta t = 12 \times 60 + 30 = 750$ s.

On calcule la distance en mètres : $d = c \times \Delta t = 3{,}00 \times 10^8 \times 750 = $ **$2{,}25 \times 10^{11}$ m.**

■ Pour la sonde Voyager 1

On détermine la distance en années-lumière sachant que la lumière parcourt en 1 an dans le vide une distance égale à 1 al : $d = 0{,}0023$ al.

On convertit la distance en mètres : $d = 0{,}0023 \times 9{,}46 \times 10^{15} = $ **$2{,}2 \times 10^{13}$ m.**

■ Pour l'étoile Proxima du Centaure

On détermine la distance en années-lumière : $d = 4{,}2$ al.

On convertit la distance en mètres : $d = 4{,}2 \times 9{,}46 \times 10^{15} = $ **$4{,}0 \times 10^{16}$ m.**

OBJECTIF BREVET

10 Comment mesurer la hauteur d'un donjon ?

1 La lumière se propage dans l'air en **ligne droite**.

2 La lumière peut se propager dans **le vide** et dans **l'eau**.

3 **a.** $\frac{H}{L_1} = \frac{h}{L_2}$.

b. Calcul de la hauteur du donjon, en mètres :

$$H = \frac{L_1 \times h}{L_2} = \frac{30 \times 1{,}5}{0{,}80} = \textbf{56 m.}$$

> **CONSEILS**
>
> **3 a.** Fais un schéma de la situation et retrouve la relation du théorème de Thalès vue en mathématiques.
>
> **3 b.** Exprime la longueur H à partir de la réponse à la question **3.a**.

11 Un jour d'orage

1 Calcul de la distance qui sépare le promeneur du point d'impact de la foudre :
$d = v \times \Delta t = 340 \times 20{,}5 = 6\ 970$ m $=$ **6,970 km.**

2 **a.** Calcul de la nouvelle distance :
$d = v \times \Delta t = 340 \times 23{,}0 = $ **7 820 m.**

b. L'orage **s'éloigne** du promeneur.

3 Les fréquences associées au coup de tonnerre doivent être comprises dans le domaine des sons audibles, soit **entre 20 Hz et 20 000 Hz.**

> **À NOTER**
>
> **2 a.** La durée entre l'éclair et le tonnerre a augmenté entre les deux mesures, donc la distance parcourue est plus grande.

12 Les étoiles de la constellation de la Vierge

1) La lumière met **260 années** pour nous parvenir de α Virginis.

2) Calcul en kilomètres de la distance qui nous sépare de Ross 128 :
$d = 9{,}46 \times 10^{12} \times 10{,}9 = 1{,}03 \times 10^{14}$ **km.**

3) La lumière met 10,9 années pour nous parvenir de Ross 128. On calcule donc : 2021 – 10,9 = 2010,1. La lumière de Ross 128 nous parvenant en 2021 a été émise au cours de l'**année 2010**.

13 Ils sont forts ces Grecs !

1) $L = L_{\text{pyramide}} + \frac{B_{\text{pyramide}}}{2} = 195 + \frac{230}{2} = 310$ **m.**

2) On applique le théorème de Thalès :

$$\frac{H_{\text{pyramide}}}{H_{\text{bâton}}} = \frac{L}{L_{\text{bâton}}} \Leftrightarrow H_{\text{pyramide}} = \frac{H_{\text{bâton}} \times L}{L_{\text{bâton}}} = \frac{0{,}71 \times 310}{1{,}5}$$

$$H_{\text{pyramide}} = 147 \text{ m.}$$

CONSEIL
1) Rappelle-toi que la longueur de l'ombre n'est pas celle mesurée depuis le bord de la pyramide mais depuis son centre.

3) D'après la définition de l'année-lumière, la lumière a mis 431 ans pour nous parvenir. On a donc 2 021 – 431 = 1 590.
La lumière a été émise par l'étoile polaire en **1590**.

4) $d_{\text{Terre-Étoile polaire}} = 431 \text{ al} = 431 \times 9{,}46 \times 10^{12} = 4{,}08 \times 10^{15} \text{ km} = 4{,}08 \times 10^{18} \text{ m.}$

5) L'étoile de la Petite ourse dont la lumière nous parviendrait en premier est celle qui est la plus proche c'est-à-dire **Kochab**.

14 Des ultrasons pour détecter

1) Les sons audibles possèdent des fréquences comprises entre **20 Hz et 20 000 Hz**.

2) **Non, elle a tort.** Il suffit de comparer les valeurs des vitesses données dans le document 1 : $v_{\text{son (air)}} < v_{\text{son (eau)}} < v_{\text{son (acier)}}$.

3) Dans le cas de la chauve-souris, le milieu de propagation est **l'air** tandis que dans le cas du dauphin, il s'agit de **l'eau**.

4) Calculons la durée de propagation : $\Delta t = \frac{d}{v} = \frac{35}{340} = 0{,}10$ **s.**

5) La durée de l'aller-retour est égale au double de la durée de propagation calculée pour l'aller :
$\Delta t_{AR} = 2 \times \Delta t = 2 \times 0{,}10 = 0{,}20$ **s.**

6) Calculons la distance : $d = v \times \Delta t = 1\,500 \times 0{,}20 = 300$ **m.**

CONSEIL
6) Pense à transformer la formule $\Delta t = \frac{d}{v} \Leftrightarrow d = v \times \Delta t$.

7) La distance qui sépare le dauphin du poisson est égale à la moitié de la distance correspondant à l'aller-retour :
$d_{DP} = \frac{d}{2} = \frac{300}{2} = 150$ **m.**

L'épreuve du brevet

10 Préparer l'épreuve du brevet

33 Comment s'organise l'épreuve de sciences ?

EN BREF ▸ *Le brevet comprend une épreuve écrite indépendante portant sur deux des trois matières scientifiques : physique-chimie, SVT et technologie.*

I Comment se déroule l'épreuve ?

1 La composition de l'épreuve

■ L'épreuve de sciences d'une durée totale de **1 heure** porte sur deux des trois **disciplines** suivantes, tirées au sort chaque année : physique-chimie, SVT et technologie. Par exemple, un exercice de physique-chimie et un exercice de technologie, ou bien un exercice de technologie et un exercice de SVT, etc.

■ Le sujet se compose, pour chaque discipline, d'un ou de plusieurs exercices souvent reliés par une **thématique commune**.

2 Le barème

L'épreuve de sciences est notée sur **50 points**. L'**évaluation** prend en compte la clarté et la précision des raisonnements ainsi que, plus largement, la qualité de la rédaction scientifique. Si tu ne termines pas un exercice, les **démarches engagées**, même non abouties, seront prises en compte dans la notation.

II Comment obtenir le diplôme du brevet ?

Pour obtenir le diplôme du brevet, il faut totaliser au moins **400 points sur 800**, lorsqu'on ajoute les points du contrôle continu et des épreuves finales.

1 Le décompte des points

■ À la fin de l'année, tes professeurs évaluent ton niveau de maîtrise des huit composantes du socle commun de connaissances et de compétences (insuffisante, fragile, satisfaisante, très bonne) qui correspond à **un nombre de points** (10, 25, 40, 50).

■ À ce nombre de points du contrôle continu, s'ajoutent les notes obtenues aux cinq épreuves finales.

À NOTER
Tu peux donc obtenir au maximum 400 points au contrôle continu et 400 points aux épreuves finales.

2 Les mentions

Les mentions sont décernées selon la règle suivante.

Mention	Notation
Assez bien	au moins 480 points sur 800
Bien	au moins 560 points sur 800
Très bien	au moins 640 points sur 800

34 Comment réussir les exercices de physique-chimie ?

EN BREF ▸ *En physique-chimie, il te faut répondre à différents types de questions, en faisant appel à tes connaissances et en prenant soin de bien lire les documents qui te sont proposés.*

I Quels sont les documents proposés ?

■ Les documents proposés peuvent décrire un phénomène, présenter le fonctionnement d'un appareil, évoquer une découverte. Ils sont toujours en lien avec le programme.

■ Les documents peuvent prendre la forme de **textes**, de **tableaux** ou de **graphiques**. Parfois il s'agit simplement de données : valeurs de vitesses ou de pH, ou d'une formule...

II Quels sont les types de questions ?

■ Certaines **questions ciblées** font uniquement appel à tes **connaissances**. Elles peuvent parfois prendre la forme d'un QCM. D'autres questions te conduisent à **extraire des informations** des documents.

■ On peut également te demander d'**effectuer un calcul** (calculer une vitesse, une énergie, une masse volumique...), de tracer une courbe... Il est possible qu'une formule ou une méthode expérimentale soit fournie dans un document.

■ Dans des **questions de synthèse**, on peut te demander de confirmer ou d'infirmer une hypothèse à l'aide des documents et de tes connaissances.

III Comment rédiger les exercices ?

■ Commence par **lire tous les documents** très attentivement. Souligne les mots importants, les valeurs et les unités. Identifie bien les intitulés des lignes et colonnes d'un tableau, les grandeurs représentées sur les axes d'un graphique.

■ La réponse aux questions ciblées est souvent courte. Cependant, fais bien attention à ne rien oublier ! Pour **résoudre un calcul**, écris d'abord la formule littérale puis effectue l'application numérique.

> **CONSEIL**
> Lors d'un calcul, précise bien l'unité de chaque grandeur !

■ La réponse aux **questions de synthèse** demande de présenter un raisonnement à partir de tes connaissances et des documents. Que tu présentes un raisonnement ou un calcul, n'oublie pas de conclure !

SUJET 1

Saut en parachute

30 min

→ FICHES 17 à 19

Un parachutiste saute habituellement depuis un avion en plein vol à une altitude d'environ 3 à 4 km. Pour battre un record de vitesse, l'autrichien Felix Baumgartner a réalisé en 2012 un saut hors du commun depuis un ballon-sonde à 39 km d'altitude.

Document 1 Schématisation de deux sauts en parachute

(Les échelles ne sont pas respectées.)

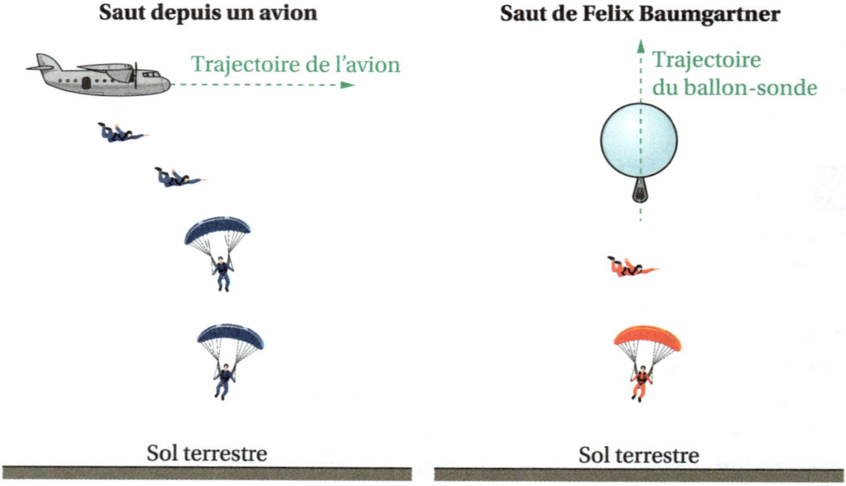

Document 2 Évolution de la vitesse de Felix Baumgartner par rapport au sol terrestre en fonction du temps, avant l'ouverture du parachute

(Les valeurs de la vitesse sont volontairement absentes.)

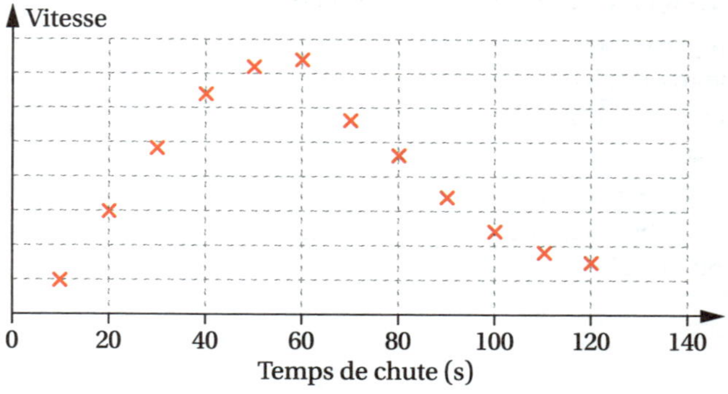

Document 3 **Positions successives de Felix Baumgartner au début de sa chute, avant l'ouverture du parachute**

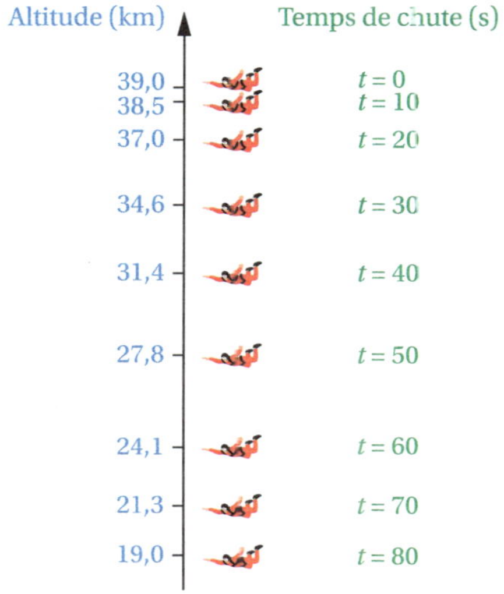

1 Parmi les propositions suivantes, indiquer, en justifiant la réponse à partir du document 2, celle qui satisfait aux caractéristiques du saut de Felix Baumgartner. Le mouvement est :

- proposition **a** : accéléré puis ralenti ;
- proposition **b** : accéléré puis uniforme ;
- proposition **c** : uniforme puis accéléré.

2 Montrer sans calcul que l'analyse du document 3 permet de retrouver la réponse précédente.

3 En exploitant les documents 2 et 3, expliquer à l'aide de calculs, si la vitesse maximale atteinte par Felix Baumgartner est proche de 250 m/s, 370 m/s ou 470 m/s.

4 Le parachutiste est soumis à deux actions mécaniques : l'action de la Terre modélisée par le poids (aussi appelée force de pesanteur) et les frottements de l'air. Indiquer pour chacune de ces actions, s'il s'agit d'une action de contact ou d'une action à distance.

DÉMARRONS ENSEMBLE

1 Relie l'évolution de la vitesse à un type de mouvement. → FICHE 17

2 Utilise la formule de la vitesse sans l'appliquer numériquement. → FICHE 18

3 Utilise la formule de la vitesse et applique-la numériquement. → FICHE 18

4 Utilise les définitions des actions de contact et à distance. → FICHE 19

SUJET 2

L'homme volant

30 min

→ FICHES 3, 10, 17 à 19, 21 à 23

La cérémonie du 14 juillet 2019 sur l'avenue des Champs-Élysées fut marquée par la démonstration d'un « homme volant » debout sur son Flyboard Air® à quelques dizaines de mètres au-dessus du sol : Franky Zapata. Le 4 août 2019, il réussit à traverser la Manche sur son Flyboard Air®, de France en Angleterre, avec une escale de ravitaillement.

Partie 1 L'ascension

Le Flyboard Air® est une planche propulsée par 5 réacteurs placés sous les pieds du pilote.

1 Dans les toutes premières secondes de l'ascension, le pilote s'élève verticalement et sa vitesse augmente.
Décrire le mouvement du pilote en utilisant des termes choisis parmi les suivants : rectiligne, circulaire, uniforme, accéléré.

2 Préciser la direction et le sens de la force représentée par le segment fléché sur le schéma ci-contre.

3 Déterminer la valeur de la force représentée.
Échelle : 1,0 cm ↔ 400 N

4 Préciser si la force représentée sur le schéma modélise la poussée des réacteurs pour décoller ou le poids du pilote et de son équipement.

5 Indiquer si l'énergie potentielle de position augmente ou diminue pendant l'ascension du pilote. Justifier.

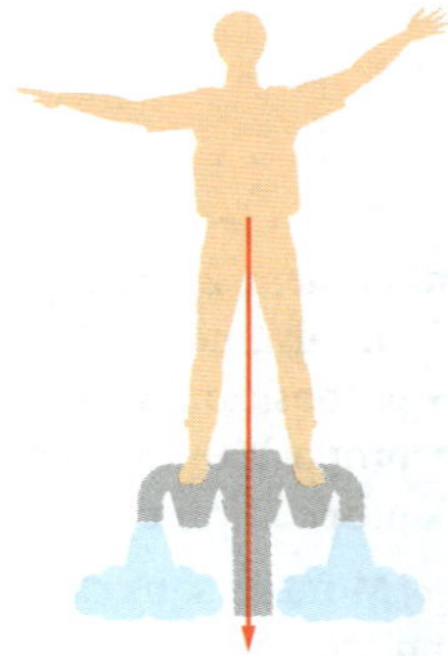

Partie 2 Les réacteurs

Dans les réacteurs du Flyboard Air® a lieu la combustion du carburant qui éjecte les gaz nécessaires à la propulsion.

Cette combustion est modélisée par la réaction d'équation :

$$2\ C_{10}H_{22} + 31\ O_2 \rightarrow 20\ CO_2 + 22\ H_2O$$

6 Justifier que l'équation de la réaction est bien ajustée au niveau du carbone C.

7 Recopier les formules chimiques des deux produits de la réaction et les nommer.

8 À partir de l'équation de la réaction, donner la formule chimique du carburant.

9 Le diagramme de conversion d'énergie ci-contre concerne l'un des réacteurs du Flyboard Air®. Sans recopier le diagramme, attribuer aux numéros 1 et 2 les différentes formes d'énergie en choisissant parmi les suivantes : nucléaire ; cinétique ; lumineuse ; chimique.

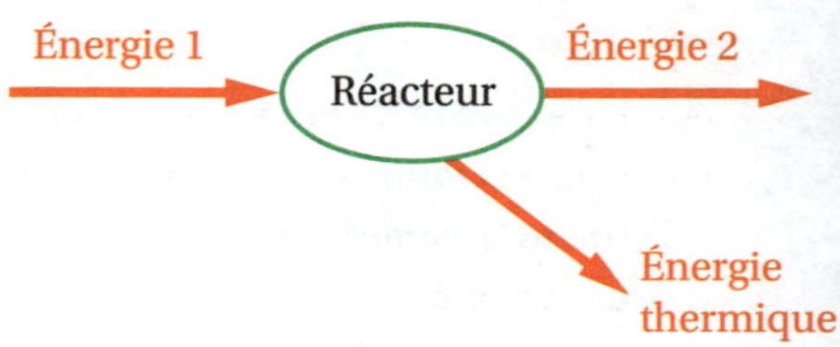

Partie 3 La traversée de la Manche

Cette traversée nécessitant un certain volume de carburant, une escale de ravitaillement est prévue à mi-chemin sur une plateforme située en mer.

Données :

- Durée totale de la traversée : $t = 22$ min.
- Distance totale parcourue : $D = 35$ km.
- Distance parcourue pour atteindre le ravitaillement : $d = 18$ km.
- Consommation en carburant : 2 kg/km. (Les réacteurs consomment 2 kg de carburant pour 1 km parcouru.)
- Masse volumique du carburant : $\rho = 0{,}74$ kg/L.

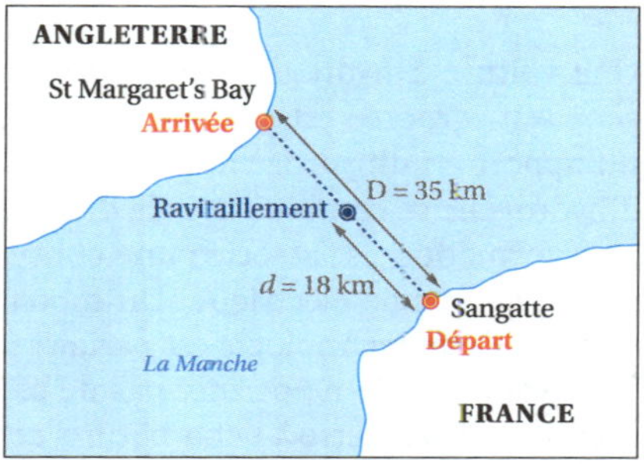

10 Montrer que la vitesse moyenne de l'homme volant est de l'ordre de 95 km/h durant la traversée.

11 La réserve de carburant est contenue dans le sac à dos du pilote.
Franky Zapata dispose de trois modèles de sac à dos de volumes respectifs 10 L, 30 L et 50 L.
Déterminer quel sac convient à la traversée. Justifier à l'aide de calculs et expliquer la démarche suivie.
Toute démarche entreprise même non aboutie sera valorisée.

DÉMARRONS ENSEMBLE

1 Relie l'allure de la trajectoire à un type de mouvement. → FICHE 17

4 Souviens-toi de l'effet d'une force sur un mouvement. → FICHE 21

6 N'oublie pas que le nombre d'atomes se conserve au cours de la réaction. → FICHE 10

9 Établis un bilan énergétique et identifie les différentes formes d'énergie. → FICHES 22 et 23

11 Pour déterminer le volume de carburant à transporter, commence par calculer la masse de carburant nécessaire pour atteindre le point de ravitaillement ; puis utilise la formule de la masse volumique. → FICHE 3

SUJET 3

La voiture à hydrogène

30 min

→ FICHES 7, 9, 18, 22 et 23

Une voiture à hydrogène ne rejette que de la vapeur d'eau. La « pile à hydrogène » incorporée est une pile à combustible. Celle-ci utilise, pour fonctionner, un apport en dihydrogène (le combustible) et en dioxygène (le comburant). Le dihydrogène se combine avec le dioxygène de l'air en produisant de l'eau. À cette transformation est associée une conversion d'énergie chimique en énergie thermique et énergie électrique. Un moteur électrique permet alors de propulser la voiture. Cette technologie est parfaite pour réduire la pollution à l'échelle locale. En revanche, elle ne permet pas de réduire la pollution globale : le dihydrogène n'existe pas sur Terre à l'état naturel et plus de 90 % du dihydrogène produit sont issus de ressources d'énergie fossile.

1 **a.** Extraire des informations ci-dessus un argument montrant que l'utilisation d'une voiture fonctionnant avec une « pile à hydrogène » peut présenter un inconvénient d'un point de vue environnemental.

b. De la même manière, montrer que le fonctionnement d'une pile à hydrogène s'appuie sur une transformation chimique.

c. Toujours d'après ces informations, associer chacun des trois numéros du diagramme ci-dessous à une forme d'énergie choisie parmi les suivantes : électrique ; cinétique ; thermique ; nucléaire ; potentielle ; chimique.

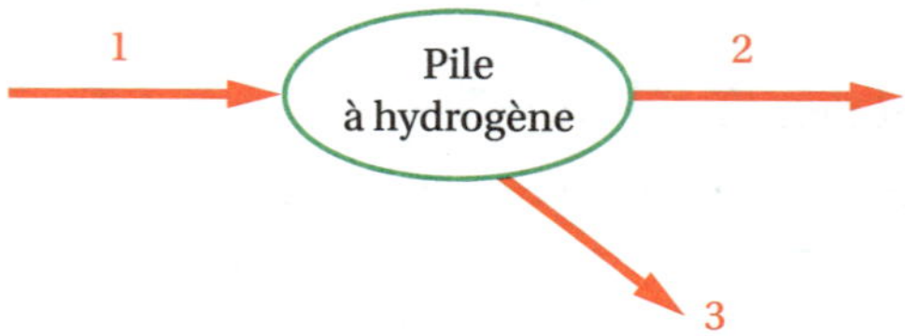

2 On recueille un échantillon du liquide produit par la pile à hydrogène.
Proposer un protocole expérimental, sous forme de phrases et de schémas, permettant de mettre en évidence la présence d'eau dans cet échantillon.
On dispose du matériel présenté dans le document 2.

Document 1 Tests d'identification d'espèces chimiques

Espèce chimique	ion cuivre (II) Cu^{2+}	eau H_2O	ion chlorure $C\ell^-$
Détecteur	solution d'hydroxyde de sodium	sulfate de cuivre anhydre	solution de nitrate d'argent
Observations	formation d'un précipité bleu	changement de couleur : passage du blanc au bleu	formation d'un précipité blanc

Document 2 **Liste des solutions et du matériel pouvant être utilisés**

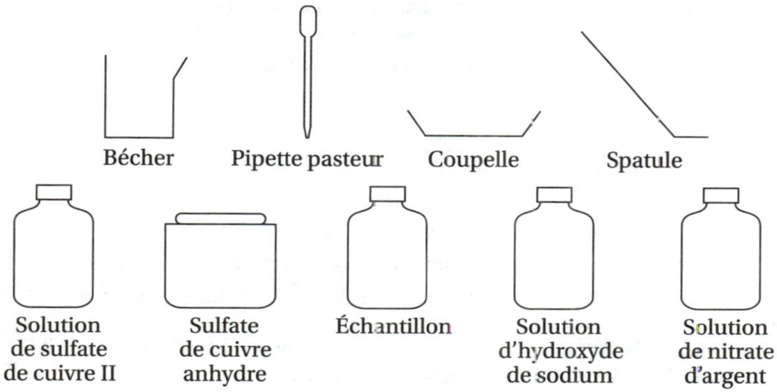

3 La majorité des automobiles fonctionne actuellement avec des moteurs à essence ou avec des moteurs Diesel.
Plusieurs types de polluants sont émis par ces véhicules : le dioxyde de carbone, le monoxyde de carbone, les oxydes d'azote et des hydrocarbures imbrûlés. Les émissions de monoxyde de carbone d'un moteur à essence varient en fonction de la vitesse du véhicule.

Document 3 **Représentation des émissions de monoxyde de carbone en fonction de la vitesse sur route plane pour un véhicule**

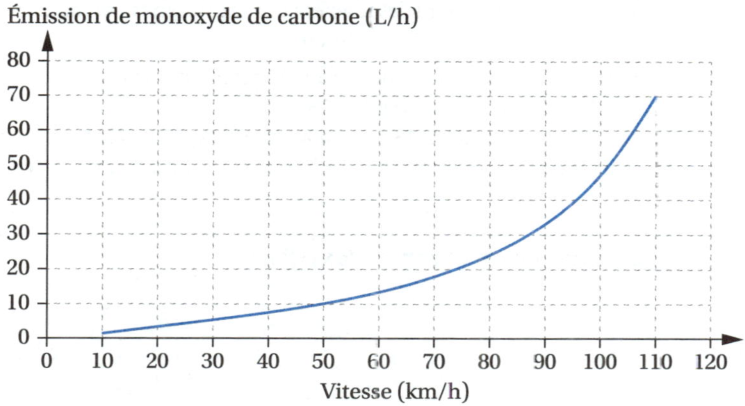

a. Les émissions de monoxyde de carbone sont-elles proportionnelles à la vitesse du véhicule ? Justifier.

b. À l'aide du document 3, on peut montrer que l'augmentation des émissions en monoxyde de carbone est de 3 L/h lorsque la vitesse passe de 40 à 50 km/h. Calculer la valeur de l'augmentation des émissions lorsque la vitesse passe de 100 à 110 km/h. Comparer ce résultat à la valeur de 3 L/h. Conclure sur l'impact environnemental de la vitesse d'une automobile.

c. Sur une autoroute, un véhicule parcourt à vitesse constante 55 km en 30 min. Évaluer le volume de monoxyde de carbone émis durant ce trajet.
Le véhicule étudié respecte-t-il la norme Euro 5 qui limite la valeur de l'émission de monoxyde de carbone à 96,8 L/h lorsque le véhicule roule à cette vitesse ?
Toute démarche même partielle sera prise en compte.

DÉMARRONS ENSEMBLE

1 b. Identifie une transformation chimique. → FICHE 9

2 Le sulfate de cuivre anhydre est un solide sous forme de poudre.

3 a. Deux grandeurs sont proportionnelles si la représentation graphique est une droite passant par l'origine.
c. Tu dois commencer par déterminer la vitesse moyenne du véhicule en km/h. Pour cela, utilise la formule de la vitesse. → FICHE 18

SUJET 4

Carottes glacières et climatologie

30 min → FICHES 5, 15, 19 et 20

Des cylindres de glace, de formule chimique H_2O, appelés « carottes », sont prélevés dans les régions polaires et dans les glaciers des montagnes ; ils contiennent des renseignements précieux pour l'étude du climat.

1 L'élément oxygène se trouve notamment sous la forme de trois atomes stables nommés oxygène 16, oxygène 17 et oxygène 18.
À partir de la proportion d'oxygène 18 par rapport à l'oxygène 16 dans la glace, les chercheurs déterminent la température de l'atmosphère au moment de la formation de la glace.

Document 1 Un modèle de l'atome d'oxygène

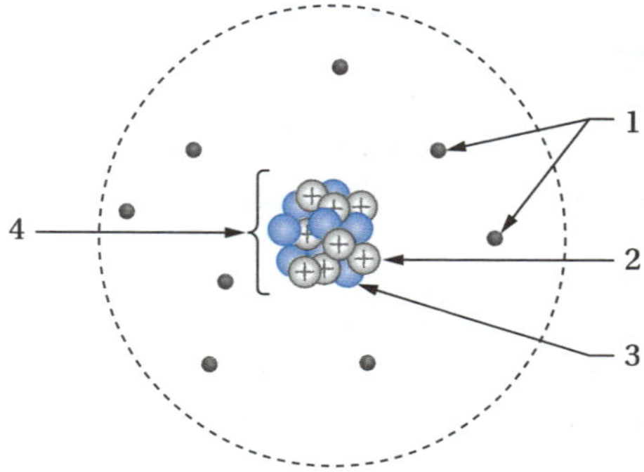

Document 2 **Les fiches d'identité des atomes d'oxygène stables**

Oxygène 16	Oxygène 17	Oxygène 18
Symbole : $^{16}_{8}O$	Symbole : $^{17}_{8}O$	Symbole : $^{18}_{8}O$
Numéro atomique : 8	Numéro atomique : 8	Numéro atomique : 8
Nombre d'électrons : 8	Nombre d'électrons : 8	Nombre d'électrons : 8
Nombre de nucléons : 16	Nombre de nucléons : 17	Nombre de nucléons : 18
Masse de l'atome : $2{,}67 \times 10^{-26}$ kg	Masse de l'atome : $2{,}84 \times 10^{-26}$ kg	Masse de l'atome : $3{,}01 \times 10^{-26}$ kg
Abondance : 99,76 %	Abondance : 0,04 %	Abondance : 0,20 %

a. Légender le document 1, en affectant à chaque numéro un nom parmi les propositions suivantes : noyau ; électrons ; proton ; neutron.

b. Quel est le nombre de protons présents dans chacun des trois atomes d'oxygène ? Justifier les réponses par une phrase.

2 L'analyse des bulles d'air piégées dans la glace permet de déterminer la quantité de dioxyde de carbone CO_2 contenue dans l'atmosphère du passé.

Document 3 **Évolution du pourcentage en volume de CO_2 dans l'air au cours des années**

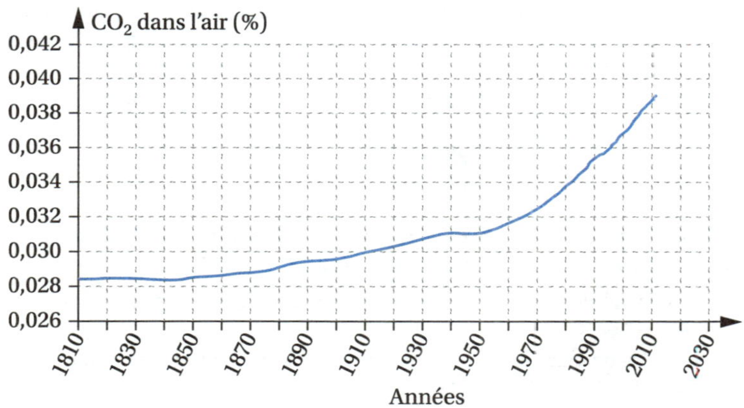

Données : Agence européenne pour l'environnement

a. En utilisant le graphique du document 3, indiquer le pourcentage en volume de dioxyde de carbone présent dans l'air en 1910.

b. En quelle année ce pourcentage a-t-il atteint 0,037 % ?

c. Comparer, en citant des données du graphique, l'évolution du pourcentage de CO_2 en volume dans l'air, entre 1810 et 1950, puis entre 1950 et 2010.

d. Quelle valeur pourrait atteindre ce pourcentage en 2030 ? Décrire et critiquer la méthode utilisée pour estimer cette valeur.

3) Le projet *Ice Memory* est un programme scientifique dont l'objectif est de constituer la première archive glaciaire du monde. Des carottes provenant des glaciers les plus en danger seront conservées à –54 °C dans une cave creusée sous la neige de l'Antarctique.

Document 4 Intensité de pesanteur selon le lieu

Lieu de prélèvement de carottes glaciaires	Intensité de pesanteur g du lieu
Glacier du Mont Illimani (Bolivie). Altitude 6 300 m	$g = 9{,}76$ N/kg
Glacier du Col du Dôme (France). Altitude 4 236 m	$g = 9{,}79$ N/kg
Base de Vostok (Antarctique). Altitude 3 800 m	$g = 9{,}82$ N/kg

a. À la base de Vostok, située en Antarctique, on extrait une carotte de glace.
Le poids de ce cylindre de glace est $P = 236$ N.
Schématiser le cylindre de glace en position verticale et représenter le poids de la glace par un segment fléché en prenant pour échelle 1 cm pour 100 N.

b. Utiliser les données du document 4 et de la question **3.a.** pour calculer la masse du cylindre de glace de Vostok en kilogrammes. Expliquer la démarche suivie et écrire la relation utilisée.
Les essais et les démarches même non aboutis seront pris en compte.

DÉMARRONS ENSEMBLE

1) **a.** Rappelle-toi de la composition de l'atome et de son noyau. → FICHES **5** et **14**
b. Utilise la formule du noyau d'un atome. → FICHE **14**

2) **b.** Sur l'axe des ordonnées, un intervalle entre deux graduations est égal à 0,002 %.

3) **a.** La carotte de glace étant un cylindre, tu peux la schématiser par un cylindre ou un rectangle de la taille de ton choix.
b. Applique la formule du poids et isole la masse à calculer. → FICHE **20**

CORRIGÉS

SUJET 1

Saut en parachute

1 Sur le document 2, on observe que de $t = 0$ s à $t = 60$ s, la vitesse augmente : sur cette période le mouvement est accéléré.
De $t = 60$ s à $t = 120$ s, la vitesse diminue : sur cette période le mouvement est ralenti.
La proposition correcte est la proposition **a** : « le mouvement est accéléré puis ralenti ».

2 On sait que la vitesse est égale à la distance parcourue par unité de temps. Sur le document 3, les positions ont été relevées à intervalles de temps réguliers, donc plus la distance séparant deux positions successives est grande plus la vitesse est élevée (le système parcourt une plus grande distance pendant la même durée : il va plus vite).
Inversement, plus la distance séparant deux positions successives est petite, plus la vitesse est faible (le système parcourt une plus petite distance pendant la même durée : il va moins vite).
- Entre $t = 0$ s et $t = 60$ s, la distance entre deux positions successives augmente, la vitesse du système augmente : le mouvement est accéléré.
- Entre $t = 60$ s et $t = 80$ s, la distance entre deux positions successives diminue, la vitesse du système diminue : le mouvement est ralenti.

Nous avons retrouvé les mêmes résultats qu'à la question **1**.

3 On sait que le mouvement est accéléré jusqu'à $t = 60$ s et qu'après il est ralenti.
Nous allons calculer la valeur de la vitesse entre $t = 50$ s et $t = 60$ s.
Calcul de la vitesse maximale atteinte entre $t = 50$ s et $t = 60$ s :

$$v = \frac{d}{\Delta t} = \frac{27{,}8 \times 10^3 - 24{,}1 \times 10^3}{60 - 50} = \frac{3{,}7 \times 10^3}{10} = 370 \text{ m/s}.$$

La vitesse maximale atteinte par Felix Baumgartner est proche de 370 m/s.

> **CONSEIL**
> **3** Pense à convertir les altitudes en mètres.

4 L'action exercée par la Terre sur Felix Baumgartner est une action à distance, car il n'y a pas contact entre les deux systèmes.
Les frottements de l'air sont une action de contact car les molécules d'air sont en contact avec Felix Baumgartner.

SUJET 2

L'homme volant

1 Le pilote s'élève verticalement et sa vitesse augmente donc le mouvement est rectiligne et accéléré.

2 La force est dirigée selon la verticale, son sens est vers le bas.

3 Le segment fléché mesure 3,0 cm, sachant que 1,0 cm sur le dessin correspond à 400 N, on en déduit que la force a une intensité $F = 3{,}0 \times 400 = 1\ 200$ N.
La force représentée a une valeur de 1 200 N.

4 Le poids est une force verticale orientée vers le bas, alors que la poussée des réacteurs est verticale vers le haut. La force représentée sur le schéma est le poids du pilote et de son équipement.

5 Comme l'énergie potentielle dépend de l'altitude du système, quand l'altitude du pilote augmente, son énergie potentielle augmente.

6 Bilan des atomes de carbone présents *avant* la transformation :
$2 \times 10 = 20$.
Bilan des atomes de carbone présents *après* la transformation :
$20 \times 1 = 20$.
Il y a autant d'atomes de carbone avant et après la transformation : l'équation de la réaction est bien ajustée en ce qui concerne les atomes de carbone.

7 Les produits d'une réaction sont les espèces chimiques produites lors de la réaction chimique. Dans l'équation de la réaction, elles sont notées à droite de la flèche. Ici les produits sont :
- CO_2 : le dioxyde de carbone ;
- H_2O : l'eau.

8 Le carburant est l'espèce chimique qui subit la combustion, c'est-à-dire celle qui réagit avec le dioxygène, donc le carburant du Flyboard Air® a pour formule $C_{10}H_{22}$.

9 Le réacteur reçoit de l'énergie de la part de la réaction chimique et il permet au Flyboard Air® de bouger :
- 1 correspond à l'énergie chimique ;
- 2 correspond à l'énergie cinétique.

CONSEIL

9 Les transformations chimiques produisent de l'énergie chimique. Lorsqu'un système est en mouvement (vitesse non nulle), il a de l'énergie cinétique.

10 Conversion de la durée en heures :

$$22 \text{ min} = \frac{22}{60} \text{ min} = 0{,}37 \text{ h}.$$

Calcul de la vitesse moyenne :

$$v = \frac{D}{t} = \frac{35}{0,37} = 94,6 \text{ km/h}.$$

La vitesse moyenne durant la traversée est de l'ordre de 95 km/h.

11 Il faut déterminer le volume de carburant nécessaire pour parcourir la plus grande distance parcourue en autonomie : soit avant le ravitaillement soit après. La traversée totale est de 35 km, le ravitaillement se fait à 18 km soit à plus de la moitié de la distance à parcourir ; après le ravitaillement, la distance à parcourir sera inférieure à 18 km. La distance parcourue avant le ravitaillement est supérieure à celle parcourue après : le volume du sac devra être au moins égal au volume de carburant nécessaire pour parcourir les 18 km entre le départ et le ravitaillement.
Calcul de la masse de carburant nécessaire pour atteindre le ravitaillement :
m = consommation en carburant × distance à parcourir = 2 × 18 = 36 kg.
Calcul du volume de carburant nécessaire pour atteindre le ravitaillement :

$$V = \frac{\text{masse nécessaire pour atteindre le ravitaillement}}{\text{masse volumique du carburant}} = \frac{36}{0,74} = 48,65 \text{ L}.$$

Franky Zapata doit utiliser un sac de 50 L qu'il remplira à nouveau lors du ravitaillement pour faire la seconde partie de la traversée.

SUJET 3

La voiture à hydrogène

1 **a.** D'après le texte, « 90 % du dihydrogène produit sont issus de ressources d'énergie fossile » donc même si la voiture ne produit pas de pollution lors de son fonctionnement, la production de ce qui la fait fonctionner, le dihydrogène, a un impact négatif sur l'environnement.
b. Il est indiqué que le dihydrogène et le dioxygène se combinent pour produire de l'eau, des espèces chimiques réagissent ensemble pour former une nouvelle espèce chimique : il s'agit d'une transformation chimique. Le dihydrogène et le dioxygène sont les réactifs de cette transformation, l'eau en est le produit.
c. Le texte nous informe que dans une pile à hydrogène, l'énergie chimique est convertie en énergie thermique et en énergie électrique. On en déduit :
- 1 : énergie chimique ;
- 2 : énergie électrique ;
- 3 : énergie thermique.

2 Pour mettre en évidence la présence d'eau dans l'échantillon, il faut :
- à l'aide d'une spatule, placer une petite quantité de sulfate de cuivre anhydre dans une coupelle ;
- verser du liquide à tester dans un bécher ;
- avec une pipette pasteur, prélever un peu du liquide à tester et le déposer sur le sulfate de cuivre anhydre ;
- observer la couleur du sulfate de cuivre au contact du liquide.

Si le sulfate de cuivre reste blanc, le liquide ne contient pas d'eau.
Si le sulfate de cuivre devient bleu, le liquide contient de l'eau.

CONSEIL

2 Pour décrire un protocole expérimental, tu dois lister les différentes étapes de l'expérience à réaliser en décrivant chacune des manipulations. Sois précis dans les descriptions et utilise le vocabulaire adéquat notamment pour la verrerie.

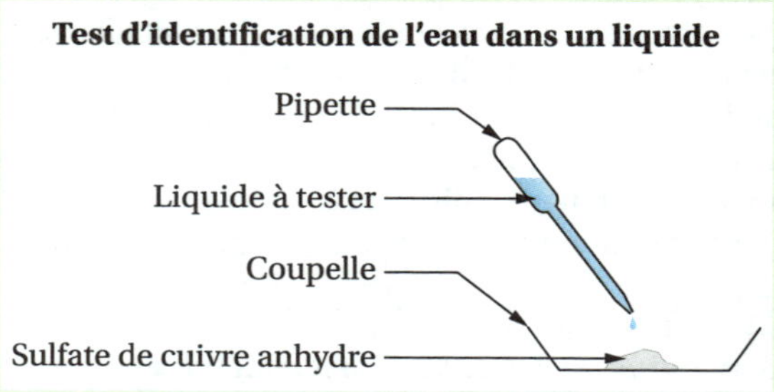

3 **a.** La représentation graphique des émissions de monoxyde de carbone en fonction de la vitesse d'un véhicule n'est pas une droite qui passe par l'origine : les émissions de monoxyde de carbone ne sont pas proportionnelles à la vitesse du véhicule.
b. Graphiquement, on lit que les émissions de monoxyde de carbone à 100 km/h sont de 46 L/h et qu'à 110 km/h elles sont de 70 L/h.

Représentation des émissions de monoxyde de carbone en fonction de la vitesse sur route plane pour un véhicule :

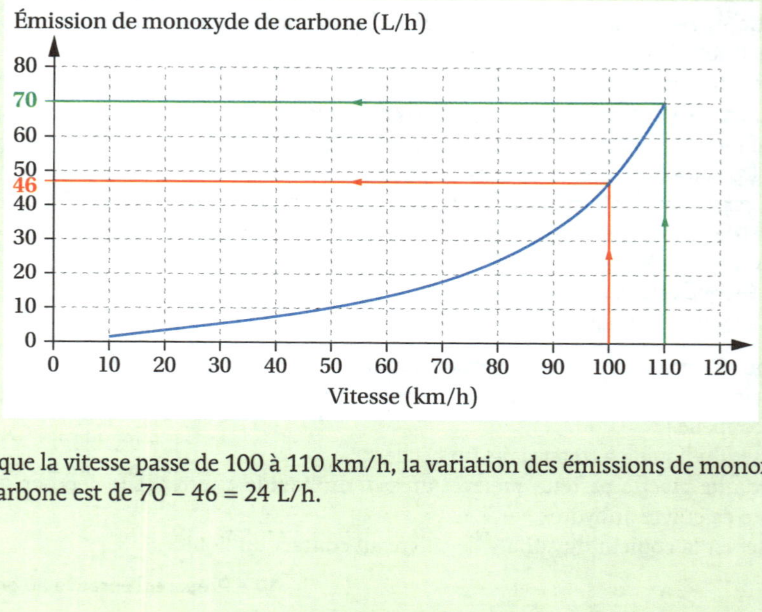

Lorsque la vitesse passe de 100 à 110 km/h, la variation des émissions de monoxyde de carbone est de 70 – 46 = 24 L/h.

Comparaison à la valeur de 3 L/h :

$$\frac{\text{variation d'émission entre 100 et 110 km / h}}{\text{variation d'émission entre 40 et 50 km / h}} = \frac{24}{3} = 8.$$

CONSEIL

3 b. Pour comparer des valeurs, fais le rapport des deux valeurs exprimées dans la même unité. Il est plus simple de mettre la plus grande valeur au numérateur, ainsi le résultat nous indique combien de fois la valeur du numérateur est supérieure à la valeur du dénominateur.

En passant de 100 à 110 km/h, la voiture émet huit fois plus de monoxyde de carbone qu'en passant de 40 à 50 km/h. Une augmentation de vitesse de 10 km/h a donc beaucoup plus d'impact sur la pollution à 100 km/h qu'à 40 km/h.

c. Pour connaître le volume de monoxyde de carbone émis par le véhicule témoin, il faut connaître la vitesse du véhicule, puis déterminer graphiquement les émissions de monoxyde de carbone par heure et en déduire les émissions en 30 min. Enfin, nous comparerons les émissions de monoxyde de carbone par heure à la valeur choisie pour la norme Euro 5.

Conversion de la durée en heures :

$$30 \text{ min} = \frac{30}{60} \text{min} = 0{,}5 \text{ h.}$$

Calcul de la vitesse moyenne :

$$v = \frac{D}{t} = \frac{55}{0{,}5} = 110 \text{ km/h.}$$

Graphiquement, nous déterminons qu'à 110 km/h, le véhicule étudié émet 70 L de monoxyde de carbone en une heure.

Calcul du volume de gaz émis en 30 min :

$$V = \frac{\text{volume de gaz émis par heure}}{\text{durée du trajet en heure}} = \frac{70}{0{,}5} = 35 \text{ L.}$$

Le véhicule étudié émet 35 L de monoxyde de carbone durant ce trajet.

À cette vitesse (110 km/h), l'émission de monoxyde de carbone est inférieure à 96,8 L/h ($70 < 96{,}8$) donc le véhicule étudié respecte la norme Euro 5.

SUJET 4

Carottes glacières et climatologie

À NOTER

1 a. Sur le schéma, les particules portant un plus (+) sont des protons (chargés positivement) et les particules sans signe sont des neutrons (électriquement neutres).

1 a. Légendes du document 1 :

- 1 : électrons ;
- 2 : proton ;
- 3 : neutron ;
- 4 : noyau.

b. Le nombre de protons dans un atome est égal à son numéro atomique, d'après le document 2, les trois atomes d'oxygène ont un numéro atomique égal à 8 : les trois atomes d'oxygène contiennent chacun 8 protons.

2 a. On déduit du graphique, qu'en 1910 il y avait 0,030 % de dioxyde de carbone dans l'air.

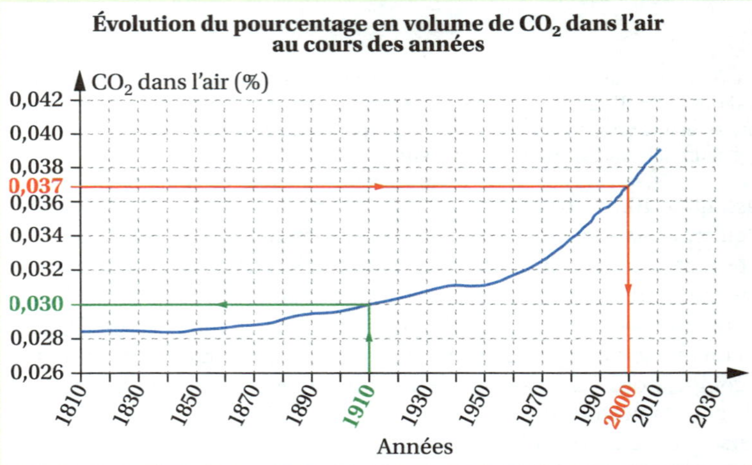

b. On déduit du graphique que ce pourcentage a atteint 0,037 % en 2000.

c. Entre 1810 et 1950, le pourcentage en volume de dioxyde de carbone dans l'air a très peu varié, il a augmenté de presque 0,003 % en 140 ans.

Entre 1950 et 2010, le pourcentage en volume de dioxyde de carbone dans l'air a augmenté de 0,008 % en 60 ans.

L'augmentation du volume de dioxyde de carbone dans l'air a été $\left(\frac{0,008}{0,003} =\right)$ 2,7 fois plus rapide sur les 60 dernières années que sur les 140 précédentes.

d. En traçant une droite qui prolonge la courbe sur la même évolution que celle des 60 dernières années, en 2030 ce pourcentage pourrait atteindre 0,042 %.

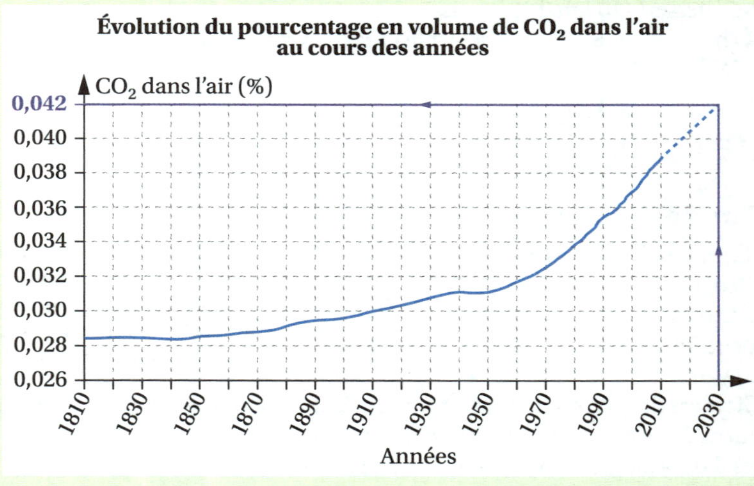

La méthode n'est pas précise, car la droite est tracée de façon approximative ; de plus la méthode n'est pas fiable, car elle ne tient pas compte de la variation éventuelle de la vitesse de production du dioxyde de carbone par les êtres humains entre 2010 et 2030.

3 **a.** Échelle choisie : 1 cm ↔ 100 N.
Le poids $\vec{P}$ a pour caractéristiques :
- direction : selon la verticale ;
- sens : vers le bas ;
- valeur : $P = 236$ N donc le segment fléché fera 2,4 cm sur le schéma.

On dessine le segment fléché à partir du point G, centre du système.

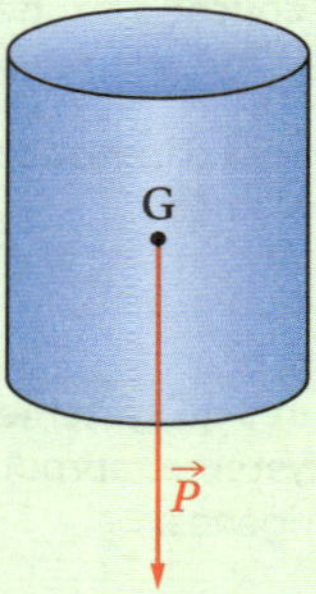

b. Nous allons calculer la masse d'un cylindre de glace à partir de son poids. Le document 4 nous indique les différentes valeurs de l'intensité de pesanteur dans différents lieux. Pour le calcul de la masse, il faut donc choisir la bonne intensité de pesanteur.
On sait que $P = m \times G$, on en déduit :
$$m_{\text{cylindre}} = \frac{P}{g_{\text{Vostok}}} = \frac{236}{9{,}82} = 24{,}0 \text{ kg}.$$
Un cylindre de glace qui a un poids de 236 N à Vostok a une masse de 24,0 kg.

Pictogrammes de sécurité

	**Corrosif** Brûlures de la peau et lésions oculaires graves. Attaque les métaux.
	**Nocif ou irritant** Irritations et brûlures de la peau, des systèmes respiratoire et digestif, lésions oculaires graves. Dégradation de la couche d'ozone.
	**Toxicité aigüe** Nocif ou mortel en cas d'ingestion, d'inhalation ou de contact avec la peau.
	**Danger pour la santé** Irritations et brûlures du système respiratoire. Détérioration du système reproductif. Substances cancérigènes.
	**Inflammable** Substances facilement inflammables.
	**Comburant** Peut provoquer ou aggraver un incendie. Peut provoquer une explosion.
	**Gaz sous pression** Peut exploser sous l'effet de la chaleur. Peut provoquer des brûlures dues au froid.
	**Explosif** Substances instables et explosives même seules.
	**Polluant et toxique pour l'environnement** Dangereux et toxique pour l'environnement dont le milieu aquatique.

Tests d'identification les plus courants

Substance à tester	Substance à utiliser	Expérience, observation et conclusion
Eau	Sulfate de cuivre anhydre	Pour réaliser le test, il faut mettre en contact le liquide testé avec le sulfate de cuivre anhydre. On observe ensuite l'aspect du sulfate de cuivre : – s'il est **bleu**, le test est positif et l'on peut conclure que le liquide testé est **constitué d'eau** ; – s'il conserve son aspect **blanc**, le test est négatif et l'on peut conclure que le liquide testé **ne contient pas d'eau**.
Dioxygène	Allumette incandescente	Pour réaliser le test, il faut approcher une allumette incandescente du gaz testé. On observe ensuite l'allumette : – si elle **s'enflamme**, le test est positif et l'on peut conclure que le gaz testé est **constitué de dioxygène** ; – si elle **ne s'enflamme pas** et s'éteint, le test est négatif et l'on peut conclure que le gaz testé **ne contient pas de dioxygène**.
Dioxyde de carbone	Eau de chaux	Pour réaliser le test, il faut mettre en contact le gaz testé avec l'eau de chaux. On observe ensuite l'apparence de l'eau de chaux : – si elle **se trouble**, le test est positif et l'on peut conclure que le gaz testé est **constitué de dioxyde de carbone** ; – si elle conserve son **aspect limpide**, le test est négatif et l'on peut conclure que le gaz testé **ne contient pas de dioxyde de carbone**.

Tests d'identification des ions

Nom et formule de l'ion recherché	Réactif utilisé	Résultat du test
Ion cuivre (II) **Cu^{2+}**	**Ion hydroxyde** (**HO^-**) d'une solution d'hydroxyde de sodium (**soude**) $(Na^+ + HO^-)_{aq}$	Précipité **bleu** d'hydroxyde de cuivre II $Cu(OH)_{2(s)}$
Ion fer (II) **Fe^{2+}**		Précipité **vert foncé** d'hydroxyde de fer II $Fe(OH)_{2(s)}$
Ion fer (III) **Fe^{3+}**		Précipité **rouge-orangé** (**rouille**) d'hydroxyde de fer III $Fe(OH)_{3(s)}$
Ion zinc **Zn^{2+}**		Précipité **blanc** d'hydroxyde de zinc $Zn(OH)_{2(s)}$ qui se dissout à nouveau dans un excès d'hydroxyde de sodium
Ion chlorure **$C\ell^-$**	**Ion argent** (**Ag^+**) d'une solution de nitrate d'argent $(Ag^+ + NO_3^-)_{aq}$	Précipité **blanc** de chlorure d'argent $AgC\ell_{(s)}$ qui noircit à la lumière (photosensible)
Ion sulfate **SO_4^{2-}**	**Ion baryum** (**Ba^{2+}**) d'une solution de chlorure de baryum $(Ba^{2+} + 2\ C\ell^-)_{aq}$	Précipité **blanc** de sulfate de baryum $BaSO_{4(s)}$

Unités usuelles

Grandeur	Symbole de la grandeur	Unité	Symbole de l'unité	Conversion éventuelle
Temps	t	seconde	s	
		minute	min	1 min = 60 s
		heure	h	1 h = 3 600 s
		jour	j	1 jour = 86 400 s
Masse	m	kilogramme	kg	
		gramme	g	1 g = 10^{-3} kg
		tonne	t	1 t = 10^{3} kg
Longueur	l	mètre	m	
		unité astronomique	UA	1 UA = $1{,}50 \times 10^{11}$ m
		année-lumière	al	1 al = $9{,}46 \times 10^{15}$ m
Température	T	kelvin	K	
	θ	degré Celsius	°C	θ(°C) = T(K) − 273,15
Volume	V	litre	L	1 L = 10^{-3} m^3
		centimètre cube	cm^3	1 cm^3 = 10^{-6} m^3
		millilitre	mL	1 mL = 1 cm^3 = 10^{-6} m^3
Pression	P	pascal	Pa	
		bar	bar	1 bar = 10^{5} Pa
Intensité électrique	I	ampère	A	
Tension électrique	U	volt	V	
Résistance électrique	R	ohm	Ω	
Puissance	P	watt	W	
Énergie	E	joule	J	
		wattheure	Wh	1 Wh = 3 600 J
Vitesse	v	mètre par seconde	m/s	
		kilomètre par heure	km/h	1 km/h = $\frac{1}{3{,}6}$ m/s

Écriture des nombres

Multiples et sous-multiples

Les multiples et sous-multiples sont donnés ici pour le mètre mais sont **valables pour toutes les unités**.

Multiples du mètre	Sous-multiples du mètre
Pétamètre : 1 Pm = 10^{15} m	Décimètre : 1 dm = 10^{-1} m
Téramètre : 1 Tm = 10^{12} m	Centimètre : 1 cm = 10^{-2} m
Gigamètre : 1 Gm = 10^{9} m	Millimètre : 1 mm = 10^{-3} m
Mégamètre : 1 Mm = 10^{6} m	Micromètre : 1 µm = 10^{-6} m
Kilomètre : 1 km = 10^{3} m	Nanomètre : 1 nm = 10^{-9} m
Hectomètre : 1 hm = 10^{2} m	Picomètre : 1 pm = 10^{-12} m
Décamètre : 1 dam = 10^{1} m	Femtomètre : 1 fm = 10^{-15} m

Mètre : 1 m = 10^{0} m

Écriture scientifique d'un nombre

La **notation scientifique** est une représentation d'un nombre décimal. Elle consiste à exprimer le nombre N sous la forme :

$$N = A \times 10^{n}$$

où A est un nombre décimal avec un seul chiffre non nul avant la virgule et n est un entier relatif.

Ordre de grandeur d'un nombre

- Par définition, l'**ordre de grandeur** d'une valeur est égal à la puissance de 10 la plus proche de cette valeur.
- Il faut respecter un processus en **trois étapes** pour déterminer l'ordre de grandeur d'un nombre :

1. mettre le nombre en notation scientifique :
$N = A \times 10^{n}$ où A est compris entre 1 et 10 ;
2. trouver son encadrement en puissance de dix ;
3. choisir la puissance de dix la plus proche du nombre :
– si A est inférieur à 5, on choisit la puissance de dix la plus petite ;
– si A est supérieur ou égal à 5, on choisit la puissance de dix la plus grande.

Écriture des résultats numériques

Chiffres significatifs et écriture scientifique

■ Lorsqu'on réalise un calcul, il n'est pas possible d'avoir une précision supérieure à celles des données ou des mesures réalisées : le résultat doit avoir un nombre de chiffres significatifs adapté.

■ On appelle chiffres significatifs, l'ensemble des chiffres que comporte un nombre et qui donne une précision sur sa valeur. Dans un nombre décimal, tous les chiffres sont significatifs sauf les « 0 » situés à gauche du premier chiffre non nul.

■ Lorsque l'on passe de l'écriture décimale à l'écriture scientifique ($A \times 10^n$, avec $0 < A < 10$ et n entier relatif), le nombre A doit avoir la même précision que le nombre décimal : le nombre de chiffres significatifs doit être le même.

Écriture décimale	Écriture scientifique	Nombre de chiffres significatifs
565,30	$5{,}6530 \times 10^2$	5
0,007 008	$7{,}008 \times 10^{-3}$	4
0,000 02	2×10^{-5}	1

Résultat d'une multiplication ou d'une division

■ Le résultat d'une multiplication ou d'une division doit comporter autant de chiffres significatifs que la valeur utilisée ayant le moins de chiffres significatifs.

Exemple : Calcul de la distance parcourue par la lumière dans le vide en 6,0 secondes :
$d = v_{lum} \times t = 3{,}00 \times 10^8 \times 6{,}0 = 1{,}8 \times 10^9$ m (résultat avec 2 chiffres significatifs comme la valeur 6,0).

■ Lorsque, dans un calcul, un nombre entier est un multiplicateur ou un diviseur et non une variable, on ne tient pas compte de ses chiffres significatifs.

Exemple : Calcul de la puissance de deux lampes identiques :
$P = 2 \times P_{lampe} = 2 \times 75 = 150$ W.

Résultat d'une addition ou d'une soustraction

La précision du résultat d'une addition ou d'une soustraction (nombre de chiffres après la virgule) est égale à la plus petite des précisions des valeurs impliquées dans le calcul.

Exemple : Calcul de la masse de soluté :
$m_{soluté} = m_{solution} - m_{solvant} = 150 - 94{,}8 = 55$ g.

INDEX

CRÉDITS ICONOGRAPHIQUES

4		ph © ktsdesign / Fotolia
5		ph © Gino Santa Maria / Fotolia
6		ph © NASA / Joel Kowsky
7	h	ph © Elena11 / Shutterstock
7	b	ph © JAXA Japan Aerospace Exploration Agency / NHK
8		ph © antoniodiaz / Shutterstock
9		ph © ktsdesign / Fotolia
11		ph © Juices Images / Photononstop
35		ph © ktsdesign / Fotolia
59		ph © Gino Santa Maria / Fotolia
89		ph © NASA
109		ph © NASA / Joel Kowsky
111		ph © Christopher Morris / Corbis via Getty Images
127		ph © NASA / Joel Kowsky
149		ph © Elena11 / Shutterstock
151		ph © esbobeldijk / Shutterstock
177		ph © Elena11 / Shutterstock
203		ph © JAXA Japan Aerospace Exploration Agency / NHK
205		ph © JAXA Japan Aerospace Exploration Agency / NHK
227		ph © antoniodiaz / Shutterstock
229		ph © antoniodiaz / Shutterstock

PAPIER À BASE DE FIBRES CERTIFIÉES

Hatier s'engage pour l'environnement en réduisant l'empreinte carbone de ses livres. Celle de cet exemplaire est de :
850 g éq. CO_2
Rendez-vous sur www.hatier-durable.fr

Achevé d'imprimer en Italie par L.E.G.O. S.p.A. - Lavis (TN)
Dépôt légal n° 07825 - 3/03 - Septembre 2022